NYPD RED
ŚMIERĆ NA ŻYWO

W/D

KT-164-907

Polecamy następujące powieści Jamesa Pattersona:

Scenariusz mordercy

Zdążę cię zabić

Piętno Kaina

JAMES
PATTERSON

& MARSHALL KARP

NYPD RED
ŚMIERĆ NA ŻYWO

Tłumaczenie:
Alina Patkowska

Tytuł oryginału: *NYPD RED 4*

Pierwsze wydanie: Little, Brown and Company, Hachette Book Group, Inc.,
Nowy Jork, 2016

Opracowanie graficzne okładki: Emotion Media

Redaktor prowadzący: Grażyna Ordęga

Opracowanie redakcyjne: Jakub Sosnowski

Korekta: Małgorzata Narewska

© 2016 by James Patterson
© for the Polish edition by HarperCollins Polska sp. z o.o., Warszawa 2017

Wydanie niniejsze zostało opublikowane na licencji HarperCollins Publishers Limited

Wszystkie prawa zastrzeżone, łącznie z prawem reprodukcji części lub całości dzieł w
jakiejkolwiek formie.
Wszystkie postacie w tej książce są fikcyjne. Jakiekolwiek podobieństwo do osób rzeczy-
wistych – żywych lub umarłych – jest całkowicie przypadkowe.

HarperCollins jest zastrzeżonym znakiem należącym do HarperCollins Publishers, LLC.
Nazwa i znak nie mogą być wykorzystane bez zgody właściciela.

Ilustracja na okładce: iStock. Wszystkie prawa zastrzeżone.

HarperCollins Polska sp. z o.o.
02-516 Warszawa, ul. Starościńska 1B lokal 24-25

Skład i łamanie: COMPTEXT
Druk: ABEDIK

ISBN: 978-83-276-2934-0

Dla Jody i Harolda
MK

PODZIĘKOWANIA
Autorzy pragną podziękować detektywom NYPD: Salowi
Catapano, Danielowi Corcoranowi, Kevinowi Gierasowi,
Brianowi O'Donnellowi i Thomasowi Maysowi. Na naszą
wdzięczność zasłużyli także: J. C. Myska, doktor John Froude,
doktor Lawrence Dresdale, Dan Fennessey, Richard Villante,
Robert Chaloner, Mike Winfield Danehy, Brian Sobie, Lani
Crescenzi, Marina Savina, Gerri Gomperts, Bob Beatty, Mel
Berger, oraz Jason Wood za pomoc, dzięki której ta książka
nabrała nieco wiarygodności.

PROLOG

CZERWONY DYWAN

ROZDZIAŁ PIERWSZY

Leopold Bassett przemknął przez pokój do miejsca, gdzie jego brat Maxwell w zadumie siedział nad kieliszkiem wina.

– Max, mój obserwator w holu donosi, że Lavinia już tu idzie – powiedział półgłosem. – Czy mógłbyś na dwadzieścia minut wyrwać się z melancholii?

– Nie popadam w żadną melancholię. Delektuję się doskonałym sancerre'em i próbuję policzyć, ile będzie nas kosztować ta twoja impreza.

– To przestań liczyć, bo skoro Lavinia przyszła, ta impreza warta jest każdego wydanego centa. Tak naprawdę tylko na niej nam zależy.

– W takim razie po co zapłaciliśmy piętnaście tysięcy dolarów za królewski apartament w Ritz-Carlton i co tu robi cała ta reszta sępów, oczywiście poza tym, że wyżerają kawior i wykańczają szampana?

– Max, ja ci nie mówię, jak masz projektować biżuterię, więc ty mnie nie pouczaj, jak organizować wydarzenia reklamowe. Gdyby Lavinia tu weszła i zobaczyła pusty pokój, to natychmiast by wyszła, i tyle byśmy ją widzieli. Ci ludzie to mięso armatnie.

– I to wszystko dla jednej felietonistki od plotek?

– Felietonistki od plotek? Raczej guru mody. Ludzie wczytują się w każde słowo, które ta kobieta napisze, wpatrują się w każde zdjęcie, które opublikuje. To trendsetterka i wyrocznia w sprawach gustu!

Drzwi apartamentu otworzyły się i Lavinia Begbie weszła do środka.

– No, no – powiedział Max. – Sądząc po tych uniesionych brwiach i zastygłym czole, najnowszy trend to źle zrobione zastrzyki z botoksu. Wygląda, jakby przeszła udar.

– Nienawidzę cię! – zawołał Leo i przebiegł przez pokój, by powitać najnowszego gościa wraz z orszakiem złożonym z fotografa, asystentki i białego teriera, którego Lavinia trzymała w ramionach.

Postawiła psa na podłodze, cmoknęła powietrze przy policzku Leo i ruszyła w stronę Maksa.

– Maxwell Bassett, jubiler gwiazd – powiedziała, potrząsając jego dłonią. – Cieszę się, że wreszcie mogę pana poznać. Nie jest pan zbyt towarzyski.

– Leo to prawdziwy tyran – z uśmiechem odparł Max. – Zmusza mnie, żebym od świtu do nocy siedział zamknięty w studio, projektując błyskotki dla nazwisk z gazetowych nagłówków.

– Zamknięty w studio, akurat! – odrzekła. – Kiedy ostatnio rozmawiałam z Leo, polował pan na białego nosorożca w Namibii.

– Ale proszę o tym nie pisać. – Anielskim gestem złożył dłonie przy piersi. – Ci od praw zwierząt i tak już mnie nienawidzą.

– Leo, bądź tak dobry i przynieś mi burbona. Niech będzie podwójny, czysty – poprosiła Lavinia.

– Gotowe. A co z psem? Czy mam jej dać wody?

– Nie zawracaj sobie tym głowy. Harlow uwielbia przyjęcia koktajlowe. Zaczeka, aż ktoś upuści coś do jedzenia, i od razu się na to rzuci. Ja to nazywam szwedzką podłogą. – Znów przeniosła uwagę na Maksa. – Porozmawiajmy.

Max zaczął starannie przygotowaną prezentację:

– Zajęło mi to wiele miesięcy, ale w końcu znalazłem dwadzieścia idealnie do siebie pasujących czterokaratowych szmaragdów...

– Proszę mi tego oszczędzić – wpadła mu w słowo. – Pański dział reklamy przysłał wszystkie szczegóły mejlem, a fotograf zrobi zdjęcie Eleny Travers w drodze na czerwony dywan. Przyszłam tu porozmawiać o plotkach.

– Wszystkie są prawdziwe – odparł Max. – Leo jest gejem. Mówiłem mu, że wpadł pani w oko.

– Słyszałam, że zamierzacie nawiązać romans z Precio Mundo.

– Z Precio? Z tym supermarketem? Niby jak mieliby sprzedawać taką markę jak Bassett? Obniżyć cenę bransolet ze stu na osiemdziesiąt dziewięć tysięcy i wystawić je na końcu alejki?

– Proszę nie robić uników. Według moich źródeł Precio Mundo chce, żebyście stworzyli linię...

– Szanowni państwo, proszę o uwagę! – Przy drzwiach sypialni stanęła Sonia Chen, rzeczniczka prasowa Leo. – Poznałam już wiele aktorek, które grały główne role, ale żadna z nich nie była tak olśniewająca i obdarzona takim wdziękiem jak młoda kobieta, która dziś wieczorem przejdzie po czerwonym dywanie na premierze swojego ostatniego filmu *Eleonora Akwitańska*. To zaszczyt dla mnie, że mogę przedstawić państwu Elenę Travers.

Aktorka stanęła w progu. Biała suknia od Valentina bez ramiączek doskonale harmonizowała z ostatnim arcydziełem Maksa. Goście zgotowali gorącą owację, kamery poszły w ruch, błysnęły flesze, a po drugiej stronie pokoju Leo Bassett zawołał:

– Wreszcie znalazłem dziewczynę z moich marzeń!

Zgromadzeni wybuchnęli śmiechem. Leo wyciągnął ramiona i rzucił się w stronę Eleny.

– Kochanie! – zaćwierkał, przykuwając do siebie ogólną uwagę. – Wyglądasz olśnie... – Natrafił stopą na białego teriera i runął do przodu.

Harlow zapiszczała, a Leo wrzasnął. Wyciągnął ręce przed siebie, żeby zamortyzować upadek, ale nie miał się na czym zatrzymać. Z impetem zderzył się z bufetem i wylądował na dywaniku, a jego elegancki strój pokrywał ceviche z okonia morskiego.

Kelner pomógł się podnieść Leo. U jego boku natychmiast pojawiła się Sonia z garścią serwetek i zaczęła wycierać frak z kawałków ryby i salsy. Leo odgonił ją ruchem ręki i stanął na środku pokoju.

– Pierwsza zasada show-biznesu – powiedział, popisując się przed gośćmi. – Nigdy nie pracuj z dziećmi ani z psami. – Odpowiedziały mu niepewne śmiechy, a Leo uśmiechnął się do Lavinii. – Jak się czuje mała Harlow?

– Zdenerwowana, ale nic jej nie będzie. – Lavinia przygarnęła suczkę do piersi. – Leo, tak mi przykro.

Wyciągnął rękę i zwrócił się do Eleny:

– Obawiam się, moja droga, że będziesz musiała znaleźć sobie innego partnera.

– Ależ Leo, komu przeszkadza odrobina sosu koktajlowego! Chodź, będziemy się dobrze bawić.

– Na litość boską, Leo, idź – dodał Max. – I tak nikt nie będzie na ciebie patrzył.

– Nie! – Omal nie rzucił się bratu do gardła. – Leo Bassett nie będzie szedł po czerwonym dywanie, śmierdząc paluszkami rybnymi. – Obrócił się na pięcie, wpadł do sypialni i zatrzasnął za sobą drzwi.

Max zerknął na Lavinię Begbie, ciekaw, jak zareaguje na ten pokaz histerii, ale jej twarz była tak mocno nastrzyknięta toksyczną botuliną, która miała wygładzać zmarszczki, że nic nie dało się z niej odczytać.

ROZDZIAŁ DRUGI

Ian Altman przebiegł wzrokiem twarze ludzi stojących za aksamitnymi sznurami przed kinem Ziegfeld, szukając kogoś, kogo można by sfotografować, ale w tej chwili nie było tam nikogo interesującego.

Prawdę mówiąc, nie było prawie nikogo. Przecinające się na niebie smugi światła z lamp łukowych nie zwabiły tłumów na premierę nowego filmu Eleny Travers.

Na tym właśnie polega problem przy urządzaniu czerwonych dywanów w Nowym Jorku, pomyślał Altman. W Los Angeles takie wydarzenie przyciągnęłoby śmietankę towarzyską, natomiast w Nowym Jorku wszystko, co powoduje zablokowanie chodnika, traktowane jest jak kolejna cholerna niewygoda.

Jak na zawołanie jakiś facet, który próbował ominąć policyjną barierkę, wpadł na Altmana i omal nie wytrącił mu kamery z rąk.

– Dupek! – wrzasnął przechodzień. – Wydaje wam się, że całe ulice do was należą?

Altman został przeszkolony w unikaniu konfliktów z publicznością.

– Nie należą do nas, szanowny panie – odpowiedział. – Jestem tu z ekipą telewizyjną i mamy pozwolenie na…

Nagle powietrze przeszył grzmot, którego nie można pomylić z niczym innym. To wystrzał z broni palnej. Altman instynktownie skierował kamerę w tamtym kierunku, a w tej samej chwili do akcji ruszył tuzin policjantów z najlepiej wyszkolonego miejskiego oddziału w Ameryce. Wyciągnięto pistolety, przekaźniki radiowe ożyły i padły rozkazy. W następnej chwili rozległ się kolejny strzał i policjanci rozproszyli się. Kilku ruszyło na zachód, skąd dobiegły strzały, a pozostali próbowali zapanować nad ogłuszonym tłumem i skierować go w przeciwnym kierunku.

Ian Altman nie bał się kul. Odbył dwa turnusy w Afganistanie jako fotograf przy siłach powietrznych. Przyklęknął na jedno kolano i skierował kamerę w stronę akcji.

Widział wszystko przez obiektyw. Długi biały cadillac mknął bez żadnej kontroli Zachodnią Pięćdziesiątą Czwartą Ulicą. Otarł się bokiem o radiowóz, rykoszetem trafił w furgonetkę z napisem NYPD, czyli również należącą do nowojorskiej policji, na koniec uderzył czołowo w dwa reflektory o mocy ośmiuset milionów kandeli każdy, które rozświetlały noc.

Ksenonowe lampy eksplodowały, na kamerzystę posypał się grad iskier i odłamków szkła akurat w chwili, gdy robił zbliżenie samochodu od strony kierowcy. Na kierownicy leżało bezwładne ciało.

Pierwsza para policjantów dotarła do limuzyny i krótkimi szczeknięciami nakazała wszystkim wysiąść z uniesionymi rękami.

Altman w samą porę zatoczył łuk kamerą i uchwycił młodego człowieka w zakrwawionej koszuli, który wychodził z tylnego siedzenia. Policjanci otoczyli go ze wszystkich stron, krzycząc:

– Na ziemię! Już, już, już!

Mężczyzna opadł na kolana, wyrzucił ręce w powietrze i odkrzyknął:

– Ona została postrzelona! Wezwijcie karetkę!

Sierżant wydał rozkazy. Dwoje policjantów zajrzało do limuzyny, po czym schowało pistolety do kabur. Policjantka wsunęła się na tylne siedzenie, a jej partner obiegł samochód dokoła i wsiadł z przeciwnej strony. Powoli wynieśli z cadillaca Elenę Travers i ułożyli pod markizą. Wyglądała jak szmaciana lalka, a przód białej sukni był równie czerwony jak dywan, na którym leżała. Policjantka przyklękła obok i delikatnie położyła jej głowę na swoich kolanach.

Aktorka próbowała coś powiedzieć, ale z jej ust wydobywały się tylko jęki. Policjantka pochyliła się. Altman przysunął się na tyle blisko, że odczytał słowa z ruchu jej ust:

– Wszystko będzie dobrze, wszystko będzie dobrze.

Ale nie było dobrze. Dłonie Iana Altmana, który kadrował scenę na podglądzie, nie drżały, choć puls miał przyśpieszony. Aktorka i policjantka, połączone dziwną więzią, patrzyły sobie w oczy. Potem Elena wzięła ostatni oddech i światło w jej oczach zgasło.

Altmanowi zdarzało się już filmować śmierć, zawsze jednak działo się to na tle wojennych okropności. Ta scena wydawała się bardzo spokojna, ale przez to jeszcze bardziej wstrząsająca.

Z szacunku dla śmierci zaczął poszerzać kąt, oddalając obraz, aż w końcu znalazł finalne ujęcie, które miało zostać wyemitowane na żywo, a potem obejrzane przez setki milionów ludzi na całym świecie: obraz Eleny Travers, nieskazitelnie pięknej nawet w chwili śmierci, z wyjątkiem głębokich szram na dekolcie, skąd zerwano jedyny w swoim rodzaju naszyjnik Maxwella Bassetta, wart osiem milionów dolarów.

CZĘŚĆ PIERWSZA

DŁUGIE DNI
KRÓTKIE NOCE

ROZDZIAŁ PIERWSZY

Nic nie przyciąga tłumu tak jak martwa gwiazda.

Nim dotarliśmy z Kylie na miejsce przestępstwa, wokół kina Ziegfeld zebrał się już tłum ludzi ze świecami, kwiatami, pluszowymi zwierzakami i oczywiście zdjęciami nieżyjącej Eleny Travers.

Następnego poranka *Daily News* podsumował to jednym słowem:

FANDEMONIUM!

– Zach! Zach Jordan!

Podniosłem głowę i zobaczyłem Stavrosa Kellepourisa, który szedł w naszą stronę. Sierżant Kellepouris był ze starej szkoły – twardo traktował swoich podwładnych, a jeszcze twardziej siebie. Z tego powodu policjanci, którzy z nim pracują, albo go szanują, albo nienawidzą, albo jedno i drugie naraz.

– Zach, wiedziałem, że podrzucą to Red – powiedział, potrząsając moją dłonią, po czym spojrzał na Kylie. – A pani to na pewno detektyw MacDonald.

– Kylie. Miło mi wreszcie pana poznać, sierżancie. A dla ścisłości, nie podrzucili nam tego, tylko zrzucili z góry. Co pan tu ma?

– Martwą gwiazdę filmową, kierowcę limuzyny z kulą w plecach na intensywnej terapii, dwóch zbiegłych sprawców i nagranie, z którego niewiele wynika.

– Ma pan rację – przyznała Kylie. – Widziałam już to nagranie.

– Całe cholerne miasto je widziało – ze złością dodał Kellepouris. – Kiedy miała się tu pojawić żywa, przyszło może pięćdziesiąt, sześćdziesiąt osób, ale wystarczyło położyć ją na chodniku w kałuży krwi, a natychmiast ściągnęła tu armia sępów i zaczęła filmować telefonami z nadzieją, że na nagraniu uwieczniony zostanie fragment historii Hollywood.

– Proszę nam powiedzieć, co tu się działo, zanim padły strzały.

– Spokojny wieczór. Jak zwykle trzeba było upchnąć paparazzich za sznurem, ale bez żadnych problemów. Miałem więcej ludzi, niż potrzebowałem.

– Dlaczego?

– To przez te gówniane hollywoodzkie rozgrywki. Travers miała na sobie naszyjnik za pierdylion dolarów, więc komuś przyszło do głowy, że obstawa z dwunastu policjantów będzie wyglądała lepiej niż z czterech. Ci ze studia płacą miastu za zabezpieczenie imprezy, więc mogą sobie wziąć, ilu im się zamarzy. Dopóki gówno nie trafiło w wentylator, byliśmy tylko statystami w niebieskich mundurkach.

– Kto był z nią w samochodzie?

– Craig Jeffers. To jej osobisty trener. Ale z tego, co mi ktoś tam naszeptał do ucha, łączyły ich bardziej zażyłe stosunki, choć za bardzo się z tym nie afiszowali.

– Czy może nam pan powiedzieć coś, czego nie widać na filmie?

– Zdaje się, że to miał być zwykły rabunek. Dwóch pajaców z bronią zatrzymało limuzynę. Chyba nie mieli zamiaru zrobić nikomu krzywdy, chcieli tylko biżuterię.

– I co się stało?

– A stało, i to właśnie przez Jeffersa. Kulturysta, macho do szpiku kości. Zachciało mu się udawać Jasona Stathama i próbował wyrwać broń jednemu z napastników. Tylko że dalej nic nie poszło zgodnie z planem.

– Mężczyźni to kretyni – sarknęła Kylie, potrząsając głową.

– Szczęściarz z ciebie, Zach. – Kellepouris uśmiechnął się do mnie. – Ona mi się podoba. Mówi zupełnie jak moja żona.

– Coś jeszcze? – zapytałem.

– Zach, jestem tylko sierżantem, więc nie grzebałem zbyt głęboko. Poza tym Jeffers jest tak załamany, że nie można go porządnie przesłuchać. To, co zrobił, było beznadziejnie głupie, ale trudno mu nie współczuć. Ten biedny dureń już do końca życia będzie miał na rękach krew Eleny Travers.

– Właśnie to mi się w tobie podoba, Stavros – powiedziałem. – Zawsze mówisz, co myślisz.

– Przykro mi, że muszę pana rozczarować, detektywie, ale to nie jest moje zdanie, tylko słowa Craiga Jeffersa.

Leabharlann
6573506
Contae na Mídhe

ROZDZIAŁ DRUGI

Minęliśmy szczątki limuzyny wgniecionej w ciężarówkę z reflektorami. Nieco dalej, na czerwonym dywanie, Chuck Dryden klęczał obok ciała Eleny Travers.

Dryden, obdarzony urokiem przestępcy o średnim stopniu zagrożenia publicznego, podniósł głowę. Jego zazwyczaj nieprzystępnie obojętna twarz złagodniała na widok Kylie, ale zachowywał się rzeczowo jak zawsze.

– Dostała kulę dziewięć milimetrów w podbrzusze – powiedział bez żadnej gry wstępnej. – Wykrwawiła się na śmierć.

– Dzięki. – Kylie rzuciła mu swój wyćwiczony uśmiech, który mówił: jesteś moim ulubionym technikiem śledczym.

– To moja praca. – Skinął ręką, co miało oznaczać koniec raportu, i znów wrócił do swoich zadań.

Weszliśmy do niemal pustego kina Ziegfeld. Było tu tylko kilku policjantów oraz jakiś mężczyzna, który z głową schowaną w dłoniach siedział na podłodze oparty plecami o ścianę.

– Panie Jeffers – powiedziała Kylie łagodnie.

Podniósł głowę. Oczy miał zaczerwienione, twarz ściągniętą cierpieniem.

– Przeprosiłem ją – powiedział. – Zanim umarła, trzymałem ją na rękach i powiedziałem, że przepraszam. Nic nie odpowiedziała, ale wiem, że mnie usłyszała.

Kylie przyklękła obok niego.

– Znajdziemy tych, którzy to zrobili.

– Ja to zrobiłem… Ja. To przede wszystkim moja wina.

– Czy możemy porozmawiać? – Kylie podniosła się.

Jeffers też wstał. Miał jasne włosy, metr osiemdziesiąt pięć wzrostu, szerokie ramiona, gruby kark i rozbudowane mięśnie, na których opinała się zakrwawiona koszulka. Nie można wykluczyć, że poszczęściło mu się i odziedziczył takie geny, ale wystarczająco dużo czasu spędzam na siłowni, by wiedzieć, kto używa sterydów, a kto nie. Nieproporcjonalnie mocno rozwinięte górne partie ciała, nabrzmiałe żyły na dłoniach i wyraźny trądzik jasno mówiły, że Craig Jeffers wspomaga się farmakologią.

– Staliśmy na czerwonych światłach – powiedział. – I nagle nie wiadomo skąd pojawili się ci dwaj z pistoletami i zmusili kierowcę, żeby otworzył okno. Jeden z nich celował w Elenę. Jestem pewien, że gdyby kazał jej oddać naszyjnik, to po prostu by go oddała, ale nie, on musiał wepchnąć paluchy w jej dekolt i zerwać naszyjnik z szyi. Wykrzyknęła, bo poranił ją do krwi. Usłyszałem ten krzyk i zareagowałem.

– Co pan ma na myśli, mówiąc „zareagowałem"? – zapytała Kylie.

– Rzuciłem się na niego. Chciałem mu wyrwać broń. Wiem, że w kółko wszyscy radzą, żeby tego nie robić, ale na takim zasilaczu z adrenaliny człowiek nie myśli. Złapałem go za przegub i chciałem odepchnąć drugą ręką, ale wtedy pistolet wypalił.

Słyszałem takie historie już wcześniej. Facet uzbrojony wyłącznie w nadmiar testosteronu próbuje szczęścia w walce z kimś uzbrojonym w pistolet. Owszem, takie numery wychodzą Jackiemu Chanowi w filmach, ale nie Craigowi Jeffersowi w prawdziwym życiu.

– I co było potem? – zapytała Kylie.

– Strzelił jeszcze raz. Potem się dowiedziałem, że trafił w kierowcę, ale nic więcej nie pamiętam. Widziałem tylko Elenę.

– Czy może pan opisać tych dwóch?

– Twarze mieli zasłonięte zielonymi maskami chirurgicznymi, a na głowach czarne wełniane czapki. Ten, który wsadził rękę przez okno, nie miał rękawiczek i widziałem jego dłonie. Był biały.

– Jakie stosunki łączyły pana z Eleną Travers? – zapytałem.

– Kochałem ją.

– Był pan również jej osobistym trenerem?

– Tak, od tego się zaczęło, ale pół roku temu zaprosiłem ją na kolację. Nie myślałem, że cokolwiek z tego wyniknie, ale wynikło. Trochę trwało, nim naprawdę w to uwierzyłem. Elena mogła mieć każdego faceta w Hollywood, ale chciała być tylko ze mną. Ja byłem gotów spędzić z nią resztę życia. A teraz… – Bezradnie potrząsnął głową.

Rozmowa była skończona, ale daliśmy mu jeszcze chwilę, żeby mógł zastanowić się nad tym, co stracił.

Wszyscy troje staliśmy na czerwonym dywanie w wielkim pustym holu kina Ziegfeld. Nad naszymi głowami iskrzyły się kryształowe kandelabry. Ze wszystkich stron nasze zmysły atakowały wielkie powiększenia zdjęć Eleny Travers. W końcu Jeffers przerwał milczenie.

– To wszystko moja wina – powiedział. – Gdyby Elena jechała z Leo, tak jak miało być, to nadal by żyła.

Naraz okazało się, że rozmowa nie jest jeszcze skończona.

– Kto to jest Leo? – zapytałem.

ROZDZIAŁ TRZECI

Okazało się, że Leo to ktoś, kogo Kylie zna.

– Ale wątpię, czy on mnie pamięta – powiedziała, gdy wróciliśmy do samochodu.

– Jak to możliwe? Ze wszystkich policjantów ciebie najtrudniej zapomnieć.

– Tamtego wieczoru nie byłam policjantką. To była branżowa impreza, poszłam tam jako żona Spence'a Harringtona. Leo był tak oślepiony blaskiem Spence'a, że ledwie się ze mną przywitał. Ludzie tacy jak on nie tracą czasu na rozmowy z żonami tych, którzy robią filmy.

Znaleźliśmy numer Bassetta w komórce Eleny Travers. Zadzwoniłem do niego i powiedziałem, że mamy kilka pytań.

– Mój brat i ja też mamy kilka pytań – odparł. – Czy możecie przyjechać do nas?

Gdy tam dotarliśmy, ulica była już zapchana przez furgonetki wiadomości telewizyjnych, paparazzich i tych wszystkich różnych ludzi, których łączy tylko jedno: uzależnienie od gapienia się na morderstwa. Dwa radiowozy i dwóch policjantów z drogówki w żółtych odblaskowych kamizelkach próbowało zachować jakieś pozory porządku.

Dzięki pracy dla Red mogę się osobiście przekonać, jak żyje ta druga połowa ludzkości. Rzecz jasna bracia Bassettowie nawet nie należeli do tej drugiej połowy, tylko do jednego procenta z jednego procenta, a ich dom przypominał pałac.

W czasach industrialnej świetności Nowego Jorku upstrzono Dolny Manhattan budynkami, które miały przeznaczenie komercyjne lub przemysłowe i nie spełniały norm dla budynków mieszkalnych. Na początku lat osiemdziesiątych prawo się zmieniło i bogaci inwestorzy wykupili te zimne, ponure, zaszczurzone budowle za marne grosze.

Bassettowie wcześnie włączyli się do gry i przekształcili pięciopiętrowy magazyn przy Zachodniej Dwudziestej Pierwszej Ulicy w dwa olśniewające trzypoziomowe apartamenty. Leo zajmował niższą połowę budynku. Wsiedliśmy z Kylie do windy i pojechaliśmy na drugie piętro.

Drzwi otworzyły się na wielkie pomieszczenie z wysoko sklepionymi sufitami, olbrzymimi oknami i meblami jak z muzeum. Dwaj mężczyźni, którzy na nas czekali, zupełnie nie wyglądali na braci. Jeden był wielki i zwalisty, z siwą brodą i lodowatymi niebieskimi oczami, ubrany w spłowiałe dżinsy i nijaką bawełnianą koszulkę.

– Max Bassett – przedstawił się.

Drugi był niski z miękką nalaną twarzą i atramentowoczarnymi włosami w odcieniu, który mógł pochodzić tylko z butelki firmy kosmetycznej. Jego strój – czerwona smokingowa marynarka na purpurowej jedwabnej piżamie – wyglądał jak wyciągnięty z szafy Hugh Hefnera.

– Jestem Leo – powiedział. – Dziękuję, że przyjechaliście. Jesteśmy zrozpaczeni, a w telewizji właściwie nic nie mówią. Proszę, wyjaśnijcie nam, co się zdarzyło.

Usiedliśmy i pokrótce streściłem im sytuację.

– Nie rozumiem – powiedział Leo. – Już na nas napadano, ale złodzieje klejnotów rzadko uciekają się do przemocy. Dlaczego ją zastrzelili?

– Nie słuchałeś – napomniał go Max. – Zastrzelili ją, bo ten idiota, jej przyjaciel, próbował odebrać im broń.

– Chcesz powiedzieć, że to wszystko moja wina? – zdenerwował się Leo.

Max nie pozostał mu dłużny:

– Jezu, Leo, naprawdę myślisz, że tu chodzi o ciebie?

– Bo to ja miałem z nią jechać! Gdyby ktoś wycelował do mnie z pistoletu, powiedziałbym: zabierzcie naszyjnik, zabierzcie mój portfel, weźcie, co chcecie, tylko nie róbcie nam krzywdy! Ale nie pojechałem i teraz ona nie żyje.

– Dlaczego pan nie pojechał? – zapytałem.

– To był głupi wypadek – odparł Leo. – Ja…

– Raczej głupia decyzja – wtrącił Max. – Nie pojechał, bo poplamił sobie marynarkę sosem koktajlowym. Elenie to nie przeszkadzało i prosiła, żeby mimo wszystko z nią pojechał, ale on się uparł.

– Dziękuję ci, Max. – Leo wstał. – Jakbym i tak nie czuł się wystarczająco okropnie. – Spojrzał na mnie. – Nie czuję się dobrze. Jeśli macie do mnie jeszcze jakieś pytania, to z przyjemnością porozmawiam z wami rano, sam na sam. – Nie czekając na odpowiedź, odwrócił się i wyszedł.

– Sami widzicie, detektywi – oświadczył Max. – To cały mój brat. Wielkie wejścia i jeszcze większe wyjścia. Zachowuje się jak primadonna, nawet gdy nie chodzi o niego. To, co się stało, to okropna tragedia. Jak mogę wam pomóc znaleźć tych ludzi, którzy zabili Elenę?

– Czy może nam pan opisać naszyjnik? – zapytałem.

– Oczywiście, że mogę, przecież to ja go zaprojektowałem. Dwadzieścia idealnie dobranych czterokaratowych szmaragdów, każdy otoczony brylantami, okrągłymi i w kształcie gruszki. Brylanty są malutkie, po pół karata, ale dały olśniewający efekt. Elena wyglądała wspaniale.

– Kto wiedział, że będzie miała na sobie ten naszyjnik?

– Wszyscy wiedzieli. – Max desperacko potrząsnął głową. – To był jeden z poronionych, pardon, genialnych marketingowych pomysłów Leo.

– Wydaje mi się, że pan i pański brat różnicie się w poglądach na wiele spraw – zauważyła Kylie.

– Jak najbardziej. Może kiedyś można było wypuścić Marilyn Monroe albo Elizabeth Taylor na czerwony dywan w naszyjniku za osiem milionów dolarów i mieć nadzieję, że doda to firmie magicznego blasku, ale te czasy dawno minęły. Mówiłem Leo, że zatrzymał się w drugiej połowie dwudziestego wieku, bo rozgłos wzbudzi wyłącznie Elena i nikt nawet nie zauważy, że miała na sobie oryginalny naszyjnik Maksa Bassetta. No cóż, okazało się, że się myliłem. Teraz wszyscy zapamiętają mnie jako kogoś, kto zaprojektował naszyjnik, przez który zginęła Elena Travers.

– Panie Bassett, ten, kto zabrał naszyjnik, będzie próbował go sprzedać – stwierdziła Kylie. – Musimy jak najszybciej wysłać zdjęcia i znaki laserowe do JSA i FBI.

– Nasza rzeczniczka, Sonia Chen, przygotuje to w ciągu godziny – odparł Max. – Zaimponowaliście mi. Większość policjantów nie ma pojęcia o istnieniu Jewelers' Security Alliance.

– Mamy nieco więcej doświadczenia w tych sprawach niż większość policjantów – powiedziała Kylie. Nie dodała jednak, że dla policjantów z Red kradzieże biżuterii są taką samą codziennością jak drobne kradzieże w sklepach.

ROZDZIAŁ CZWARTY

W normalnych okolicznościach to, że dotarłem do domu pięć godzin po zakończeniu zmiany, nie stanowiłoby żadnego problemu, ale od dwudziestu czterech dni moje życie absolutnie nie było normalne. Cheryl i ja zamieszkaliśmy razem.

A w każdym razie próbowaliśmy razem zamieszkać, tylko że mnie nie udawało się wpasować w ten układ. Odkąd Cheryl wprowadziła się do mnie, był to już piąty wieczór, kiedy wracałem do domu późno, a do tego wezwano mnie do pracy podczas dwóch z trzech ostatnich weekendów.

Poznałem doktor Cheryl Robinson jakieś cztery lata temu, gdy znalazłem się na krótkiej liście kandydatów do NYPD Red, a ona jako wydziałowy psychiatra miała przeprowadzić ewaluację – czyli oszacowanie – mojej osoby. Wiem, że liczy się wnętrze, ale gdy spotyka się Cheryl, nie sposób nie zachwycić się jej zewnętrzną powłoką. Większość rodziny Cheryl stanowią Irlandczycy, ale dzięki genom babci Latynoski ma ciemnobrązowe oczy, kruczoczarne włosy i wspaniałą karmelową skórę, na widok której odwracają się głowy. Jej urok podziałał na mnie błyskawicznie i z niesamowitą siłą.

Miała tylko jedną wadę – męża. Ale to, co najlepsze, przychodzi do tych, którzy potrafią czekać. Rok temu małżeństwo Cheryl z Fredem Robinsonem spłonęło w katastrofie, a my z przyjaciół staliśmy się kochankami, by po jakimś czasie przejść do etapu, w którym dwoje ludzi zaczyna mieszkać razem, ale żadne z nich jeszcze nie rezygnuje z własnego mieszkania, bo nie ma pewności, co z tego wyjdzie.

– Pośpiesz się – powiedziała, gdy otworzyłem drzwi mieszkania.

– Przepraszam za spóźnienie. Byłem…

– Wiem, wiem. Zaraz pokażą w wiadomościach, o jedenastej.

Siedziała na kanapie w czarnych szortach do biegania i turkusowej koszulce na ramiączkach z włosami zebranymi w koński ogon. Poklepała poduszkę obok siebie. Gdy usiadłem, pochyliła się i pocałowała mnie.

– Na pewno jesteś bardzo głodny.

Byłem głodny, ale kiedy człowiek wraca do domu spóźniony o pięć godzin, to nie pyta, co jest na kolację. Zresztą nie musiałem pytać. Na stoliku obok butelki wina i dwóch kieliszków stał talerz z serem, oliwkami, salsą i chipsami. Ponury dziennikarz telewizyjny zaczął wiadomości od morderstwa Eleny Travers, a ja zająłem się jedzeniem.

Wiadomość przeplatana była migawkami filmowymi z kariery Eleny, obrazem rozbijającej się limuzyny i jej ciała na czerwonym dywanie. Potem pokazano nieruchome ujęcie brakującego naszyjnika. Ponieważ Kylie i ja w ostatnim roku zajmowaliśmy się trzema głośnymi sprawami, reporter uznał, że warto wymienić nasze nazwiska i skierować na nas kamerę w chwili, gdy wchodziliśmy do kina Ziegfeld, żeby przesłuchać Craiga Jeffersa.

Wiadomość kończyła się ujęciem nastolatki z twarzą zalaną łzami, która przyklękła i położyła bukiet kwiatów na prowizorycznym miejscu pamięci.

– To okropne – powiedziała Cheryl z oczami pełnymi łez. – Cieszę się, że ta sprawa przypadła tobie i Kylie. Rozwiążecie ją.

– To nie będzie łatwe – odparłem. – Wygląda na spartaczony napad rabunkowy, więc nie ma bezpośredniego powiązania między zabójcą a ofiarą.

– Nie wpadaj w przygnębienie. Radziłeś sobie już z trudniejszymi sprawami.

– Wiem, ale to oznacza, że będę musiał pracować po godzinach. Przepraszam.

– Przestań – powiedziała ostro.

Nie miałem pojęcia, co takiego zrobiłem, ale najwyraźniej nic dobrego.

– Co mam przestać?

– Przestań przepraszać.

– Myślałem, że kobiety lubią, gdy się je przeprasza. – Włączyłem swój chłopięcy uśmiech. – Szczególnie gdy tym przeprosinom towarzyszą kwiaty albo biżuteria.

Przyciszyła telewizor. To nie był dobry znak.

– Zach, nie wiem, co lubią inne kobiety, ale ta, z którą mieszkasz, nie lubi, kiedy ją przepraszasz.

– Nie jestem pewny, co to ma znaczyć.

– To znaczy, że właśnie przeprosiłeś mnie z góry, że będziesz musiał pracować po godzinach. To manipulacja. Próbujesz uprzedzić negatywną reakcję, jaka może się pojawić następnym razem, kiedy późno wrócisz do domu.

– Myślałem, że po prostu biorę odpowiedzialność za to, co robię.

– A mnie się wydaje, że prosisz o darmowy bilet. „Dlaczego Cheryl miałaby być wściekła? Przecież uprzedziłem ją, że tak będzie".

– Co mam powiedzieć? Czuję się winny przez te wszystkie dni, kiedy pracowałem do późna.

– Dlaczego? Jesteś policjantem. Wiem, że pracujesz w dziwnych godzinach. Może pamiętasz, że między innymi ja pomogłam ci dostać tę pracę.

– Więc jak powinienem się zachować, pani doktor? Mam wycofać przeprosiny czy paść na kolana i błagać cię o wybaczenie za to, że przeprosiłem?

To przepaliło jej styki. Wybuchnęła śmiechem.

– Mam lepszy pomysł. Ty i ja przez cały wieczór skupialiśmy się na śmierci. Zróbmy teraz coś, co będzie afirmacją życia.

Wzięła mnie za rękę i poprowadziła do sypialni, a potem przytłumiła światło, aż został tylko ciepły złocisty blask. Rozbieraliśmy się powoli, bez pośpiechu, nie dotykając się i zostawiając tylko tyle przestrzeni między nami, żeby mogło się w niej gromadzić wyczekiwanie.

– Jeszcze nie – szepnęła, kiedy stałem nagi i w oczywisty sposób gotowy. To było jednocześnie hipnotyzujące i nie do zniesienia. Czekałem, a ona odsunęła prześcieradła i położyła się na łóżku. – Teraz – zakończyła z cichym westchnieniem.

Ostrożnie opadłem na nią, dotknąłem językiem piersi i wsunąłem się w Cheryl bez wysiłku.

I wtedy, w miękkim świetle, gdy byłem spleciony z kobietą, którą zaczynałem kochać z dnia na dzień coraz bardziej, cała brutalna rzeczywistość związana z noszeniem odznaki i pistoletu po prostu się roztopiła. Zniknęły lęki związane z przeszłością i niepokój o przyszłość.

Nie było słów, tylko spokój płynący z cudownego faktu, że jestem z jedyną osobą na świecie, która naprawdę się liczyła.

To była czysta, niczym nieskalana afirmacja życia.

ROZDZIAŁ PIĄTY

Następnego ranka usiadłem przy ulubionym stoliku w bistro Gerri. Gerri we własnej osobie wyłoniła się zza lady i przyniosła mi kawę.

– Widziałam cię wczoraj wieczorem w telewizji – powiedziała.

– I jak wyglądałem?

– Jakbyś bardzo potrzebował porządnie przespanej nocy. Ale skoro przywlokłeś się tu tak wcześnie, to pewnie się nie wyspałeś. Śniadanie trochę ci pomoże. Na co masz ochotę?

– Sadzone jajka, bekon, tostowe muffinki.

– Może coś jeszcze?

– Nie, dziękuję.

– To nie musi być nic z karty. Dla wyjątkowych klientów mam wyjątkowe propozycje.

– Rany boskie, Gerri. – Westchnąłem, gdy zdałem sobie sprawę, że mnie wkręca.

Gerri Gomperts nie zna litości i nie cierpi durniów. Jest żydowską babcią, która podaje domowe potrawy i uzupełnia je zgryźliwymi poradami dotyczącymi związków.

– Czy wyglądam, jakbym potrzebował terapii? – zapytałem.

– A kto mówił o terapii? – odrzekła niewinnie, otwierając szeroko oczy. – Wiem tylko tyle, że Cheryl wprowadziła się do ciebie trzy tygodnie temu, wczoraj wieczorem wróciłeś do domu Bóg wie o której, a dzisiaj wydajesz się bardziej zestresowany niż dziewica na zlocie drwali, dlatego ośmielam się przypuszczać, że masz większe kłopoty niż zazwyczaj. Jeśli terapia może w czymś pomóc, to trafiłeś w odpowiednie miejsce.

– Nie mogłabyś się bardziej pomylić.

– Zdaje się, że trafiłam w czuły punkt. Zaraz wrócę.

Wróciła z moim śniadaniem, dolała mi kawy i usiadła.

– Robisz to przez cały czas – oświadczyła. – Przychodzisz tu z tym wygłodniałym wyrazem twarzy, a kiedy proponuję ci pomoc, zgrywasz niedostępnego. Albo mi powiesz, co się dzieje, albo poszukam kogoś, kto będzie potrafił docenić moje doświadczenie życiowe.

– Powiedziałem, o co chodzi.

– No więc jesteś zajęty. – Wzruszyła ramionami. – Przecież to było jasne od samego początku. Cheryl nie wyprowadzi się od ciebie dlatego, że dostałeś głośną sprawę i musisz pracować do późna.

– Nie bądź taka pewna. Znam mnóstwo policjantów, których związki przestały istnieć, bo praca była dla nich ważniejsza.

– To nie praca jest twoim problemem, Zach.

– Tylko co?

Sięgnęła po pojemnik z cukrem w torebkach i wysypała zawartość na środek stołu.

– Co ty robisz? – zdziwiłem się.

– To moja wersja prezentacji w PowerPoint. – Wygrzebała z kupki różową torebkę Sweet'N Low i niebieską Equal. – Niebieski to ty, a różowy to Cheryl – oznajmiła. – A to wy razem w domu. – Włożyła obydwie torebki do pustego pojemnika. – Tutaj jest praca. – Ustawiła solniczkę na drugim końcu stołu. – Każdego dnia idziesz do kopalni soli. – Symbolizująca mnie torebka przesunęła się z domu do pracy. – I tu dołącza do ciebie mnóstwo kolegów w niebieskim. – Otoczyła solniczkę paczuszkami Equal. – A także twoja była dziewczyna, Kylie. – Dołączyła

34

do sterty niebieskich paczuszek jedną różową. – Potem ty i Kylie spędzacie razem następne dziesięć do czternastu godzin. – Przesunęła paczuszkę Sweet'N Low i paczuszkę Equal na puste miejsce na stole. – A więc czy nadal uważasz, że chodzi o pracę w nadgodzinach, czy też chcesz przeprosić Cheryl za to, że spędzasz późne wieczory z Kylie?

– Mam nadzieję, że nie zażyczysz sobie za to honorarium? – odpowiedziałem. – Bo cała twoja analiza opiera się na nieaktualnych danych. Ruszyłem już dalej. Kylie należy do przeszłości, Cheryl to przyszłość. Mydlana opera o Zachu Jordanie już się skończyła.

– Na pewno w to wierzysz, ale zapomniałeś o jednym. Kiedy ty i Cheryl zamieszkaliście razem, przeszliście z fazy spotkań do fazy wspólnego domu. Teraz mieszkasz razem z nią i mogę się założyć, że każdego wieczoru, kiedy wracasz późno, bo bawisz się w policjantów i złodziei w towarzystwie swojej przeszłości, prześladuje cię myśl, że twoja przyszłość siedzi zupełnie sama w waszym gniazdku miłości i czeka, aż wrócisz do domu. – Podała mi pojemnik z jedną samotną torebką Sweet'N Low. – Przemyśl to sobie.

Zanim zdążyłem odpowiedzieć, poczułem wibracje telefonu i na ekranie pojawił się tekst wiadomości od kapitan Cates.

Gracie Mansion. Już.

– Gerri, muszę lecieć. – Wstałem.

– Zaraz, zaraz... – Wskazała paczuszki ze słodzikami porozrzucane po całym stole. – Masz zamiar zostawić tu ten bałagan?

– A od kiedy to jest moja praca?

Na jej twarz wypłynął triumfalny uśmiech.

– To część terapii, Zach. To twoje życie i ty musisz to posprzątać.

ROZDZIAŁ SZÓSTY

Muriel Sykes była burmistrzem Nowego Jorku zaledwie od trzech miesięcy, ale nasze numery telefonów już znalazły się na jej podręcznej liście. Oddaliśmy jej solidną przysługę, gdy kandydowała na urząd, a dobry los zrządził, że nowa pani burmistrz wierzyła w zasadę wzajemności.

Wyższe szarże Red doskonale zdawały sobie sprawę z korzyści, jakie daje romansowanie z politykami przy władzy, i były bardzo zadowolone z tego, że jeden z ich zespołów służy pani burmistrz za chłopców na posyłki, więc gdy dostaliśmy od Cates wiadomość, że mamy przyjechać do Gracie Mansion, nie traciliśmy czasu na zastanawianie się nad priorytetami. Naszym priorytetem była burmistrz Sykes.

Kylie czekała na mnie przed budynkiem komisariatu.

– Nie wiesz, czego chce burmistrz? – zapytałem, wsiadając do samochodu.

– Nie, choć byłam w gabinecie, kiedy Cates odebrała telefon. Ale nie powiedziała nic konkretnego, tylko kazała mi się pośpieszyć.

– Powiedziałaś jej, do czego doszliśmy w sprawie Eleny Travers?

– Raczej do czego nie doszliśmy. Przecież nic nie mamy. Mogłam jej tylko powiedzieć, że to nie byli wyspecjalizowani złodzieje klejnotów, a zwykli amatorzy, którzy wpadli jak śliwka w kompot i będą próbowali jak najszybciej pozbyć się naszyjnika. Mówiłam, że szukamy wiadomości na ulicy i mamy nadzieję, że nasza rozległa sieć wywiadowców dostarczy nam coś istotnego.

– Rozległa? Mamy ich aż trzech. Chyba nie kupiła tych bzdur, co?

– Oczywiście, że nie, ale przynajmniej się roześmiała.

Po dwóch minutach byliśmy przy Gracie. Powiedzieliśmy strażnikowi przy bramie, że mamy się spotkać z panią burmistrz Sykes.

– Pośpieszcie się – odrzekł – bo za minutę stąd wyjedzie.

Przed budynkiem stał czarny SUV pani burmistrz. Rozpoznałem kierowcę.

– Charlie, co tu się dzieje? – zapytałem. – Właśnie dostaliśmy wiadomość, że pani burmistrz chce się z nami spotkać.

– A ona dostała wiadomość, że gubernator chce się z nią spotkać. Każdy z nas tańczy na dwóch łapkach przed kimś innym, Zach.

Gdy weszliśmy na schody, drzwi rezydencji otworzyły się z rozmachem. Wypadła z nich Muriel Sykes w ciepłym fioletowym płaszczu i z zimnym, twardym grymasem na twarzy.

– Dzień dobry, pani burmistrz – powiedziałem.

– Ulubienica Ameryki została zamordowana w moim mieście, pod moim nadzorem. Co w tym, do diabła, dobrego? – parsknęła. – Jak stoicie z tą sprawą?

– Na razie nie mamy nic istotnego do powiedzenia – odrzekłem.

– Nic istotnego. To chyba moje motto na dzisiaj. Właśnie jadę do Albany, żeby słuchać kłamstw.

Zeszła ze schodków i ruszyła do SUV-a. Charlie otworzył przed nią tylne drzwi. Kylie i ja szliśmy za nią.

– Pani burmistrz – powiedziałem. – Posłała pani po nas. Czy chciała pani tylko zapytać, co mamy w sprawie Travers?

– Cholera, nie. Wiedziałam, że nic nie macie, bo nikt z Red nie dzwonił, żeby powiedzieć, że coś macie. – Usiadła na tylnym siedzeniu. Gdy Charlie zamknął drzwi, opuściła okno. – Dzwoniłam w innej sprawie. Paskudna puszka Pandory. Nie mogę jej powierzyć nikomu oprócz was.

– Dziękuję – powiedziałem. – Czy ma pani teraz czas, żeby przekazać nam szczegóły?

– Detektywie, nie mam nawet czasu nakręcić zegarka. Howard przekaże wam szczegóły. Czeka na was w środku.

Zamknęła okno i SUV wyruszył w dwustutrzydziestokilometrową podróż do stolicy stanu.

– Pierwszy raz widzę ją w tak paskudnym nastroju – powiedziałem. – Nie chciałbym być na miejscu Charliego.

– Jeśli to jest prawdziwa Muriel Sykes, to ja nie chciałabym być na miejscu Howarda – skomentowała Kylie.

Musiałem się roześmiać. Howard Sykes był mężem pani burmistrz. Znów weszliśmy na schody, żeby się przekonać, co to za puszkę Pandory miał zamiar nam powierzyć.

ROZDZIAŁ SIÓDMY

Muriel Sykes była wojowniczym dzieckiem z ulic Brooklynu. Ukończyła studia prawnicze, otrzymała nominację na stanowisko prokuratora federalnego w Południowym Dystrykcie Nowego Jorku, a potem za pierwszym podejściem zmiażdżyła w wyborach urzędującego burmistrza miasta. Jeśli istniała jakaś jedna cecha, która przede wszystkim motywowała ją do działania, była to determinacja.

Jej mąż nie był ani wojowniczy, ani zdeterminowany. Jako uprzywilejowane dziecko z Sutton Place, zamożnej części Nowego Jorku, gładko żeglował przez kolejne prywatne szkoły aż do jednego z uniwersytetów Ligi Bluszczowej i w końcu wylądował na Madison Avenue. Dzięki urodzie kojarzącej się z białym chlebem oraz patrycjuszowskim manierom w naturalny sposób wpasował się w świat, w którym forma często była bardziej ceniona od treści.

Ale jego zalety nie ograniczały się do dobrego uderzenia w golfie i daru czarowania gości przy kolacji opowieściami wojennymi. Howard był mistrzem w organizowaniu kampanii marketingowych, które podbijały serca konsumentów i od których puchły konta jego klientów. W wieku sześćdziesięciu lat przeszedł na emeryturę i zajął się organizowaniem kampanii politycznej żony. Powszechnie uważano, że to dzięki niemu Muriel

Sykes jako pierwsza kobieta w historii zajęła stanowisko burmistrza Nowego Jorku.

A do tego wszystkiego był bardzo miłym człowiekiem. Kylie i ja spotkaliśmy go kilkakrotnie na imprezach dobroczynnych i zawsze potrafił sprawić, że czuliśmy się równie ważnymi gośćmi jak każdy z obecnych tam milionerów.

Czekał na nas w salonie prywatnej rezydencji Pierwszej Rodziny.

– Zach, Kylie, dziękuję, że przyszliście – oznajmił, jakby nie wiedział, że po prostu wypełniamy rozkazy.

– W czym możemy panu pomóc? – zapytałem.

– Jestem w radach nadzorczych dwóch szpitali w tym mieście. Miesiąc temu ze Szpitala Świętej Cecylii zniknęło trochę sprzętu medycznego.

– Co to był za sprzęt?

Jako wytrawny marketingowiec Howard miał przygotowane pomoce wizualne. Otworzył teczkę i wyjął zdjęcie urządzenia, które przypominało iPada na sterydach.

– To jest przenośny aparat USG używany do diagnostyki układu krążenia. Waży pięć kilo, co oznacza, że technicy mogą podejść z nim do każdego łóżka w szpitalu.

– Ale to urządzenie wyszło ze szpitala – zauważyłem.

– To i jeszcze dwa podobne. Kosztują dwadzieścia tysięcy za sztukę. W pierwszej chwili pomyślałem, że niepotrzebnie tak miniaturyzują te urządzenia, bo przez to łatwo je ukraść. Ale – wyjął następne zdjęcie – to zniknęło mniej więcej w tym samym czasie.

To coś wyglądało jak wyższy brat R2–D2, droida z *Gwiezdnych wojen*.

– To urządzenie anestezjologiczne. Pięćdziesiąt tysięcy dolarów i dwieście kilo. Tego już się nie da włożyć do plecaka. Owszem, ma kółka, ale ma również wbudowane zabezpieczenia elektromagnetyczne, a wszystkie wyjścia ze szpitala są strzeżone. A jednak jakoś wydostało się za drzwi.

– Czy Szpital Świętej Cecylii zgłosił te kradzieże? – zapytała Kylie.

– Nie. Nie mieliśmy dowodu, że to były kradzieże, więc nie zgłosiliśmy zaginięcia. Szpital zdecydował się spisać ten sprzęt na straty i złożyć to na karb niewystarczających zabezpieczeń.

Milczeliśmy, bo to nie miało sensu. Pani burmistrz, która dobrze wiedziała, że jesteśmy zajęci zabójstwem Eleny Travers, kazała nam wszystko rzucić i zająć się pospolitymi przestępstwami, których okradziona instytucja nawet nie zgłosiła.

Howard, które zapewne wyczuwał nasze myśli, uznał, że lepiej będzie, gdy powie nam wszystko do końca:

– Jestem również w radzie nadzorczej Szpitala Miłosierdzia i dwa dni temu ten szpital też został okradziony. Tym razem skradziono sprzęt wart sto siedemdziesiąt tysięcy dolarów. Nie wierzę w zbiegi okoliczności, więc się tym zainteresowałem i okazało się, że w ciągu ostatnich dwóch miesięcy okradziono dziewięć szpitali, łącznie na wartość prawie dwóch milionów dolarów. – Podał mi wydruk. – Tu są wszystkie szczegóły.

– I chciałby pan, żebyśmy znaleźli tego, kto stoi za tymi kradzieżami – domyśliłem się.

– Tak, ale nie w waszym zwykłym stylu.

– Nie wiedziałam, że mamy jakiś styl. – Kylie spojrzała na mnie. – Pan Sykes będzie musiał nam powiedzieć, na czym polega ten styl, żebyśmy więcej tego nie robili.

Howard z uśmiechem wyciągnął z teczki wycinek z gazety. Było to zdjęcie nas dwojga zrobione w chwili, gdy wychodziliśmy z domu braci Bassettów.

– Media was kochają. To zrozumiałe, że trafiacie na pierwszą stronę gazet po wyjaśnieniu ważnego przestępstwa, ale wczoraj wieczorem tylko przesłuchiwaliście ludzi, którym skradziono naszyjnik, a i tak trafiliście na piątą stronę *New York Post*. Media chodzą za wami bez względu na to, co robicie, a celem moim i Muriel jest utrzymanie tego dochodzenia w ścisłej tajemnicy. Muriel dzwoniła dziś rano do komisarza policji. On jest wtajemniczony.

– Imponująca skala kradzieży, ale słyszymy o tym po raz pierwszy – zauważyła Kylie. – Dlaczego to wszystko jest takie utajnione i dlaczego opinia publiczna nie może się niczego dowiedzieć? Czasami to jest najlepsze źródło informacji.

– Gdybyście zapytali o to dyrektora któregokolwiek z tych szpitali, powiedziałby wam, że trzeba zachować tajemnicę ze względu na dobro pacjentów. Ludzie, którzy przychodzą do szpitala, chcą się czuć bezpiecznie. Jeśli usłyszą, że złodzieje ukradli sprzęt wielkości lodówki, to zaczną się martwić, co jeszcze mogą ukraść. Mój portfel? Mojego laptopa? Moje nowo narodzone dziecko? Wszyscy, którzy tam pracują, zdają sobie sprawę, że lepiej wyciszyć sprawę, by nie dokładać stresu pacjentom.

– A jaki jest prawdziwy powód, dla którego nie chcą upubliczniać wiadomości o tych kradzieżach? – zapytałem.

– Bo jeśli to gówno wyjdzie na jaw – odrzekł Howard z szerokim uśmiechem – to poważnie zmniejszy ich skuteczność w pozyskiwaniu funduszy.

ROZDZIAŁ ÓSMY

– Zmienić styl? – obruszyła się Kylie, gdy odjeżdżaliśmy spod rezydencji burmistrza. – Czy on mówi poważnie? Prasa się za nami ugania, bo łapiemy przestępców. Powiedz mi, Batmanie, jak mamy wyjaśnić tę sprawę, jeśli nie wolno nam zapuszczać sond?

– Bo potrafimy wyjaśnić każdą sprawę, Girl Wonder, i dlatego burmistrz Gotham City wybrał właśnie nas – odpowiedziałem. – Może zaczniemy od rozmowy z tymi ludźmi, z którymi pozwolono nam rozmawiać. Wyjedź na FDR. Zajrzyjmy do Szpitala Miłosierdzia i porozmawiamy z ochroną.

Na Siedemdziesiątej Dziewiątej skręciła w lewo i pojechaliśmy na południe.

– Jest tylko jeden sposób, żeby wywieźć sprzęt szpitalny wart dwa miliony dolarów z Nowego Jorku do jakiegoś nabywcy z Trzeciego Świata, który chce za to zapłacić – oświadczyła Kylie. – Wielkie kontenery.

– Dobry pomysł – stwierdziłem. – Dajmy Jan Hogle listę Howarda, niech porówna ją z manifestami okrętowymi statków towarowych, które przypływały tu w granicach kilku dni od każdej kradzieży. Może porównywać ciężar. Jeśli ukradli sprzęt, który ważył x, to niech zaznacza wszystkie ładunki o podobnej wadze.

– Myślałam o czymś innym – powiedziała Kylie. – A gdy-byśmy tak poszli do doków i porozmawiali z robotnikami? Ci faceci mają uszy i oczy dokoła głowy, a kilku z nich jest nam coś winnych.

– Doskonały plan – odrzekłem. – A potem gazety pokażą nasze zdjęcia jako dwóch pierwszych policjantów wyrzuconych z pracy przez administrację Sykes.

Zadzwoniła komórka Kylie. Jechaliśmy przez FDR z prędko-ścią osiemdziesięciu kilometrów na godzinę, więc przycisnęła guzik i przełączyła na głośnik.

– Tu detektyw McDonald.

– Mówi Mike Danehy z Better Choices. Czy mogę rozmawiać z panią Harrington?

Kylie pochwyciła telefon i wyłączyła głośnik.

– Kylie Harrington przy telefonie.

Tak bardzo ściszyła głos, że prawie nic do mnie nie docierało, ale po wyrazie twarzy poznałem, że to złe wiadomości. Coś się stało ze Spence'em.

W poprzednim życiu, gdy wraz z Kylie zaczynaliśmy naukę w akademii, rzuciliśmy się na łeb na szyję w lekkomyślny, wy-zwalający seksualnie romans, który trwał dwadzieścia osiem dni. A potem, zupełnie jak w kiepskiej piosence country, jej chłopak wyszedł z odwyku trzeźwy i czysty jak łza. Kylie rzuciła mnie i wyszła za niego.

Przez jedenaście lat Spence Harrington nie sięgnął po drin-ka ani po żaden narkotyk, ale w końcu to zrobił. Od tamtej pory krążył między rozmaitymi oddziałami terapeutycznymi, próbując pozbyć się tego świństwa. Connecticut, Oregon, a te-raz Better Choices, dzienny program terapeutyczny w Nowym Jorku.

– Mike, znam zasady, ale one są do dupy – powiedziała Kylie głośniej, bo narastała w niej frustracja. – Z pewnością mogę coś zrobić. Cokolwiek.

Odpowiedź Mike'a widocznie jej się nie spodobała, bo przycisnęła pedał gazu i zatrąbiła na jadącą przed nami żółtą taksówkę.

– Przepraszam cię, Mike, ale niczego mu nie umożliwiam. Ja po prostu jestem jego żoną.

Taksówkarz nie chciał zjechać na bok, więc Kylie wyminęła z prawej, niemal wciskając go w krawężnik pośrodku drogi.

– Dobra, dzięki – powiedziała. – Będziemy w kontakcie.

Wyłączyła telefon.

– Co się dzieje? – zapytałem.

– Pomyłka – odrzekła i zjechała na Wschodnią Pięćdziesiątą Trzecią.

Po niecałej minucie byliśmy na Pierwszej Alei przy Szpitalu Miłosierdzia. Kylie zaparkowała na zakazie, wyłączyła silnik, obróciła się do mnie i powiedziała:

– Spence zniknął.

W pierwszej chwili nie zrozumiałem.

– Jak to zniknął?

– Dzwonił jego opiekun, Mike Danehy. Spence od trzech dni nie pokazał się na oddziale.

– A próbowali do niego dzwonić?

– Oczywiście. Dzwonili, żeby mu powiedzieć, że wyrzucają go z programu, ale nie mogli go znaleźć, więc zadzwonili do mnie.

– I co ty masz z tym zrobić?

– Mike bardzo wyraźnie oznajmił, że mam nic nie robić, bo Spence musi sięgnąć dna, żeby się odbić i wypłynąć do góry.

– To dobra rada – odrzekłem. – Ale ty oczywiście nie lubisz dobrych rad.

Rzuciła mi blady uśmiech.

– Chcesz jakiejś pomocy? – spytałem, a gdy nie odpowiedziała, dodałem: – Kylie, twój uzależniony od narkotyków mąż zaginął. Czy chcesz jakiejś pomocy?

– Tak, Zach. Do cholery, chcę, tylko jestem zbyt uparta, żeby poprosić.

– W porządku – powiedziałem. – Nie musisz prosić.

ROZDZIAŁ DZIEWIĄTY

Po wejściu do biura pomyślałem, że ktoś, kto nie zna Gregga Hutchingsa, gdyby go teraz ujrzał, nigdy by nie pomyślał, że ma do czynienia z bohaterem. Kiedyś z nim pracowałem i wiedziałem, że zdobyte medale zajęłyby mu całą pierś, ale tutaj, w Szpitalu Miłosierdzia, nie było najmniejszego śladu po jego służbie w NYPD.

– Hutch – powiedziałem – gdzie są zdjęcia tych wszystkich komisarzy policji, którzy zakładają ci wstążki na szyję?

– To korporacyjna Ameryka, Zach, nikogo tu nie obchodzą moje dawne sukcesy. Bardziej ich interesuje, czy dobrze gram w golfa i ile setek tysięcy dolarów w postaci sprzętu przepuściłem przez palce w ciągu ostatniego weekendu.

– Słyszeliśmy, że zdarzył ci się mały wypadek. W czym możemy pomóc?

– Na początek wyjaśnię wam, jak tu wygląda zapobieganie kradzieżom. Gdyby to był supermarket, z którego ktoś kradnie paczki z mrożonym groszkiem, to umieściłbym kamerę w dziale z mrożonym groszkiem. Ale w tym szpitalu, jeśli chcę pilnować drogiego sprzętu na oddziale dializ, to nie mogę założyć tam kamer. Przepisy zabraniają instalowania podglądu w pomieszczeniach, gdzie znajdują się pacjenci. Wiadomo, ochrona prywatności, możliwość nielegalnego wykorzystania nagrań. Okej, rozumiem, ale w rezultacie wygląda to tak, jakby powiedzieć strażnikom w muzeum, żeby nie patrzyli na ludzi, którzy oglądają obrazy. Jak sądzicie, ile czasu trzeba, żeby ze ścian zaczęły znikać Picassy?

– Ale macie kamery w publicznych miejscach – stwierdziła Kylie. – Gdyby ktoś próbował wynieść jakiś sprzęt, zauważylibyście go w korytarzu.

– Tak sądzisz? – Hutchings obrócił się do ściany pokrytej monitorami telewizji przemysłowej. – Można odnieść wrażenie, że obejmują wszystko, ale w rzeczywistości widzę jednocześnie tylko jakieś dwadzieścia procent całego kompleksu. W dodatku szpital nie chce przypominać Wielkiego Brata, więc zamiast zakładać kamery w widocznych miejscach, żeby odstraszały złodziei, musimy ukrywać je w przewodach wentylacyjnych, za znakami informacyjnymi i czujnikami dymu. – Wskazał monitor. – Widzicie tego technika? Właśnie przeprowadza aparat rentgenowski z radiologii na rekonwalescencję. A tutaj facet z urządzeniem EKG czeka na windę. A widzicie ten wózek z jedzeniem? Skąd mogę wiedzieć, czy ktoś nie schował małego USG między krokietami z łososiem? Wszystko tu jest na kółkach. Widzę, jak sprzęty przemieszczają się po korytarzach, ale nie mam pojęcia, czy trafiają do gabinetów zabiegowych, czy też ktoś przemyca je na zewnątrz.

– Opowiedz nam o ostatniej kradzieży – poprosiłem.

– Kupiliśmy sześć najnowszych aparatów do dializy. Były zamknięte i czekały, aż technicy zostaną przeszkoleni przez producenta. I wszystkie zniknęły. Ten ktoś, kto je wyniósł, znał kod wejściowy do pokoju i musiał wiedzieć, jak je wyprowadzić ze szpitala, żeby nie złapała go ani jedna kamera.

– Więc brał w tym udział ktoś stąd – stwierdziła Kylie.

– Codziennie przewijają się tu tysiące ludzi, lekarze, pielęgniarki, pacjenci, odwiedzający i dostawcy. Ale możliwe, że miałem trochę szczęścia. – Otworzył szufladę, wyjął teczkę i rozłożył jej zawartość na biurku. – Nazywa się Lynn Lyon. – Pokazał nam zdjęcie kobiety po trzydziestce. – Pracuje jako wolontariuszka w sklepie z podarunkami, ale strażnik ją przyłapał, jak robiła zdjęcia w pomieszczeniu z aparatami do dializy.

– Jak tam weszła?

– Powiedziała mu, że drzwi były otwarte, ale jakoś jej nie wierzę.

– Zmieniliście kod? – zapytała Kylie.

– Ja tak bym zrobił, ale strażnik uznał, że to nic poważnego i wspomniał mi o tym dopiero wtedy, kiedy koń już uciekł ze stajni.

Zadzwoniła komórka Kylie. Nasza szefowa lubi kierować wszystkim zdalnie, sądziłem zatem, że przyszło jej do głowy sprawdzić, co porabiamy.

– Cates? – zapytałem.

Kylie potrząsnęła głową i odeszła na bok.

Przejrzałem teczkę Lynn Lyon.

– Rozmawiałeś z nią po tej kradzieży?

– W tym tygodniu nie ma jej w grafiku – odparł Hutchings. – A nie mam prawa wezwać jej na przesłuchanie.

– Ale my mamy takie prawo.

– Słuchaj, wiem, że to nie jest sprawa na waszym zwykłym poziomie i przyszliście tu tylko dlatego, że ściągnął was Howard Sykes, ale cieszę się, że to zrobił. Potrzebuję wszelkiej możliwej pomocy.

Kylie wróciła do biura.

– Przepraszam cię, Gregg, ale Zach i ja musimy już iść.

Sięgnąłem po teczkę.

– Podjedziemy do pani Lyon i porozmawiamy z nią.

– Dzięki – powiedział Hutchings. – Takie aparaty do dializy można sprzedać bardzo drogo na czarnym rynku poza Stanami. Może uda się coś z niej wydobyć, zanim dotrą do Turkmenistanu.

Wyszedłem z gabinetu w ślad za Kylie.

– Kto dzwonił?

– Shelley Trager. Czeka na nas w Silvercup Studios.

Trager był szefem męża Kylie.

– Chodzi o Spence'a?

– Oczywiście.

– Znaleźli go?

– Nie, ale kiedy oni go znajdą, to ja go zabiję.

Wiedziałem, że nie powinienem zadawać żadnych więcej pytań.

ROZDZIAŁ DZIESIĄTY

Trudno jest dotrzeć na szczyt w show-biznesie, a jeszcze trudniej zrobić to w Queens, pięć tysięcy kilometrów od serca tego przemysłu, które bije w Hollywood. Ale Shelley Trager, chłopak z ulicy, który wychował się w irlandzkiej dzielnicy Hell's Kitchen, dokonał tego. Teraz miał sześćdziesiąt lat, był szefem Noo Yawk Films i współwłaścicielem Silvercup Studios, rozłożystej piekarni w Long Island City, którą przekształcono w największe studio produkcji filmowej i telewizyjnej w północno-wschodniej części kraju.

Kolejną zagadką dotyczącą Tragera było to, że sukces i władza nigdy nie uderzyły mu do głowy. Według BuzzFeed był jedną z najbardziej lubianych osób w show-biznesie. I to właśnie on stał za olśniewającą karierą Spence'a Harringtona.

Już sześć miesięcy po tym, jak Spence wyszedł z odwyku, Shelley zatrudnił go w roli asystenta produkcji. Rok później powierzył mu pisanie scenariusza do programu, który miał coraz gorsze wyniki oglądalności, ale Spence odwrócił sytuację. Złoty chłopiec wprowadził swoje pomysły, Shelley je sfinansował i razem osiągnęli pierwszy sukces. Za nimi poszły kolejne i tak to trwało aż do czasu, gdy Spence wrócił do prochów i wszystko diabli wzięli.

Shelley zastosował zasadę twardej miłości i zabronił Spence'owi wstępu na plan aż do końca terapii.

Kylie zatrzymała samochód na parkingu Silvercup przy Harry Suna Place. Carl, gadatliwy strażnik przy głównej bramie, natychmiast ją rozpoznał.

– Dzień dobry, pani Harrington – rzekł z kamienną twarzą. – Pan Trager czeka na panią w Studio Cztery.

Machnięciem ręki wpuścił ją na parking. Żadnych zbędnych słów, żadnych żartów, zero kontaktu wzrokowego.

– Jest gorzej, niż myślałam – stwierdziła Kylie. – Carl nie chce na mnie nawet spojrzeć. Może nie powinnam cię w to wciągać?

– W co? – zapytałem.

– Ktoś wczoraj w nocy włamał się do studia i zniszczył dekoracje do kilku programów.

– W nic mnie nie wciągasz. To jest miejsce przestępstwa. Na tym polega nasza praca.

– Tylko że tym razem to ja jestem żoną przestępcy.

– Mają jakieś dowody?

– Nie, ale ten ktoś poszedł prosto do Studia Cztery i zniszczył dwa zestawy dekoracji do serialu *K. Mac*.

Skrzywiłem się. K. Mac to była ksywka Kylie MacDonald w czasach akademii. Czasem wciąż się tak do niej zwracałem. Spence przechwycił ten przydomek i stworzył serial, którego bohaterka, detektyw Katie MacDougal, miała poważnie zaburzone granice osobowości. Ta fikcyjna K. Mac bardzo przypominała kobietę, z którą się ożenił.

Publiczności serial bardzo się podobał. Kylie go nie cierpiała.

– Idę z tobą – powiedziałem.

Weszliśmy do budynku. Minęliśmy człowieka z zakrwawionym nożem w piersi, spalony miejski autobus oraz dwie zakonnice, które wyszły na papierosa. Wszystko to wydawało się zupełnie nierealne, ale nic nie przygotowało nas na zniszczenia, które ujrzeliśmy w Studiu Cztery. Wyglądało tak, jakby ktoś zrobił tu sobie rajd buldożerem.

Shelley czekał na nas na scenie dźwiękowej.

– Dla porządku powiem od razu, że nie zamierzam donosić o tym policji – zwrócił się do Kylie. – Nie jesteście tu jako policjanci. Zadzwoniłem do ciebie, bo jesteś jego żoną.

– Dziękuję. – Ostrożnie weszła między okruchy szkła i kawałki drewna, czyli tam, gdzie wcześniej były filmowe pomieszczenia komisariatu. A teraz patrzyła na poprzewracane biurka, porozbijane komputery, na wiszącą na ścianie i pomazaną czerwonym sprejem tarczę NYPD. Jestem pewien, że ten kolor nie uszedł uwagi Kylie. Służyła w Red, „czerwonej" jednostce policji.

Przeszła na drugą stronę pomieszczenia, do sypialni Katie MacDougal, omijając kawałki szkła z rozbitego lustra i szklanych buteleczek, które stały wcześniej na komodzie. Spojrzała na łóżko K. Mac i zesztywniała. Prześcieradła, poduszki i materac były pocięte na kawałki.

W końcu odwróciła się do tego wszystkiego plecami.

– Shelley, tak mi przykro. Wiem, że jest na mnie wściekły, bo nie chciałam go wpuścić do mieszkania, ale…

– Ja też go wyrzuciłem. Jest wściekły na nas oboje i właśnie nam to przekazał.

– Tak… – Kylie potrząsnęła głową. – Ale co to za przekaz?

Shelley nie odpowiedział.

Bez względu na to, co ten przekaz miał wyrażać, podany był bez żadnych niuansów.

ROZDZIAŁ JEDENASTY

– Odwołuję się do zasady NPWZ – powiedziałem, gdy znów wyszliśmy na parking.

Na twarz Kylie wypłynął blady uśmiech. Gdy jest wściekła, prowadzi jak mistrz NASCAR, dlatego zawarliśmy umowę, która brzmi: „nie prowadź w złości".

– Daj spokój, Zach. Nie rozbiłam żadnego samochodu od...

– Od stycznia – wpadłem jej w słowo. – To już prawie trzy miesiące.

Jej uśmiech stał się szerszy. Rzuciła mi kluczyki.

Ze studia do mieszkania Lynn Lyon przy West End Avenue było tylko piętnaście minut jazdy. Kylie gadała przez cały czas. Mówiła o wszystkim – od sprawy Eleny Travers, poprzez kradzieże w szpitalach, aż po moją sytuację z Cheryl i jak się nam razem mieszka. Tym jedynym, o czym nie wspominała, był słoń w samochodzie, czyli jej mąż narkoman.

Ale jestem pewien, że przez cały czas o tym myślała. Dała już sobie spokój ze wszystkimi radami, których udzielono jej na oddziale terapeutycznym. Kylie była uzależniona od działania i choć Spence być może nie dotarł jeszcze do dna, to na widok zniszczeń w Silvercup nie potrafiła pozostać bezczynna.

Zatrzymaliśmy się na parkingu przy Lincoln Towers, sześciu ekskluzywnych budynkach otoczonych ośmioma hektarami wypielęgnowanego krajobrazu pośrodku snobistycznej Upper West

Side na Manhattanie. Nie było to miejsce, gdzie spodziewałbym się znaleźć kogoś, kto sprzedaje na czarnym rynku skradziony sprzęt medyczny.

Zdjęcie Lynn Lyon, które pokazał nam Hutchings, nie oddawało jej sprawiedliwości. Otworzyła nam drzwi w dżinsach, szarej bluzie i w fartuszku poplamionym sosem. Choć była bez makijażu, a włosy miała związane niebieską chustką, poczułem, że krew w moich żyłach zaczyna krążyć szybciej, jak to się zwykle dzieje z mężczyznami, którzy niespodziewanie stają twarzą w twarz z kobietą piękną z urodzenia, a nie z woli botoksu i innych wspomagaczy.

Pokazaliśmy jej identyfikatory i powiedzieliśmy, że chcemy zadać kilka pytań.

– Jestem zajęta – powiedziała. – Czy moglibyście wrócić później?

– Nie, proszę pani, to nie może czekać – odrzekła Kylie.

– Moje risotto też nie. Będziemy musieli rozmawiać w kuchni. – Nie czekając na odpowiedź, wyjaśniła: – Prowadzę blog kulinarny i właśnie przygotowuję kolejny wpis.

Zaprowadziła nas do ciasnej kuchni, w której unosił się ziemny zapach grzybów.

– To moja wersja risotto z prawdziwkami i szparagami. – Wzięła do ręki drewnianą łyżkę i zamieszała w płytkim garnku. – O co chodzi?

– O kradzież w Szpitalu Miłosierdzia – wyjaśniłem.

– Wcale mnie to nie dziwi. Ostrzegałam ich. – Gestem telewizyjnego szefa kuchni wyjęła z piekarnika bochenek świeżo upieczonego chleba, ułożyła go na blacie i sięgnęła po aparat fotograficzny.

– Jak to ostrzegała pani?

– Niektórzy wolontariusze wychodzą na kawę i zostawiają sklep otwarty – mówiła, fotografując chleb. – Zamiast zamknąć drzwi, wywieszają tylko tabliczkę „wrócę za pięć minut". Są zbyt ufni. Wcześniej czy później coś takiego musiało się wydarzyć.

– Nie chodzi o sklep z upominkami, pani Lyon – sprostowała Kylie. – Skradziono sześć aparatów do dializy.

– Sześć?... Nie rozumiem – powiedziała, zalewając risotto bulionem z garnka. – Pracuję w sklepie z upominkami, ale... O mój Boże! W zeszłym tygodniu byłam w pomieszczeniu ze sprzętem do dializ.

– I robiła pani zdjęcia. – Kylie wskazała aparat.

Większość ludzi bez względu na to, czy ma coś na sumieniu, czy nie, natychmiast wykrzyknęłaby z oburzeniem: „Chcecie powiedzieć, że jestem złodziejem?". Ale nie Lyon. Przyłożyła wolną rękę do ust, oczy jej się zaszkliły, a po policzku spłynęła łza.

– To takie... żenujące.

– Co pani robiła w miejscu, do którego wstęp jest wzbroniony? – zapytała Kylie. Jej postawa i ton głosu świadczyły o tym, że przyjęła rolę złej policjantki.

– Drzwi były otwarte i nie było na nich żadnej tabliczki z zakazem wstępu. Mam przyjaciółkę, która jest pielęgniarką i pracuje przy dializach na północy stanu. Opowiadałam jej o nowych urządzeniach, które kupił szpital. Prosiła, żebym wysłała jej zdjęcie, więc sfotografowałam te aparaty. To wszystko. Nie zrobiłam nic złego. Nie mogę uwierzyć, że oskarżacie mnie o kradzież.

– Nikt pani o nic nie oskarża – powiedziała Kylie. – Zadaję tylko rutynowe pytania.

– Gdyby mnie pani znała lepiej, nie zadawałaby mi pani takich pytań. Nie kradnę. Moje pasje to gotowanie i wolontariat. Moja dusza potrzebuje odkupienia i to są moje dwa sposoby. – Łzy zniknęły. – Ja również chciałabym wam zadać kilka pytań – ciągnęła. – Jak niby miałam wynieść ze szpitala sześć urządzeń do dializy? A nawet gdybym to zrobiła, to co miałabym z nimi

zrobić? To nie tylko żenujące, to absurdalne! Jeśli nie zamierzacie mnie aresztować, to proszę, wyjdźcie stąd.

Wyszliśmy.

– Kupiłeś to? – zapytała Kylie, gdy już siedzieliśmy w samochodzie.

– Skąd wiesz, że tylko grała? Przedstawiłaś jej obciążające
okoliczności, a ona podała wiarygodne wyjaśnienie.

– Proszę cię! Ładna kobieta we własnej kuchni włącza kran
ze łzami. Każdy facet się na to nabierze.

– Więc teraz nagle jestem facetem? Zdawało mi się, że jestem
gliną.

– Ja też jestem gliną i od pierwszej chwili pomyślałam, że
gdybym miała wysłać kogoś na robotę do szpitala, to wybrała-
bym osobę, która nie zwróci niczyjej uwagi, znaczy się nie wzbudzi podejrzeń. Czyli kogoś takiego jak ona.

– Okej, Kylie, ale na razie nie mamy się na czym oprzeć.

– Zrobisz coś dla mnie? Przyjrzyjmy się innym szpitalom,
które też zostały okradzione, i sprawdźmy, czy również tam Lynn
Lyon pracowała jako wolontariuszka.

Intuicja Kylie działa podobnie jak moja i zwykle dobrze się ze
sobą zgrywamy, gdy mamy kogoś przesłuchać. Byłem zupełnie
pewny, że tym razem to ja mam rację, ale złość na Spence'a musiała znaleźć ujście, dlatego Kylie wyładowała się na Lyon.

– W porządku – powiedziałem. – Chcesz pojechać do tych
szpitali?

– Jasne. Policyjna praca to moja pasja, Zach, a mojej duszy
przydałoby się trochę odkupienia. Poza tym nie przepuszczę
żadnej okazji, by udowodnić, że jestem bystrzejsza od ciebie.

ROZDZIAŁ DWUNASTY

Aż do ostatniego wieczoru najdroższą rzeczą w malutkim dwupokojowym mieszkaniu Teddy'ego Rydera w Lower East Side był telewizor JVC kupiony za dwieście dolców na Overstock.com. Teraz jednak przyćmił go naszyjnik ze szmaragdów i brylantów, który leżał na stoliku do kawy.

Teddy nie spał od dnia napadu. Nikt nie miał zginąć, wzięli ze sobą broń tylko dla lepszego efektu. Jego partner, Raymond Davis, pociągnął za spust, ale zaklinał się na wszystkie świętości, że to nie on zawinił. Zrzucał całą odpowiedzialność na gościa, który siedział z tyłu limuzyny i chciał mu odebrać pistolet. Potem Raymond wyciągnął się na łóżku i spał jak kamień aż do siódmej rano.

A teraz próbował renegocjować umowę z Jeremym.

– Pięćdziesiąt tysięcy to gówno, nie pieniądze – powiedział Raymond, gdy obejrzeli wiadomości i dowiedzieli się, że naszyjnik jest wart osiem milionów. – Podnosimy cenę do pół bańki.

Gdy Raymond wrócił ze spotkania z Jeremym, było już późne popołudnie. Po jednym spojrzeniu na jego twarz Teddy wiedział, że negocjacje spłynęły z wodą w kiblu.

– Jeremy to dureń – powiedział Raymond.

– Ile dostałeś? – zapytał Teddy.

– Więcej niż się umawialiśmy, ale mniej niż miałem nadzieję.

– To znaczy ile?

– Dziewięćdziesiąt patoli.

– Dla każdego?

– Nie, za całą imprezę.

– Czy on zgłupiał? – obruszył się Teddy. – Przecież nie prosimy go o kieszonkowe na fajki i piwo. Potrzebujemy tyle, żebyśmy mogli zniknąć.

– Myślisz, że mu tego nie powiedziałem?

– To wracaj i powiedz mu jeszcze raz, że wiemy, ile wart jest naszyjnik i jeśli nie da nam dobrej rynkowej ceny, to znajdziemy innego chętnego.

– To też mu mówiłem, ale roześmiał mi się w twarz. Powiedział, że przez to, że ta aktorka zginęła, towar jest zbyt gorący. – Raymond sięgnął do stolika i podniósł naszyjnik do światła. – Ma rację. Trochę się porozglądałem. Nikt nie chce tego tknąć.

Teddy poczuł podchodzącą do gardła panikę, serce waliło coraz mocniej. Miał ochotę wykrzyknąć: „To przez ciebie ta aktorka zginęła!", ale oddychał z wysiłkiem i nie chciał marnować resztek powietrza na Raymonda.

Osunął się na fotel, który przyniósł z ulicy po odsiedzeniu ostatniego wyroku w Rikers.

– To co teraz zrobimy?

– Wszystko przemyślałem – powiedział Raymond. – Jeremy przyjdzie tu wieczorem. Spakujemy się, oddamy mu naszyjnik i jak tylko dostaniemy kasę, spadamy do Meksyku.

– Nigdzie nie jadę bez pożegnania z mamą – oświadczył Teddy. – Jak dostanę swoją działkę, pójdę do niej, prześpię się i poproszę, żeby zrobiła mi placki z serem na śniadanie.

– A ile cię to będzie kosztowało, chłopcze? Pięć kawałków, dziesięć? Jaką część chcesz oddać matce?

– To nie twoja sprawa, ile jej dam.

– Moja, jeśli mamy jechać do Meksyku. Ja będę miał czterdzieści pięć tysięcy, a ty brzuch pełen placków z białym serem. Nie zamierzam utrzymywać ani ciebie, Teddy, ani twojej matki.

– Nie martw się o mnie. O której Jeremy ma tu być?

Raymond wzruszył ramionami.

– Nie powiedział, o której, mówił tylko, że wieczorem. Obudź mnie, jak tu przyjdzie. Idę się zdrzemnąć.

ROZDZIAŁ TRZYNASTY

Siedziałem przy komputerze, gdy na ekranie pojawiła się wiadomość od Kylie:

Mam nowe wiadomości o naszej gospodyni domowej. Jeśli chcesz się dowiedzieć więcej, zajrzyj do mojego gabinetu.

Kylie uwielbia mieć rację, a jeszcze bardziej uwielbia, kiedy ja się mylę.

Jej gabinet to biurko stojące tuż za moim. Obróciłem krzesło.

– Zdaję się, że masz jakiś powód do triumfu?

– Ja? – zdziwiła się fałszywie, promieniejąc satysfakcją. – Pomyślałam tylko, że może zechcesz się dowiedzieć, co znalazłam na temat tych kradzieży. Poszperałam trochę i okazuje się, że twoja ulubiona kucharka od risotto była wolontariuszką w czterech z dziewięciu okradzionych szpitali.

– Ma jakąś kartotekę?

– Jest czysta jak łza. Trzech koordynatorów wolontariatu, z którymi rozmawiałam, twierdziło, że to jedna z najlepszych wolontariuszek, z jakimi zdarzyło im się pracować, i życzyliby sobie mieć jeszcze po dziesięć takich.

Czekałem na jakieś „ale". I się doczekałem:

– Ale znalazłam coś interesującego. Jej ojciec był inżynierem od ropy naftowej. W dzieciństwie mieszkała w rozmaitych miejscach na Bliskim Wschodzie. Po skończeniu college'u wyjechała na trzy lata do Indii i pracowała dla instytucji dobroczynnej, która zajmowała się leczeniem dzieci z ulicy.

– Dlaczego to takie interesujące?

– Słyszałeś, co powiedział Gregg Hutchings. Jak myślisz, dokąd trafią te wszystkie zaawansowane technologicznie urządzenia? Lyon ma dobre serce i przez długie lata oglądała nędzę Trzeciego Świata. Moim zdaniem nawet nic jej za to nie płacą. Pracuje jako wolontariuszka nie tylko dla szpitali, ale również dla ludzi, którzy je okradają.

– Doskonała robota, detektyw McDonald. Ta kobieta nie ma żadnej kryminalnej przeszłości, ale widziała biedę, więc postanowiła przysłużyć się ubogim, pomagając handlarzom z czarnego rynku w przemycie skradzionego sprzętu – podsumowałem. – Może pójdziesz z tym do biura prokuratora okręgowego i sprawdzisz, ile czasu trzeba, żeby Mick Wilson cię stamtąd wykopał?

– Miałam raczej nadzieję, że mnie przeprosisz – odparła z godnością.

– No dobrze, a więc pracowała w czterech szpitalach. Gdybym był prawnikiem, nazwałbym to okolicznościami obciążającymi, ale jako policjant przyznaję, że pani Lyon to nie tylko risotto z prawdziwkami i szparagami.

– Masz ochotę pojechać tam jeszcze raz i przywieźć ją tutaj na porządne przesłuchanie?

– Nie.

– Dlaczego?

– Lepiej niech myśli, że przestaliśmy się nią interesować. Będziemy ją śledzić i zobaczymy, co z tego wyniknie. Może doprowadzi nas do kogoś wyżej postawionego w tym łańcuchu.

– To pierwsza inteligentna kwestia, jaką wygłosiłeś, odkąd łyknąłeś ten jej łzawy spektakl w stylu Marthy Stewart. Jest jeszcze dla ciebie jakaś nadzieja, Jordan.

Zadzwoniła moja komórka. Odebrałem. To była Cheryl.

– Hej, co robisz dziś wieczorem? – zapytała.

– Ty mi powiedz.

– Masz ochotę na włoską kolację?

– *Fantastico.*

– Możesz być w domu koło siódmej?

– Jasne.

– Świetnie. Kocham cię.

– A ja cię – zrymowałem lirycznie i wyłączyłem telefon, upajając się tym, co przed chwilą usłyszałem.

Byłem myślami przy najbliższej nocy, gdy Kylie brutalnie przerwała mi te fantazje.

– Zach, słyszałeś, co powiedziałam?

– Przepraszam. Mogłabyś powtórzyć?

– Powiedziałam, że nie możemy śledzić Lyon. Wiem, że burmistrz chce, żebyśmy się zajęli kradzieżami w szpitalach, ale to zabiera czas, którego potrzebujemy na zabójstwo Travers. Porozmawiajmy z Cates. Może przydzieli nam drugi zespół, który przejmie bardziej czasochłonne zadania.

– Jasne.

Podniosła się od biurka i poszła do gabinetu Cates. Moje nogi podążyły za nią, ale głowa wciąż zajęta była telefonem od Cheryl.

Po raz pierwszy nazwała moje mieszkanie domem. Wrażenie było niewiarygodne.

ROZDZIAŁ CZTERNASTY

Kapitan Delia Cates pracuje w NYPD już w trzecim pokoleniu. Wychowała się w Harlemie i gdy ktoś ją zapyta, gdzie chodziła do college'u, odpowiada z uśmiechem:

– Och, była całkiem niezła szkoła półtora kilometra od mojego domu.

Tą szkołą, o czym niektórzy wiedzą, był Columbia University.

Skończyła college jako osiemnastolatka, zrobiła magisterium z prawa kryminalnego w John Jay College i zanim dołączyła do departamentu, odbyła cztery lata służby w piechocie morskiej. Awansowała z szybkością komety, a gdy nasz poprzedni major utworzył NYPD Red, jego *consigliere* Irwin Diamond wybrał Cates do prowadzenia tej jednostki.

– Nie dlatego, że nie było nikogo lepszego na to miejsce – powiedziała mi Cates któregoś wieczoru, gdy poszliśmy na drinka. – Ale gdy rejon w większości zamieszkany jest przez nadmiernie uprzywilejowanych białych mężczyzn, oddanie go czarnej kobiecie jest sprytnym posunięciem politycznym.

Jednak prawda wyglądała tak, że Cates była najlepszą kandydatką na to stanowisko. Zwykle bardzo się cieszę, że to ona jest moim szefem, ale tego dnia nie sprawiało mi to radości.

– Tylko tyle macie? – zapytała, gdy streściliśmy jej, na czym stoimy w sprawie Travers. – Od spotkania z braćmi Bassettami, co miało miejsce wczoraj wieczorem, zrobiliście tyle co nic. Kompletnie nic.

– Wysłaliśmy ludzi, żeby przeczesali teren i poszukali świadków – powiedziała Kylie. – W pobliżu skrzyżowania Pięćdziesiątej Czwartej z Broadwayem, gdzie padły strzały, pracuje co najmniej dwadzieścia pięć kamer drogowych i prywatnych kamer bezpieczeństwa. Jan Hogle przegląda wszystkie zapisy.

– A co z tą rozległą siecią wywiadowców, o której opowiadaliście mi dzisiaj rano? Czego się dowiedzieli?

– Ma pani rację, pani kapitan – powiedziałem, zanim Kylie zaczęła się bronić. – Nic nie zrobiliśmy w sprawie Travers i nie mamy żadnego usprawiedliwienia.

– Oczywiście, że macie usprawiedliwienie. – Cates jakby rozbawiły te jej słowa. – To się nazywa priorytet polityki nad pracą policyjną. Pani burmistrz i jej mąż chcą, żebyście zajęli się kradzieżami w szpitalach, od czego nie możecie się wykręcić, a ja nie mogę was zabrać od sprawy zabójstwa, co w sumie daje tyle, że musicie robić jedno i drugie.

– Damy radę – powiedziałem, bardzo się starając, żeby zabrzmiało to przekonująco. – Ale przydałaby się nam pomoc. Zainteresowała nas pewna osoba, szpitalna wolontariuszka, która mogła maczać palce w czterech z dziewięciu kradzieży. Może nas doprowadzić do grubszych ryb, ale trzeba za nią pochodzić. Czy mogłaby pani znaleźć jakiś inny zespół, żeby się tym zajął?

– Z przyjemnością – powiedziała Cates. – A czy wy możecie znaleźć tych, którzy zabili Elenę Travers?

– Z przyjemnością – odparła Kylie.

Cates zignorowała mądralę i spojrzała na mnie.

– Oddaję wam Betancourt i Torres.

Po czym odesłała nas machnięciem ręki.

Pięć minut później siedzieliśmy z przydzieloną nam parą i przekazywaliśmy, co jest grane.

Jenny Betancourt i Wanda Torres przed przejściem do Red miały na koncie więcej złapanych przestępców niż jakikolwiek inny zespół w południowym Brooklynie. Detektyw Betancourt jest jak pitbull, gdy chodzi o szczegóły, a detektyw Torres – cóż, po prostu jest pitbullem. Kylie i ja już z nimi pracowaliśmy i polubiliśmy je, po części dlatego, że były nowe i bardzo chciały się wykazać, a po części, bo przypominały nam nas samych. Nieustannie się kłóciły jak stare małżeństwo.

– Zgadzam się z Kylie – powiedziała Betancourt, gdy skończyliśmy relacjonować sprawę. – Lyon w okresie dorastania widziała mnóstwo ludzi, którzy umierali przez brak odpowiedniej opieki medycznej. To wystarczyło, by dać jej motyw.

– Bzdura – zaoponowała Torres. – Ja dorastałam w południowym Brooklynie. Pięcioro dzieci z mojej podstawówki zmarło na astmę. Na litość boską, na astmę! Jak to świadczy o opiece medycznej? Ludzie, którzy dorastają w biedzie, kradną steki z supermarketów, może telewizory, ale nie sprzęt medyczny!

Poprosiłem je, żeby rozstrzygnęły to między sobą, przypomniałem, jak ważna jest ta sprawa dla męża pani burmistrz, i wypuściłem je na wolność.

– Jakie masz plany na wieczór? – zapytała Kylie, gdy Betancourt i Torres wyszły.

– Wychodzę z Cheryl na włoską kolację. A ty?

– Sama nie wiem. To był długi dzień. Chyba pójdę do domu, zrobię sobie kąpiel z pianką, zamówię kolację, otworzę butelkę wina i obejrzę jakiś film z Markiem Wahlbergiem.

– Zapowiada się spokojny wieczór – podsumowałem.

– Taki właśnie mam plan. Muszę odpocząć.

Łgała jak najęta. Nie miałem pojęcia, co zamierzała robić tego wieczoru, ale jednego byłem pewien: nie miało to nic wspólnego z kąpielą z pianką, butelką wina i filmem z Markiem Wahlbergiem.

ROZDZIAŁ PIĘTNASTY

Dotarłem do domu o szóstej pięćdziesiąt dwie, osiem minut przed terminem. Cheryl była w kuchni i smarowała przekrojoną ciabattę masłem z dodatkiem czegoś ostrego.

– Co tu się dzieje? – zapytałem.

– Robię chleb czosnkowy.

– Intuicja detektywa już mi to podpowiedziała, ale zdawało mi się, że mamy wyjść na kolację.

– A kto mówił o wychodzeniu? Pytałam, czy masz ochotę na włoskie jedzenie, a ty powiedziałeś *fantastico*, więc właśnie to robię. W piekarniku jest lasagne. Będzie gotowa około wpół do ósmej.

– Niesamowite.

– Nie ma w tym nic niesamowitego, Zach. To się nazywa kolacja. Normalne pary robią coś takiego codziennie.

Stanąłem za nią, położyłem dłonie na jej piersiach i zacząłem skubać ustami kark.

– A co robią normalne pary, jeśli mają trzydzieści pięć minut do zabicia, zanim lasagne będzie gotowa?

– Nie zdejmuj jeszcze spodni, napalony detektywie. – Wysunęła się z moich objęć. – Przynajmniej do końca kolacji. Na razie możesz otworzyć butelkę wina i włączyć telewizor. To już będzie szczyt normalności.

Położyłem odznakę, pistolet i komórkę na blacie śniadaniowym, który oddziela kuchnię od jadalni, wyciągnąłem z półki na wino butelkę Gabbiano Chianti i napełniłem dwa kieliszki. Znalazłem pilota od telewizora, włączyłem teleturniej *Va banque* i usiadłem na kanapie. Pięć minut później Cheryl usiadła obok mnie i przez następne pół godziny sprawdzaliśmy, kto szybciej poda właściwą odpowiedź. To były bardzo nierówne zawody. Zmiażdżyła mnie.

Ta czysta, niczym niezmącona nuda domowa wprawiła mnie w zachwyt.

– Przegrany zmywa naczynia – oznajmiła Cheryl, idąc do kuchni.

Wyłączyłem telewizor i poszedłem do łazienki, żeby się umyć. Gdy patrzyłem w lustro, mój wzrok przyciągnął różowy szlafrok wiszący na drzwiach tuż obok mojego białego. Cheryl nie była pierwszą kobietą, z jaką mieszkałem, ale po raz pierwszy w życiu nie miałem żadnych wątpliwości, czy dobrze zrobiłem.

Kiedy wróciłem z łazienki, górne światło w jadalni było przyciemnione, na stole płonęły dwie migoczące świece, a obok nich stało parujące naczynie z lasagne, miska zielonej sałaty z pomidorkami cherry i koszyk z czosnkowym chlebem.

– Jesteś pewna, że to jest normalne? – zapytałem. – Bo dla mnie wygląda zupełnie *fantastico*.

Cheryl stała obok blatu śniadaniowego. W ręku miała moją komórkę.

– Nie siadaj jeszcze. Zadzwoniła, gdy byłeś w łazience.

– Ktokolwiek to jest, przekaż, że jem kolację i oddzwonię później.

– To twoja partnerka – powiedziała głosem wypranym z emocji. – Potrzebuje policjanta.

Wziąłem od niej telefon.

– Kylie, to musi zaczekać, chyba że ktoś przystawia ci pistolet do głowy.

– Zach, jestem na stacji benzynowej w Harlemie.

– I co tam robisz?

– Wyśledziłam jednego z dilerów Spence'a.

– Po co? Po tym wszystkim, co powiedzieli ci na oddziale, po jakiego diabła… Zresztą mniejsza z tym. Wiem, dlaczego robisz te głupoty, które robisz, nie mam tylko pojęcia, dlaczego tam pojechałaś bez żadnej asekuracji.

– Bo wydawało mi się, że dam sobie z tym radę sama.

– Ale nie dasz. – Spojrzałem na Cheryl i samym ruchem ust powiedziałem „przepraszam", a potem znów wróciłem do telefonu. – Dobra, powiedz, co się dzieje.

– Ten diler nazywa się Baby D. Powiedziałam mu, że szukam mojego męża. Mówi, że nie widział Spence'a od miesięcy, ale kłamie. Wiem, bo ma na ręku nowy zegarek Spence'a.

– To nie jest powód, żeby go aresztować.

– Chryste, Jordan! – wrzasnęła. – Zamierzasz mi wygłaszać kazania o tym, co mogę robić, a czego nie? Zdawało mi się, że obiecałeś mi pomóc! Dobra, zapomnijmy o tym.

Rozłączyła się. Stałem nieruchomo, zionąc złością.

– Co się dzieje? – zapytała Cheryl.

– To samo co zawsze. Wpakowała się w jakieś gówno, straciła kontrolę i potrzebuje pomocy.

– Powiedziałeś jej, żeby zadzwoniła po wsparcie?

– Nie może, bo to nie jest sprawa policyjna, tylko jej własne pieprzone problemy. Sam nie wiem, co mam zrobić. – Pochyliłem głowę i spojrzałem na Cheryl z nadzieją, że przejmie pałeczkę.

– Nie patrz na mnie jak zbity szczeniak. Doskonale wiesz, co za chwilę zrobisz, masz tylko nadzieję, że to ja każę ci to zrobić. Ale nic z tego.

No jasne. Przycisnąłem na telefonie guzik ostatnich połączeń i wybrałem to na samej górze. Kylie odebrała po pierwszym sygnale.

– Co?

– Obiecałem rano, że ci pomogę, i mówiłem poważnie.

– W porządku. W takim razie zbieraj tyłek i przyjedź jak najszybciej na stację BP na rogu Sto Dwudziestej Dziewiątej i Park Avenue.

– Daj mi dwadzieścia minut – powiedziałem, patrząc prosto na Cheryl. – Masz na mnie czekać, nie rób nic głupiego.

– Dobra, dobra. Zach?

– Co?

– Weź ze sobą gotówkę.

Wyłączyłem telefon. Cheryl podeszła do stołu, zdmuchnęła świece i zapaliła górne światło.

Zabrałem z blatu pistolet i odznakę, narzuciłem na siebie kurtkę i wyszedłem.

Żadne z nas nie odezwało się ani słowem, i była to najmądrzejsza rzecz, jaką mogliśmy zrobić.

ROZDZIAŁ SZESNASTY

Udało mi się złapać taksówkę zaraz po wyjściu z budynku. Niestety był to prius, nieduży i przyjazny dla środowiska samochód, z naciskiem na „nieduży". Nie miałem jednak czasu szukać innej taksówki, toteż wcisnąłem swój metr osiemdziesiąt na tylne siedzenie zaprojektowane dla osób o wzroście metr pięćdziesiąt i ruszyliśmy w stronę centrum.

Siedziałem tak zgięty wpół, głodny i wściekły. Byłem zły na Kylie, że mnie zmanipulowała, a jeszcze bardziej na siebie za to, że dałem się wkręcić. Choć bardzo się starałem, nie potrafiłem pozbyć się wizji kolacji przy świecach i twarzy Cheryl w chwili, gdy wychodziłem z domu. Miałem wrażenie, że ten widok już na zawsze wypalił mi się w mózgu.

Taksówkarz nie odezwał się ani słowem. Nie mogłem go za to winić. Nic nie mówi wyraźniej „trzymaj się ode mnie z daleka", niż widok zdenerwowanego białego faceta, który wypada jak bomba z budynku mieszkalnego na Upper East Side i każe się zawieźć na róg podejrzanej ulicy w Harlemie.

Była jeszcze bardziej podejrzana, niż sądziłem. W ciągu mojego życia Harlem bardzo się zmienił, stygmat przestępczości ulicznej i miejskiego rozkładu zastąpiły modne restauracje i butiki, ale zmiana charakteru tej części miasta nie dotarła jeszcze na róg Sto Dwudziestej Dziewiątej i Park Avenue. Nad aleją dominowały biegnące górą tory kolejowe linii Metro-North. Ulica pod nimi upstrzona była pustymi parcelami. Znajdował się tu również ogrodzony parking oraz stacja benzynowa BP połączona z całodobowym sklepem spożywczym. Teren wokół dystrybutorów był dobrze oświetlony, i tam właśnie wysadził mnie taksówkarz.

Z trudem wygramoliłem się z przyjaznego dla środowiska żółtego pudełeczka i od razu dostrzegłem samochód Kylie zaparkowany na Sto Dwudziestej Dziewiątej Ulicy. Gdy wsiadłem od strony pasażera, Kylie od razu ruszyła.

– Dokąd jedziemy? – zapytałem.

– Baby D urzęduje w kilku miejscach rozrzuconych po całym mieście. Jedno z nich znajduje się kilka przecznic stąd, w barze z kurczakami przy Lexington.

– Skąd wiesz, gdzie można go znaleźć?

– Bo jestem gliną i mam męża narkomana. Śledziłam Spence'a kilka razy, gdy wyruszał w miasto, na wypadek gdyby kiedyś zdarzyło się coś takiego jak teraz.

– Śledziłaś go?

– Nie osądzaj mnie, Zach.

– Powiedz mi coś o Baby D.

– Naprawdę nazywa się Damian Hillsborough. Możesz zapomnieć wszystko, co wiesz o stereotypowych dilerach z getta, którzy sterczą na rogu ulicy pokryci tatuażami oraz łańcuchami i sprzedają kokę z gnatem w ręku. Baby D jest schludny, skończył college i nikomu nie zagraża. Wyrzeźbił sobie przyjemną niszę w górnej części rynku i obsługuje wyłącznie białych.

– Jest notowany?

– Nie, jest na to za sprytny. Przez rok studiował prawo na New York University, a potem zajął się bardziej dochodową robotą.

– Jaka jest moja rola w tym wszystkim?

– Chcę, żebyś udawał klienta. Jak tylko się dogadacie, ja wkroczę do akcji.

– Doskonały plan – stwierdziłem. – Jest tylko jeden mały paskudny szczególik, a mianowicie prawo dotyczące prowokacji. Każdy obrońca rzuci ci to w twarz.

– Myślałam, że już skończyłeś z kazaniami.

– Kylie, to nie jest kazanie, tylko podstawy procedur policyjnych. Byłem kiedyś tajniakiem. To przestępca musi zainicjować przestępstwo. Gliniarzowi nie wolno nakłaniać do popełnienia przestępstwa, a potem aresztować nakłonioną osobę.

– Przecież nie powiedziałam, że go aresztuję. Próbuję znaleźć męża i potrzebuję jakiegoś punktu zaczepienia.

Byliśmy już przy Sto Dwudziestej Szóstej i Lexington. W jednym ciągu mieściły się tu McDonald, Dunkin' Donuts, bankomat z zaciągniętą zardzewiałą żaluzją oraz lokal z żółtą markizą Goody's Chicken and Waffles. Wysiedliśmy z samochodu i podeszliśmy do szyby.

– Tam siedzi. To ten w zielonym swetrze. – Kylie wskazała młodego czarnego mężczyznę, który siedział sam przy stoliku z dłońmi opartymi o klawiaturę laptopa.

– Chcesz wiedzieć, co myślę o twoim planie? – zapytałem.

– Mów.

– Jest beznadziejny. Wydaje ci się, że ten facet sprzeda mi narkotyki? Jeśli jest taki sprytny, jak mówisz, to nie sprzeda mi choćby aspiryny, nawet gdyby potrącił mnie autobus.

– Zach, cały czas improwizuję. Masz lepszy pomysł?

– Coś mi przychodzi do głowy, ale nie zrobię tego bez twojej pomocy, a nie wiem, czy się zgodzisz. To nie będzie łatwe.

– Nie bądź głupi, Zach. Oczywiście, że się zgodzę. Zrobię wszystko, co trzeba. Co to za pomysł?

– Wejdę do tego baru i popracuję nad Baby D, a ty zostań na zewnątrz.

– I co mam robić?

– Nic. Nie dzwoń do mnie ani nie dawaj mi żadnych sygnałów. Nic nie poradzę na to, że będziesz mnie obserwowała przez szybę, ale pod żadnym pozorem nie wpadaj do środka i nie tłumacz mi, że robię coś nie tak.

– Chcesz, żebym sterczała na zewnątrz jak kołek i nic nie robiła?

– Przecież ci powiedziałem, że to nie będzie łatwe. Idę do środka. Nie spieprz tego. – Gdy zawahała się, dodałem: – Kylie, chcesz, żebym ci pomógł, czy nie?

– Idź. Zrób, co masz zrobić, Zach.

Wszedłem do baru, zanim zdążyła zmienić zdanie. Nie wymyśliłem żadnego planu, nie miałem pojęcia, co powinienem zrobić. Wiedziałem tylko tyle, że o wiele łatwiej będzie to zrobić bez niej.

ROZDZIAŁ SIEDEMNASTY

Pierwsze, co mnie uderzyło w Goody's, to niewiarygodny zapach. W sali siedziało przynajmniej trzydzieści osób, a jeszcze kilka stało przy ladzie, czekając na zamówienie.

Baby D był jedynym, który nic nie jadł, i choć palce miał oparte na klawiaturze, nie pisał. Patrzył na mnie.

Kylie miała rację. W niczym nie przypominał stereotypowego dilera narkotyków, jakich widuje się w filmach albo nawet w prawdziwym życiu. Wyglądał raczej jak model z katalogu: luźne beżowe spodnie, koszula w drobną kratkę, sweter w serek z podwiniętymi rękawami. Miał około dwudziestu pięciu lat, był gładko wygolony i cholernie przystojny.

Podszedłem do jego stolika.

– Dobry wieczór, panie władzo – powitał mnie.

– Dlaczego myślisz, że jestem policjantem? – zapytałem.

– Bo w niczym nie przypomina pan miejscowej klienteli.

– Ty też nie – odrzekłem.

– Trafiony. – Zamilkł na moment. – Czym mogę służyć najlepszej jednostce w Nowym Jorku?

Równie dobrze mógłby powiedzieć: szach i mat. Poznał, że jestem policjantem, rozumiał, dlaczego go znalazłem, i wiedział, że nic nie mogę zrobić, mogę tylko stać tu jak żółtodziób i zadawać pytania, na które nie musi odpowiadać. To wszystko doskonale było widać na jego twarzy. Potraktował mnie jak rozrywkę na wieczór. Nienawidziłem go.

– Wygląda pan na głodnego – oświadczył. – Wiem, co mogłoby panu posmakować. Wiejski półmisek Goody'ego. – Błysnął pełnym samozadowolenia uśmiechem. – Wyłącznie białe mięso z kurczaka.

To przeważyło szalę. Nerwy mi puściły. Nadal nie miałem żadnego planu, więc testosteron wziął górę. Chwyciłem Baby D za koszulę i pociągnąłem do góry. Obydwaj wydawaliśmy się tym zdumieni.

– Nie ma pan prawa mnie szarpać.

– Zamknij gębę, gówniarzu. – Odgiąłem mu lewą rękę i ściągnąłem z nadgarstka złoty zegarek.

Serce dudniło mi mocno. Uczono mnie, jak postępować z ludźmi, którzy są bogaci, sławni i przyzwyczajeni do tego, że wszyscy tańczą przed nimi na dwóch łapkach. Policjant, który chce służyć w Red, musi się wykazać zrównoważeniem, samodyscypliną i stabilnością emocjonalną. Kylie czasami przekracza granice, dlatego Cates dobrała nas w parę. Ja miałem być w naszej parze głosem rozsądku, a tu naraz bez ostrzeżenia przeistoczyłem się w Brudnego Harry'ego.

Obróciłem zegarek spodnią stroną na wierzch i przeczytałem wygrawerowany napis.

– Kto to jest Kylie?

– Nie wiem.

– Z tyłu twojego zegarka jest napisane, że zawsze będzie cię kochać. – Wykręciłem mu rękę.

Jęknął cicho i odparł:

– Kupiłem ten zegarek w lombardzie.

Pchnąłem go na krzesło.

– W takim razie pokaż paragon.

Większość ludzi obecnych w restauracji podniosła głowy znad talerzy, patrząc na rozzłoszczonego białego faceta, który szarpał grzecznego czarnego chłopaka. Nie wyglądało na to, by ktoś miał ochotę włączyć się do akcji, ale na wszelki wypadek błysnąłem odznaką. Na ten widok znów zajęli się napełnianiem brzuchów i zatykaniem naczyń krwionośnych tłuszczem.

Potem pokazałem odznakę Baby D.

– Detektyw Zachary Jordan – przedstawiłem się, siadając naprzeciwko niego.

– Właśnie pan złamał wszystkie zasady z waszej książeczki harcerskiej, panie Jordan.

– W każdym razie teraz wiesz, z kim masz do czynienia. Gdzie jest Spence Harrington?

– Mówiłem już tej policjantce…

– Ona ma imię Kylie, tak samo jak jest napisane na twoim zegarku. – Oddałem mu go.

– Już jej mówiłem. Nie mam pojęcia, gdzie jest jej stary.

Odpiąłem kaburę i wyciągnąłem kajdanki.

– Po co to? – zapytał Baby D.

– Aresztuję cię za rozprowadzanie narkotyków.

– Może pan sobie pomarzyć, detektywie. – Uśmiechnął się szeroko. – Myśli pan, że jestem na tyle głupi, żeby mieć coś przy sobie?

– Nie wiem jeszcze dokładnie, na ile jesteś głupi, Damian, ale to ja mam coś przy sobie. Mam w kieszeni kurtki torebkę z uncją koksu. Zaprowadzę cię na komisariat i powiem, że ty mi to sprzedałeś.

– Bzdura! To cholerne łgarstwo!

– Masz rację. – Pochyliłem się w jego stronę i szepnąłem: – Pożyczyłem tę torebkę od policjanta, który zabezpiecza dowody w moim rejonie, ale przysięgnę, że kupiłem ją od ciebie. Więc albo wyjdziesz i porozmawiasz z moją partnerką, albo za godzinę twoja śliczna dziecięca buźka ucieszy samotnych aresztantów.

Handlarze narkotyków nie wydają swoich klientów policji. To nie byłoby dobre ani dla biznesu, ani dla ich własnego zdrowia. Damian patrzył na mnie w milczeniu, zastanawiając się, czy kłamię, czy jednak mam w kieszeni kurtki woreczek z kokainą.

Odpowiadałem mu spojrzeniem Clinta Eastwooda, ale zabrakło mi odwagi, żeby spytać:

– Wydaje ci się, że to twój szczęśliwy dzień? Naprawdę tak myślisz, śmieciu?

Zamrugał, podniósł się i zamknął laptopa. Wyszedłem za nim na Lexington Avenue.

– Pan Hillsborough zmienił zdanie – powiedziałem do Kylie. – Możesz go zapytać, o co chcesz.

– Kiedy widziałeś ostatnio mojego męża?

– Nic mi nie wspominał, że ożenił się z policjantką.

– Odpowiedz na pytanie – wtrąciłem.

– Wczoraj. Wybrał się na zakupy, ale zabrakło mu gotówki, więc ponegocjowaliśmy i dostałem ten ładny zegarek, a on dostał… Sami wiecie co. – Damian wyciągnął zegarek Spence'a. – Bierzcie. To wasze.

Kylie potrząsnęła głową.

– Nie. Formalnie rzecz biorąc, ten zegarek jest twój. Gdzie teraz jest Spence?

– Proszę pani, ja jestem handlarzem prochów, a nie agentem biura podróży. – Włożył zegarek na przegub. – Nie wiem, gdzie można znaleźć pani męża, ale on wie, gdzie może znaleźć mnie, a sądząc po tym, jak wyglądał, to może mi pani wierzyć, że będzie mnie szukał.

Kylie wyjęła z kieszeni wizytówkę.

– To twoja karta na wyjście z więzienia, Damian – powiedziała. – Nie zgub jej.

ROZDZIAŁ OSIEMNASTY

– Co to było, do cholery? – zapytała Kylie, gdy znów znaleźliśmy się w samochodzie.

– Sam nie wiem. – Wzruszyłem ramionami. – Wkurzył mnie, więc trochę mnie poniosło.

– Mogłeś stracić robotę, Rambo. Masz szczęście, że Damian handluje narkotykami. Gdyby był praworządnym obywatelem, zadzwoniłby do prawnika i oskarżył cię o brutalne potraktowanie.

– Nie martwi mnie to. Definicja brutalnego traktowania przez policję brzmi tak: jest to użycie nadmiernej siły przez policjanta, kiedy ma do czynienia z cywilem.

– Dla mnie to wyglądało na nadmierną siłę.

– No tak, ale nie byłem policjantem. Byłem po służbie.

– To znaczy, że pokazałeś mu prywatną odznakę – skomentowała kpiąco.

– Już pani skończyła, pani sędzio?

– Prawie. Chciałam powiedzieć coś jeszcze. – Zatrzymała się na światłach przy Sto Szesnastej Ulicy i obróciła w moją stronę z pełnym wdzięczności uśmiechem. – Dzięki, partnerze.

– Zastanawiałem się, kiedy do tego dojdziemy.

– Mam kiepskie wyczucie chwili, ale dziękuję ci, Zach, zupełnie szczerze. Kiedy znalazłam Baby D, myślałam, że zadam mu kilka pytań i na tym się skończy. Nie wiedziałam, że okaże się taki twardy i nie miałam pojęcia, co robić dalej. Stąd ten mój telefon. Bez ciebie nie dałabym rady.

– Do usług, partnerko. Ale problem polega na tym, że nie mam pojęcia, na ile to pomoże. Powiedział ci tyle, że Spence kupił wczoraj kokę, ale tego na pewno sama się domyśliłaś, kiedy stałaś po kostki w gruzach w Silvercup.

– Pomoże mi to o wiele bardziej, niż myślisz. Wczoraj rano Spence wyciągnął pięć tysięcy dolarów z naszego konta w banku, a to znaczy, że może sobie kupić nawet ćwierć kilo koki.

– Nie rozumiem – odrzekłem. – Skoro miał tyle pieniędzy, to dlaczego zapłacił Baby D zegarkiem?

– Z tego samego powodu, z którego rozwalił plany zdjęciowe. To była kolejna wiadomość dla mnie.

– Mianowicie jaka?

– Ma zamiar zniszczyć albo pozbyć się wszystkiego, co ma jakikolwiek związek ze mną.

– Oj! – westchnąłem. – To boli.

– Jasne, że tak. Właśnie dlatego to robi.

Zapaliło się zielone i pojechaliśmy Lexington na południe. Wyjąłem z kieszeni telefon. Minęła dziewiąta. Nie było sensu dzwonić do Cheryl. Odłożyłem telefon na kolana i wpatrzyłem się w okno.

Kylie widocznie odczytała mowę mojego ciała.

– Chcesz, żebym zadzwoniła do Cheryl i przeprosiła, że zepsułam wam kolację?

– W żadnym razie.

– Sądząc z wyrazu twojej twarzy, musiała być wkurzona, że wyszedłeś.

– Powiedzmy po prostu, że nie była szczęśliwa.

– Zach, ona musi się do tego przyzwyczaić. Mieszka z policjantem. Tak to już jest, że dostajemy wezwania o każdej porze dnia i nocy.

– Ona pracuje w naszym departamencie, Kylie, i z całą pewnością wie, jak wygląda życie policjanta.

– Więc na czym polega problem?

– To nie było oficjalne wezwanie.

Widziałem na jej twarzy, że dopiero teraz dodała dwa do dwóch. Znam ją i przypuszczam, że aż do tej pory uważała, że to NYPD przyciska złego faceta. Zupełnie zapomniała, że od początku do końca była to prywatna akcja.

– Och! – powiedziała. – No tak. To się więcej nie powtórzy.

Bardzo w to wątpiłem.

Byliśmy przy Osiemdziesiątej Szóstej Ulicy, dziewięć przecznic od mojego mieszkania, gdy telefon leżący na moich kolanach zadzwonił.

– Widzisz? – powiedziała Kylie. – Dzwoni do ciebie. To znaczy, że nie jest aż tak bardzo wściekła.

Spojrzałem na ekran. Numer był zastrzeżony.

– To nie ona. – Odebrałem. – Detektyw Jordan.

– Jesteś, Zach. – Dobrze znałem ten głos. – Mówi Q. Szukasz dwóch gnojków z naszyjnikiem, który jest tak gorący, że bliscy są tego, by komuś zapłacić, żeby się go pozbyć?

– Wszyscy ich szukają – powiedziałem. – A ja jestem na samym szczycie tej listy.

– Dlatego najpierw zadzwoniłem do ciebie. Jestem na górze w Kim.

W moich żyłach zaczęła krążyć adrenalina.

– Jesteśmy od ciebie pięć minut jazdy.

– My? – powtórzył. – Czy to znaczy, że jest z tobą ta twoja nieziemska partnerka?

– Tak, jestem z Kylie.

– O tej porze? Pewnie pracujecie na nocną zmianę. Mam nadzieję, że nie przeszkadzam w żadnej cichej robótce. – Roześmiał się obleśnie na wypadek, gdybym nie wyłapał żartu.

– Nie bądź chamem.

– Zabawne, Zach – powiedział, wciąż się śmiejąc. – Po raz pierwszy w życiu gliniarz nazwał mnie chamem. Do zobaczenia za pięć minut.

Rozłączył się, a ja spojrzałem na Kylie i powiedziałem:

– Zmiana planów. Mamy spotkanie z Q Lavishem w hotelu Kimberly.

Przycisnęła gaz i przemknęliśmy obok znajomego ceglanego budynku przy Siedemdziesiątej Siódmej i Lexington. Moje mieszkanie jest na dziesiątym piętrze. Wykręcałem szyję, żeby spojrzeć w górę i sprawdzić, czy światła w oknach się palą, ale jechaliśmy za szybko.

– Co ty robisz? – zapytała Kylie.

– Nic, tylko sprawdzam, czy Cheryl jest w domu.

– Oczywiście, że tak. Myślisz, że wyprowadziła się tylko dlatego, że nie zostałeś na kolacji?

– Nie, po prostu jestem niespokojny. Jeszcze się nie dotarliśmy.

– Zach, wszystko będzie dobrze, a Cheryl nigdzie sobie nie pójdzie. To mądra kobieta i wie, kto jest górą.

– Wie – potwierdziłem.

Dawna dziewczyna: 1, nowa dziewczyna: 0.

ROZDZIAŁ DZIEWIĘTNASTY

Quentin Latrelle, czyli Q Lavish, to nasz najlepszy i najtańszy informator. Pracuję z nim od dwóch lat i nigdy nie zapłaciłem mu nawet dziesięciu centów, a to dlatego, że Q nie robi tego dla pieniędzy.

Q jest sutenerem, ale nigdy nie używa tego słowa.

– To tak, jakby nazwać Yo-Yo Ma skrzypkiem – twierdzi. – Ja zapewniam wysokiej jakości damskie towarzystwo wyrafinowanym dżentelmenom o dobrym smaku.

Wielu z tych dżentelmenów porusza się w kręgach, które Red zgodnie ze swym aktem założycielskim ma nie tylko chronić, ale również im służyć. Tu właśnie pojawia się miejsce dla Kylie i dla mnie. Q wiedział, że jeśli któryś z jego elitarnych klientów zostanie aresztowany w sytuacji in flagranti, będzie potrzebował natychmiastowego kontaktu z kimś, kto potrafi szybko i sprawnie wyplątać go z żenującej sytuacji.

Jeżeli brzmi to tak, jakby bogaci napaleńcy mieli niesprawiedliwą w demokratycznym państwie przewagę nad przeciętnymi obywatelami, to dlatego, że tak jest rzeczywiście. Ale jeśli Q może nam pomóc w odnalezieniu sprawców zabójstwa Eleny Travers, to ja z wielką radością gotów jestem wyratować jakiegoś brokera z Wall Street, którego przyłapano ze spuszczonymi spodniami.

Kimberly mieści się na Pięćdziesiątej między Lexington a Trzecią Aleją. Jest to drogi hotel, któremu udało się połączyć tradycyjną europejską elegancję z modnym nocnym życiem Nowego Jorku. Q czekał na nas w Upstairs, wystawnym barze na dachu z panoramicznym widokiem na centrum Manhattanu.

Biegły w języku mody, Q zawsze potrafił stosownie się ubrać bez względu na to, czy jadł kolację w czterogwiazdkowej restauracji, czy siedział w podrzędnym barze. Tego dnia miał na sobie perłowoszary garnitur i rozpiętą pod szyją granatową koszulę, czyli niezbyt snobistyczny strój, który doskonale pasował do „mody na swobodę" obowiązującą w Kimberly. Krótko mówiąc, Q wydawał się tu jak najbardziej na swoim miejscu.

Usiedliśmy przy jego stoliku, odmówiliśmy drinka i pomijając grę wstępną, poprosiliśmy, żeby przeszedł do rzeczy.

– Teddy Ryder i Raymond Davis – powiedział. – Siedzieli razem w celi w Otisville i od tamtej pory trzymają się razem. To nie geje, tylko dwóch nieudaczników, którzy związali się ze sobą z nadzieją, że całość okaże się większa od sumy składników.

– I okazała się? – zapytałem.

– Czy siedziałbym tu teraz z wami, gdyby mieli o czymkolwiek pojęcie? Zacznę od Teddy'ego. Biały, około trzydziestu pięciu lat, pochodzi z rodziny oszustów. Jego rodzice, Annie i Buddy Ryderowie, w latach osiemdziesiątych sprzedawali bagna na Florydzie, a od tamtej pory zapewne przerobili wszystkie sztuczki z podręcznika oszustów. Naprawdę byli nieźli. On zmarł kilka lat temu, a ona jest koło siedemdziesiątki, więc wypadła już z zawodu, ale nie zdziwiłbym się, gdyby wciąż zdarzało jej się pozbawiać siwowłose babcie wygranych w bingo. Niestety dla Annie i Buddy'ego talent do oszustw, który mieli w genach, przeskoczył jedno pokolenie. Ich jedyny syn, Teddy, nie ma za grosz ulicznego sprytu. Ten nieszczęsny chłopak nie potrafiłby sprzedać za pięć dolarów lekarstwa na rzeżączkę, nawet gdyby dołączał do niego kupon na cztery dolary. Poza tym nigdy nie został aresztowany za posiadanie broni. Napad z pistoletem na limuzynę kompletnie go przerasta. Aż dziwne, że sam się nie postrzelił.

– A ten drugi? – zapytałem.

– Raymond Davis. Mieszaniec po czterdziestce. Mama była biała, ojciec Afroamerykanin, oboje dawno nie żyją. Jest bystry jak kanapka z indykiem. Najlepiej dowodzi tego fakt, że plątał się po barach w centrum, szukając nabywcy na trefną biżuterię. Próbował nie mówić wyraźnie, o co chodzi, ale gdy go przyciśnięto i zażądano opisu, to niewiele brakowało, by pokazał zdjęcie brylantowego naszyjnika, który był na pierwszej stronie porannej gazety. Siedział dwa razy za rozbój z bronią, więc gdybym miał na coś postawić, to powiedziałbym, że to on strzelał.

– Wie pan, gdzie możemy ich znaleźć? – zapytała Kylie.

– Nie, ale założę się, że ktoś z jedynki będzie potrafił wam pomóc.

Roześmialiśmy się, a Kylie skomentowała:

– Mądrala. – A po chwili dodała: – Dobrze, dalej już sobie poradzimy. Dzięki. Ma pan coś jeszcze?

– Nie dla NYPD, ale być może mam coś dla pani. Coś bardziej osobistego.

Q Lavish żartował na temat naszej nocnej pracy, ale nigdy nie próbował przystawiać się do Kylie. Był na to zbyt wielkim dżentelmenem. W dodatku po jego twarzy widać było, że mówi śmiertelnie poważnie.

– Proszę mówić – powiedziała Kylie.

– Słyszałem, że szuka pani męża.

– Jezu, Q – jęknęła Kylie. – Wiem, że ma pan dobre źródła, ale skąd…

– Mam klientów w biznesie telewizyjnym. Oni gadają, ja słucham. Nie wiem, gdzie on jest teraz, ale wiem, że był na krawędzi. Nie próbuję niczego radzić, ale gdyby potrzebowała pani dodatkowych oczu i uszu…

– Boże, tak! Dziękuję.

– Proszę jeszcze nie dziękować. Może da mi pani jakieś wskazówki.

Kylie zrelacjonowała mu, co się działo w ostatnich dniach od chwili, gdy Spence zniknął. Q milczał, odezwał się dopiero wtedy, gdy opowiedziała o spotkaniu z Baby D.

– Dilerzy narkotykowi są najgorsi – stwierdził. – A ten chłopaczek wcale nie jest lepszy od całej reszty. Nie zadzwoni do pani, nawet gdyby Spence przyszedł do niego do domu i zastrzelił mu matkę. Dawanie mu wizytówki to strata papieru. Ale skoro wiem, że to jeden z kontaktów pani męża, to będę go miał na radarze.

Kylie podniosła się, uścisnęła mu dłoń i podziękowała jeszcze raz. Nawet gdyby Q nie dostarczył żadnego śladu, który mógłby nam pomóc znaleźć Spence'a, to wiedziała, że jego propozycja jest szczera. Gdyby kiedykolwiek skontaktował się z nią, prosząc o pomoc w wydobyciu jakiegoś nadmiernie uprzywilejowanego klienta z głupiej sytuacji, gotowa była odwdzięczyć mu się bez chwili wahania.

W systemie prawa i sprawiedliwości miasta Nowy Jork to wszystko jest częścią cyklu życia.

ROZDZIAŁ DWUDZIESTY

Choć Q Lavish był dla nas cennym nabytkiem, stan Nowy Jork nie uważał go za wystarczająco wiarygodnego. Nie mogliśmy aresztować Davisa i Rydera, opierając się wyłącznie na słowie informatora. Potrzebowaliśmy nakazu aresztowania, a znalezienie sędziego, który podpisałby nakaz o tej porze, musiało trochę potrwać. My zaś nie chcieliśmy tracić czasu.

Ale kuratorzy sądowi byli o wiele bardziej elastyczni niż policja i mieli prawo pojawić się w domu podopiecznego o każdej porze dnia i nocy bez żadnego nakazu ani ostrzeżenia.

– Zadzwoń do RTC i dowiedz się, kto jest kuratorem Davisa – powiedziała Kylie, pędząc Trzecią Aleją w stronę dziewiętnastki.

Jednostka Real Time Crime, zlokalizowana w Pierwszym Komisariacie, mogła natychmiast sprawdzić wszystko w swoich bazach danych. Zadzwoniłem do nich i po niecałej minucie miałem adres Davisa oraz numer komórki jego kuratora Briana Sandusky'ego.

Zadzwoniłem do Sandusky'ego.

– Brian, mówi detektyw Zach Jordan. Dowiedzieliśmy się, że jeden z twoich chłopaków, Raymond Davis, to ten, który strzelał wczoraj wieczorem podczas rabunku i zabójstwa przy kinie Ziegfeld. Potrzebuję cię, żeby zdobyć nakaz aresztowania.

– Davis? Elena Travers? – zdziwił się Sandusky. – Jasna cholera. Wchodzę w to.

Niektórzy kuratorzy nie cierpią, gdy wyciąga się ich z domu późnym wieczorem, żeby odwiedzili podopiecznego, ale Sandusky był młody i chętny do pomocy przy głośnej sprawie. Umówiłem się z nim na komisariacie. Potem zadzwoniłem do Cates, wyjaśniłem, o co chodzi i poprosiłem, żeby wezwała zespół ESU do pomocy przy ujęciu Davisa i Rydera.

Siedemdziesiąt minut od chwili, gdy wyszliśmy z hotelu Kimberly, wraz z Kylie jechaliśmy w stronę FDR, a za nami dwie opancerzone ciężarówki lenco z Jednostki Ratowniczej nr 1 na dolnym Manhattanie. Kurator Sandusky siedział z tyłu.

– Czternastu uzbrojonych po zęby policjantów w kamizelkach kuloodpornych ma zamiar ująć dwóch partaczy i małych złodziejaszków – powiedział, gdy Kylie prowadziła konwój przez miasto. – Przeciętny podatnik mógłby uznać, że to lekka przesada.

Kylie obejrzała się przez ramię.

– To dlatego, że do przeciętnego podatnika nikt nigdy nie strzelał.

Davis i Ryder mieszkali w centrum, przy Rivington Street. Zaparkowaliśmy pojazdy za rogiem przy Suffolk. Stał tam już policjant z jednej z trzech jednostek, które przysłaliśmy tu, gdy tylko zdobyliśmy adres.

– To ten dom. – Wskazał czteropiętrowy budynek z szarej cegły. Fasada od pierwszego piętra aż po dach pokryta była siecią metalowych schodów przeciwpożarowych, które prawdopodobnie pochodziły jeszcze z pierwszej połowy dwudziestego wieku. Na poziomie ulicy znajdował się jakiś sklep, ale wejście było zabite deskami, a szybę wystawową jakiś grafficiarz wykorzystał do stworzenia całkiem udanej podobizny rapera Notoriousa B.I.G.-a.

– Odkąd tu jesteśmy, nikt nie wchodził ani nie wychodził – powiedział policjant.

Skinąłem ręką i na ulicę wyszedł jeszcze tuzin policjantów z bronią w gotowości. Dowódca oddziału otworzył drzwi budynku i zatrzymał się.

– Krew – szepnął.

Gdy poświecił na podłogę, też zobaczyłem krwawą ścieżkę prowadzącą do wewnętrznych drzwi. Poruszył klamką, ale drzwi nie ustąpiły. Jeden z jego ludzi sięgnął po łom i wyłamał zamek, jakby to była skorupka jajka.

Schody też były poplamione krwią. Szliśmy za śladami aż do drzwi mieszkania Davisa na drugim piętrze.

– Mamy powód, żeby tam wejść – szepnąłem do Sandusky'ego, wskazując krew na podłodze. – Wyjdź z budynku. Już.

Wydawał się jednocześnie pełen ulgi i rozczarowany, ale wyszedł bez oporu.

– Otwórz – nakazałem dowódcy.

Jeden z jego ludzi miał uniwersalny klucz. Był to siedemnastokilowy stalowy młot. Jedno uderzenie wystarczyło, żeby drewniane drzwi rozsypały się w drzazgi.

Na podłodze, twarzą w dół, leżał jakiś mężczyzna. Wyciągnąłem pistolet w jego stronę. Cały oddział wpadł do mieszkania. Sprawdzili sypialnię i szafy, a po chwili usłyszałem chórek:

– Czysto.

– Czysto.

– Czysto.

Wsunąłem broń do kabury. Mężczyzna na podłodze z całą pewnością nie żył.

– Obróćcie go – poleciłem.

Dwóch policjantów obróciło ciało twarzą do góry.

To był Raymond Davis. Twarz miał szarą jak popiół, w szeroko otwartych oczach malował się wyraz zdziwienia, a pośrodku czoła widniał otwór po kuli.

CZĘŚĆ DRUGA

NAJLEPSZA MAMA NA ŚWIECIE

ROZDZIAŁ DWUDZIESTY PIERWSZY

Takie jak to miejsca zbrodni nadają sens życiu maniaków w typie Chucka Drydena. Martwy podejrzany o zabójstwo z kulą w mózgu. Druga kula utkwiła w nierównym tynku po przeciwnej stronie pokoju. Całą ścianę pokrywały jaskrawoczerwone plamy krwi zdradzające mroczne szczegóły ostatnich chwil, które Raymond Davis spędził na tym świecie. Dla Chucka było to coś zbliżonego do kryminalistycznej pornografii.

Kylie i ja zostawiliśmy go przy zabawie i poszliśmy się rozejrzeć po okolicy.

Krwawy szlak, który doprowadził nas do mieszkania, w odwrotnym kierunku wiódł po schodach na ulicę i kończył się nagle pół przecznicy dalej.

– Widocznie przyszło mu do głowy, że zostawia za sobą okruszki – stwierdziła Kylie. – Myślisz, że to był Teddy Ryder?

– Wątpię, żeby to on strzelał – odparłem. – Ci dwaj byli przyjaciółmi do grobowej deski.

– To nie byłby pierwszy związek zakończony przez kulę.

– Ale Teddy boi się broni. Jego rodzice byli oszustami. W tej branży nosi się gnata tylko wtedy, jeśli chce się dostać większy wyrok w razie wpadki. Poza tym wiemy, że Raymond chodził po barach, szukając nabywcy.

– Pewnie jakiegoś znalazł – powiedziała Kylie. – A zatem mamy dwa strzały w mieszkaniu 3A. Jak sądzisz, ilu sąsiadów coś słyszało?

Roześmiałem się. Nowojorczycy na ogół nie lubią się wychylać i w cokolwiek mieszać, szczególnie w przestępstwa, a mogłem się założyć, że sąsiedzi Raymonda Davisa będą jeszcze mniej chętni do rozmowy z policją. W budynku było dwanaście mieszkań. Ktoś musiał słyszeć dwa strzały, a mimo to nikt nie zadzwonił pod dziewięćset jedenaście. Tak czy owak, dopełniliśmy obowiązku i zastukaliśmy do wszystkich drzwi po kolei, ale jak można było przypuszczać, nikt nic nie słyszał.

Wróciliśmy do mieszkania. Chuck już czekał, żeby przekazać nam wstępne wnioski.

– Uważajcie, gdzie siadacie – ostrzegł, ledwie przekroczyliśmy próg.

– Kurczę. Dzięki, doktorze Dryden, ale w akademii uczyli nas etykiety obowiązującej na miejscu przestępstwa – obruszyła się Kylie.

– Przepraszam, detektyw McDonald. Pozwólcie, że powiem to inaczej. W tym mieszkaniu roi się od pluskiew. Uważajcie, gdzie siadacie.

Woleliśmy stać.

Dryden wygłosił typową dla niego serię zastrzeżeń, by nam przypomnieć, że niektóre z jego wniosków nie są naukowo wyryte w kamieniu, a potem przedstawił przypuszczalny scenariusz wydarzeń:

– Jeśli macie rację i to właśnie Davis oraz jego partner zabili Elenę Travers i ukradli naszyjnik za osiem milionów dolarów, to właśnie tutaj próbowali go sprzedać, ale jak dobrze wiecie, wśród złodziei nie obowiązują zasady honoru. Davis zginął na miejscu, ale jego partnerowi udało się stąd wydostać z postrzałem, który zapewne naruszył jakiś mięsień. Kula, która go trafiła, utkwiła w ścianie. Kaliber trzydzieści osiem.

– A gdzie jest naszyjnik? – zapytała Kylie.

– No właśnie, gdzie? – Dryden uśmiechnął się.

– Ale przeszukaliście wszystkie pomieszczenia?

– Od góry do dołu.

– Znaleźliście coś?

– Tak – odparł ze śmiertelnie poważną twarzą. – Pluskwy.

Kylie nagrodziła go uśmiechem.

– Może zapytam inaczej. Czy znalazłeś coś, co mogłoby nam pomóc w dochodzeniu?

– Być może. Davis miał pistolet. Nie udało mu się go użyć, ale to dziewięć milimetrów, taki sam kaliber jak broń, z której zabito Elenę Travers. Sprawdzę balistykę i jutro dam wam znać.

Spojrzałem na zegarek.

– Już jest jutro.

– No dobrze, w takim razie będę miał dla was wyniki jeszcze dzisiaj.

– Ostatnie pytanie – powiedziała Kylie. – Czy ten, kto strzelał, zostawił jakieś ślady? Fragment odcisku palca, włosy, włókna, cokolwiek.

– Przykro mi. Albo był bardzo dobry, albo miał kupę szczęścia, ale nie mam nic oprócz tych dwóch kul kaliber trzydzieści osiem, które po sobie zostawił.

– W takim razie możemy go złapać tylko w jeden sposób. – Kylie spojrzała na mnie.

– W jaki? – zapytałem.

– Musimy znaleźć Teddy'ego Rydera.

ROZDZIAŁ DWUDZIESTY DRUGI

Zadzwoniłem do biura i poprosiłem sierżanta w recepcji, żeby wydał list gończy za Teddym Ryderem.

– Sprawdźcie też szpitale – dodałem. – Dostał kulę.

Już za kilka minut zdjęcia Rydera zostaną rozesłane po całym mieście, a każdy komisariat wyśle patrol, żeby sprawdził okoliczne szpitale pod kątem ran postrzałowych.

Potem zadzwoniłem do Q, podziękowałem za doprowadzenie nas do Davisa i spytałem, czy wie, gdzie możemy znaleźć matkę Rydera.

– Przykro mi, Zach – odparł. – Wiecie, jak to jest z tymi oszustami. Annie Ryder żyje jak Cyganka, może być w każdym z pięćdziesięciu stanów. Chociaż po namyśle wyeliminowałbym Alaskę i Hawaje.

Nie to miałem nadzieję usłyszeć, ale z drugiej strony poczułem ulgę. Gdyby Q podał nam adres, to wraz z Kylie musielibyśmy natychmiast tam pojechać. W tak gorącej sprawie sen nie wchodzi w grę.

– Mam dla ciebie pewną radę, Zach – mówił dalej Q. – Spróbuj wrzucić jej nazwisko w bazę NCIP.

Narodowe Centrum Informacji o Przestępczości to elektroniczna baza danych o przestępstwach, do której dostęp mają wszystkie instytucje wymiaru sprawiedliwości w Stanach Zjednoczonych. Rada Q była policyjnym odpowiednikiem poradzenia cywilowi, żeby wrzucił coś w Google'a.

– Wielkie dzięki – odrzekłem. – Ale uznałem, że najpierw zapytam ciebie. Sądziłem, że masz lepszą bazę danych.

Rozłączyłem się i podszedłem do Kylie, która wciąż rozmawiała z Drydenem.

– Dobre nowiny – oznajmiłem. – Q nie ma pojęcia, gdzie znaleźć mamę. Na dzisiaj fajrant.

Nie musiałem jej tego powtarzać. Powiedzieliśmy dobranoc Drydenowi i wyszliśmy z mieszkania.

W połowie schodów Kylie zatrzymała się i postukała w czoło.

– Jasna cholera.

– O co chodzi?

– Pamiętasz, co Gregg Hutchings mówił nam o ukrytych kamerach w szpitalu? Podnieś głowę.

Spojrzałem w górę i natychmiast ją zobaczyłem. Na popękanym tynku zamontowane były dwa czujniki dymu – jeden, zgodnie z prawem budowlanym, skierowany na schody, drugi wciśnięty w kąt.

– Ten drugi czujnik dymu jest zbyt blisko ściany, żeby miał sens jako czujnik – zauważyłem. – Ale to cholernie dobre miejsce dla kamery.

– I założę się, że nie jest jedyna – dodała Kylie.

Obszukaliśmy cały budynek od wejścia aż po dach i znaleźliśmy jeszcze trzy.

– Wszystkie bezprzewodowe – zauważyła Kylie. – Pytanie tylko, do którego mieszkania idzie sygnał.

– Pewnie istnieje jakiś wyrafinowany technicznie sposób, żeby się tego dowiedzieć bez sprawdzania całego budynku – powiedziałem.

Kylie uśmiechnęła się.

– Ale wyrafinowanie nigdy nie było naszą mocną stroną. Postraszmy ich trochę.

Zadudniła pięściami w drzwi mieszkania 5A.

Ci sami lokatorzy, którzy już wcześniej odnosili się do nas niechętnie, teraz patrzyli na nas z jeszcze większą wrogością, tym bardziej że Kylie witała każdego wściekłym grymasem i ostrymi słowami:

– Znaleźliśmy pańskie kamery. Proszę natychmiast pokazać monitor!

Odpowiadały nam ogłupiałe spojrzenia albo wyrzucone ze złością pytania typu:

– O czym wy, do cholery, mówicie?

Udało nam się wkurzyć wszystkich na czwartym piętrze i dwie osoby na trzecim, ale w następnym mieszkaniu trafiliśmy w dziesiątkę.

ROZDZIAŁ DWUDZIESTY TRZECI

Elliott Moritz, lokator spod 4C, miał około sześćdziesięciu lat. Był łagodnego usposobienia i zachowywał się znacznie spokojniej niż wszyscy lokatorzy, z którymi rozmawialiśmy wcześniej. Szybko przyznał, że to on zainstalował kamery.

– A kto dał panu do tego prawo? – zapytała Kylie.

Moritz cofnął się o krok.

– Właściwie nie są legalne, ale dostałem ustne pozwolenie od właściciela budynku.

– Ustne pozwolenie to za mało dla sądu, Elliott – stwierdziła Kylie.

– Dla sądu? Zaraz, chwileczkę! To nie ja jestem przestępcą – zaoponował Moritz – tylko ta kobieta spod 5B. Pracuje jako stewardesa i gdy wyjeżdża, podnajmuje mieszkanie, a ci lokatorzy są brudni i hałasują. Przez otwory wentylacyjne czuć zapach marihuany. Poskarżyłem się administracji, ale stwierdzili, że nie mogą jej wyrzucić bez dowodów, więc powiedziałem, że zdobędę dowody, a oni się zgodzili.

– Ma pan rację, Elliott – powiedziała Kylie. – To, co ona robi, jest nielegalne, ale szpiegowanie sąsiadów też jest nielegalne. Każdego innego dnia aresztowałabym pana, ale mamy na głowie zabójstwo i być może będzie pan mógł nam pomóc, więc niech pan sam zdecyduje, co z tym zrobić. Możliwość pierwsza: obudzę sędziego, zdobędę od niego nakaz zarekwirowania pańskiego sprzętu i oskarżę pana o podglądanie przez kamery. Możliwość druga: pan pokaże mnie i mojemu partnerowi to, co się nagrało, a ja podam panu nazwisko i numer komórki pewnego inspektora w wydziale lokalowym miasta, który nie cierpi nielegalnych lokatorów jeszcze bardziej niż pan.

Moritz zachował się rozsądnie i wybrał drugą możliwość.

Miał panel z czterema monitorami. Jedna kamera skierowana była na drzwi mieszkania stewardesy na czwartym piętrze, pozostałe trzy pokazywały tylko schody. O dziewiątej trzydzieści siedem jakiś mężczyzna wszedł na drugie piętro.

– To ten – powiedziała Kylie, gdy nie pokazała go kamera na trzecim piętrze.

Nie było dźwięku, więc nie słyszeliśmy strzałów, ale o dziewiątej czterdzieści cztery zakrwawiony Teddy Ryder stoczył się ze schodów. Minutę później zbiegł za nim mężczyzna, który wcześniej wchodził na górę. Obraz był kiepskiej jakości, ale widać było, że nasz podejrzany jest biały, ma około metra osiemdziesięciu i najwyżej trzydzieści pięć lat. To nie było dużo, ale zawsze jakiś punkt zaczepienia.

Kylie załadowała film na komórkę i pojechaliśmy do komisariatu. Znaleźliśmy technika, kazaliśmy mu skopiować niektóre kadry i przekazać wszystkim policjantom w mieście.

Była prawie druga po północy, gdy Kylie podrzuciła mnie do mieszkania. Angel, mój ulubiony portier, miał akurat zmianę.

– Wygląda pan na zmęczonego, detektywie – stwierdził.

– Walka z przestępczością to nie jest wino, kobiety i śpiew – doparłem.

Roześmiał się i życzył mi dobrej nocy. Wsiadłem do windy. Minęło już wiele godzin od chwili, gdy bez słowa wyszedłem z domu, zostawiając Cheryl samą. Zastanawiałem się, czy kiedy dotrę na górę, ona wciąż tam będzie.

Angel zapewne wiedział, ale głupio mi było pytać, czy moja dziewczyna wyniosła się podczas mojej nieobecności, zabierając wszystkie swoje rzeczy.

ROZDZIAŁ DWUDZIESTY CZWARTY

Annie Ryder była sową. Jej mąż, Buddy, mawiał, że Annie ni-gdy nie kładzie się tego samego dnia, w którym wstaje. Toteż gdy jej komórka zadzwoniła dziesięć minut po północy, Annie nie wpadła w panikę, tylko pomyślała, że to zapewne któryś z cier-piących na bezsenność sąsiadów ma ochotę wpaść na herbatę i parę minut plotek.

Na ekranie wyświetlił się napis „numer zastrzeżony", ale to również nie zdziwiło Annie. Identyfikacja dzwoniącego była obosiecznym mieczem, a ponieważ sama zawsze blokowała wy-świetlanie swojego nazwiska i numeru, nie mogła za to winić nikogo innego. Ściszyła telewizor i zapytała krótko:

– Halo, kto mówi?

– Ma – odezwał się słaby głos po drugiej stronie.

Annie podniosła się i przycisnęła telefon do ucha.

– Teddy, czy wszystko w porządku? Co się stało?

– Postrzelono mnie.

– O Jezu! Gdzie?

– W moim mieszkaniu, ale teraz tam nie jestem. Od razu uciekłem.

– Teddy, nie chodzi mi o to, gdzie to było, tylko gdzie trafiła kula?

– Och. Postrzelił mnie w brzuch.

Annie umiała sobie radzić w kryzysowych sytuacjach, ale to nie był kryzys. Odruchowo podeszła do szafki i oparła dłoń na urnie z prochami Buddy'ego, czerpiąc z niej siłę.

– Posłuchaj, idź do szpitala. Natychmiast.

– Ma, czyś ty zwariowała? Jak pójdę do szpitala z raną postrzałową, to zawiadomią policję!

– Teddy, wolę cię odwiedzać w więzieniu, niż identyfikować twoje ciało w kostnicy. Postrzał w brzuch może być śmiertelny. Bóg jeden wie, jakie organy masz porozrywane. Zbieraj tyłek w troki i dowlecz się na oddział intensywnej terapii, zanim umrzesz od krwotoku wewnętrznego.

– Wszystkie organy są w porządku – odparł Teddy. – Mówisz tak, jakby on trafił mnie w pępek, ale to nie tak. Kula przeszła przez te fałdy tłuszczu, które zwisają po bokach.

– Uchwyty miłości? – upewniła się Annie.

– Tak. To chyba nie tak źle, co?

– Oczywiście, że źle. Chcesz dostać zakażenia i umrzeć na sepsę? Trzeba to natychmiast opatrzyć. Gdzie jesteś?

– Właśnie wysiadłem z metra. Stoję przy stacji.

Annie zazgrzytała zębami. Metro. Stacja. Teddy nigdy nie nauczył się przekazywać istotnych szczegółów.

– Przy której stacji?

– Przy twojej, Ma. Wsiadłem w linię N i dojechałem do Astoria Boulevard. Jestem przy Pizza Palace na Trzydziestej Pierwszej Ulicy.

– Jezu, jesteś zaraz za rogiem?

– Tak, ale nie chciałem wchodzić do mieszkania, bo może gliny mnie śledzą.

– Dobrze myślisz, mały.

Ta fraza pochodziła jeszcze z czasów, gdy Teddy chodził do szkoły podstawowej i przez cały czas był w grupie dzieci, które uczyły się najwolniej. Buddy szybko obmyślił plan zaradczy:

– Dzieciak może nie jest zbyt bystry – powiedział – ale nie możemy wzmacniać w nim tego przekonania. Nasze zadanie polega na tym, żeby go przekonać, że jest bystrzejszy niż w rzeczywistości.

Od tego dnia za każdym razem, gdy Teddy zrobił albo powiedział coś, co mógłby zrobić albo powiedzieć przeciętny dzieciak, Annie i Buddy nagradzali go słodyczami albo jakimś prezentem. Najbardziej jednak uszczęśliwiały Teddy'ego te trzy krótkie słowa: „Dobrze myślisz, mały".

Sztuczka nadal działała.

– Dzięki, Ma – powiedział Teddy. – To co mam teraz zrobić?

– Zejdę po ciebie. – Podniosła pokrywę starej skrzyni, w której Buddy przechowywał wszystkie swoje akcesoria. – Ale najpierw muszę znaleźć coś, co mógłbyś włożyć, żeby nikt cię nie rozpoznał. Obiecaj, że dopóki nie przyjdę, staniesz w jakimś miejscu, gdzie nie będzie cię widać.

– Jestem okropnie głodny.

– Do cholery, obiecaj!

– Dobra, dobra. Obiecuję.

Annie rozłączyła się.

– Chłopak tym razem wlazł w gówno po same uszy, Buddy – powiedziała do urny z prochami zmarłego męża, kopiąc jednocześnie w stercie peruk, rekwizytów i mundurów, które pozwalały oszustowi upodobnić się do każdego, od inkasenta po pilota linii lotniczych.

Po dwóch minutach znalazła to, czego szukała. Wybiegła z mieszkania i sprawdziła wszystkie samochody zaparkowane przy Hoyt Avenue. Dwadzieścia cztery minuty później Teddy Ryder, zupełnie się nie kryjąc, wszedł do budynku, w którym mieszkała jego matka.

Annie była pewna, że nikt go nie śledzi, ale nawet gdyby tak było, to wątpiła, by gliniarze wpadli na to, że mężczyzna z jasnymi włosami do ramion, w jaskrawopomarańczowej odblaskowej kamizelce i z czerwoną termiczną torbą na pizzę jest tym, którego szuka cała policja w mieście.

ROZDZIAŁ DWUDZIESTY PIĄTY

Teddy położył pudełko z pizzą na szafce w kuchni, wyjął sobie kawałek i wyciągnął z lodówki puszkę budweisera.

– Alkohol odwadnia. – Annie wyjęła mu puszkę z ręki i wrzuciła do zlewu, po czym otworzyła butelkę pomarańczowej gatorade, którą przyniosła z Pizza Palace.

Teddy wchłonął naraz pół kawałka pizzy i pociągnął łyk napoju o odblaskowym kolorze.

– Opatrywałaś kiedyś ranę po postrzale, kiedy byłaś pielęgniarką?

– Pielęgniarką? Byłam wolontariuszką w domu starców. Nauczyłam się paru rzeczy, patrząc na pielęgniarki, ale głównie kradłam ampułki z morfiną i sprzedawałam narkomanom z okolicy. Zdejmij już tę głupią perukę i rozbierz się do spodenek. Muszę pójść do sąsiada i pożyczyć kilka rzeczy.

Wyjęła dużą torbę z szafy w przedpokoju i wyszła. Zanim wróciła, Teddy zjadł już trzy kawałki pizzy. Jego dżinsy i koszula leżały na podłodze.

– Na tym polega urok mieszkania w domu pełnym staruszków – powiedziała Annie, stawiając torbę na podłodze. – Taki budynek to jak całodobowa apteka. Mają wszystko, czego trzeba, żeby opatrzyć ranę postrzałową. – Podała mu fiolkę z tabletkami. – Amoksycylina. Weź od razu cztery, a potem po cztery dziennie.

Teddy posłusznie połknął cztery tabletki antybiotyku i popił gatorade.

Annie przykryła kanapę prześcieradłem i wyjęła z torby butelkę wódki Smirnoff.

– To z tych tańszych, ale wystarczy.

– Mówiłaś przecież, że nie mogę pić alkoholu – zdziwił się Teddy.

– To nie jest do picia. Połóż się, muszę zobaczyć, gdzie jest ta rana.

Gdy Teddy wyciągnął się na kanapie, Annie obejrzała zakrwawiony lewy bok.

– Masz szczęście, rana jest czysta. Kula przeszła na wylot, ale na pewno zabrała ze sobą strzępy twojej brudnej koszuli. Musimy wytłuc bakterie, zanim się namnożą. Zaciśnij zęby na poduszce.

– Dlaczego?

– Bo będzie bolało jak diabli, a nie chcę, żebyś obudził sąsiadów krzykiem.

– Mamo, ja nie będę krzy…

Gdy Annie polała ranę czterdziestoprocentowym Smirnoffem, z ust Teddy'ego wydobył się przenikliwy wrzask, który udało mu się stłumić poduszką.

– Następnym razem może posłuchasz matki – powiedziała Annie, wycierając okolice rany miękką szmatką. – Kiedy mówię, że będzie bolało, to na pewno będzie bolało. A kiedy ci mówiłam, że Raymond Davis to nie jest towarzystwo dla ciebie, to też miałam rację. Ale nie, ty musiałeś zaczekać, aż cię postrzeli, żeby mi uwierzyć.

– Nie mów źle o Raymondzie, Ma. On mnie nie postrzelił, on nie żyje. Ten, kto mnie postrzelił, najpierw zabił jego.

– Jezu, Teddy! W co wyście się wpakowali, że ktoś chciał was zabić?

– Ten facet, Jeremy, wynajął nas, żebyśmy ukradli jakiś szajs, więc ukradliśmy. A potem, kiedy miał nam zapłacić, uznał, że woli nas zabić.

Annie znów sięgnęła do torby i wyjęła pudełko pieluch dla dorosłych. Rozwinęła jedną i ułożyła chłonną część tak, by przykrywała ranę z obu stron.

– Wstań i przytrzymaj, żebym mogła zapiąć.

Teddy zrobił, co mu kazała.

– Co ukradliście? – zapytała, owijając go dokładnie w pasie bandażem.

– Brylantowy naszyjnik.

– Niewiarygodne. Napadliście na sklep jubilerski?

– Nie. – Teddy zwiesił głowę. – Na limuzynę. Z tyłu siedziała ta aktorka. Jeremy wiedział, że będzie miała na sobie drogi naszyjnik i…

– O mój Boże! Elena Travers?!

Teddy nie odpowiedział. Nie musiał.

– Zabiliście Elenę Travers? – powtórzyła Annie.

– To nie ja do niej strzelałem, Ma, słowo daję! To Raymond.

– Ale miałeś pistolet?

– Tak.

– A jaka jest najważniejsza zasada, której uczył cię ojciec?

– Żadnej broni.

– A teraz ta biedna aktorka nie żyje, a ciebie czeka dożywocie. Kto to właściwie jest ten Jeremy? Jak się nazywa?

– Nie wiem. Raymond to wszystko załatwiał. Dzisiaj widziałem go pierwszy raz. Miał nam dać dziewięćdziesiąt tysięcy za ten naszyjnik, ale Raymond mu nie wierzył, więc kiedy Jeremy przyszedł, Raymond powiedział, że nie damy mu naszyjnika, dopóki nie odda nam pistoletu.

– I oczywiście oddał – domyśliła się Annie. – Bez żadnej dyskusji.

– Tak. Więc poszedłem po naszyjnik i położyłem go na stoliku.

– A potem ni stąd, ni zowąd – dokończyła Annie – Jeremy wyciągnął drugi pistolet, który miał za paskiem spodni.

– W kaburze przy kostce. Trafił Raymonda prosto między oczy, a potem odwrócił się do mnie, ale gdy pociągał za spust, walnąłem go głową. Upadł, a ja uciekłem.

– Gliniarze będą cię szukać. Prędzej czy później zastukają do moich drzwi. Nie możesz tu zostać.

– Ma, nie mam dokąd pójść.

– Moi sąsiedzi wybrali się na rejs, a ja mam się opiekować ich kotem. Możesz zostać w ich mieszkaniu przez dziesięć dni.

Przykleiła plastrem końce bandaża, a potem ostrożnie pomogła Teddy'emu włożyć koszulę.

– Spodnie możesz włożyć sam.

Teddy naciągnął dżinsy, zapiął suwak i ściągnął pasek.

– Hej, Ma – powiedział, wsuwając rękę do kieszeni. – Przyniosłem ci prezent. – Podał jej naszyjnik z brylantów i szmaragdów.

– O mój Boże! – jęknęła. – Teddy, to jest… jest piękny. Myślałam, że Jeremy go zabrał.

– Zabrał, ale kiedy go przewróciłem, uderzył się w głowę i był trochę oszołomiony, więc pomyślałem, że lepiej zgarnąć naszyjnik, dopóki mogę. Może któregoś dnia uda nam się znaleźć kupca.

Annie Ryder stała nieruchomo, patrząc na światło rozszczepiające się w naszyjniku wartym osiem milionów dolarów, który spoczywał w jej dłoni. W pierwszej chwili poczuła się tak ogłuszona, że nie była w stanie wydobyć z siebie ani słowa. A potem znalazła słowa, które zawsze wywoływały radość na twarzy jej mało rozgarniętego, ale poczciwego syna:

– Dobrze myślałeś, mały.

ROZDZIAŁ DWUDZIESTY SZÓSTY

Otworzyłem drzwi swojego mieszkania. W środku było ciemno. Należę do ludzi, którzy zawsze zostawiają drugiej osobie światło w oknie, więc to nie był dobry znak. Wymacałem włącznik na ścianie i odetchnąłem z ulgą. Torebka, klucze i identyfikator Cheryl wciąż leżały w przedpokoju na stoliku.

Wszedłem do jadalni i tu również zapaliłem światło. Romantyczna kolacja dla dwojga stała na stole dokładnie tak samo jak w chwili, gdy wychodziłem – nietknięta i teraz już zupełnie nieromantyczna. Nie musiałem się zastanawiać, jak się czuła Cheryl. Nic wyraźniej nie mówi „nie trafimy dzisiaj do łóżka" niż zimna zbrylona lasagne i twardy jak kamień chleb czosnkowy. Ale na wypadek, gdybym miał jeszcze jakieś wątpliwości, drzwi sypialni były zamknięte, a na kanapie leżały mój koc i poduszka.

Wyniosłem idealną kolację do zsypu, posprzątałem w kuchni, a potem obracałem się na kanapie z boku na bok do piątej czterdzieści pięć. Drzwi sypialni przez cały czas pozostawały zamknięte. Wiedziałem, że mądrze zrobię, jeśli wyjdę i wezmę prysznic dopiero na komisariacie.

Ale najpierw wstąpiłem do bistro, żeby porozmawiać z moją terapeutką.

– Doktor przyjmuje – oznajmiła Gerri. Przyniosła mi kawę i bajgla, po czym usiadła naprzeciwko mnie. – Co znowu, do diabła, sknociłeś?

– No właśnie – powiedziałem. – Sam nie jestem pewien, czy cokolwiek sknociłem.

Opowiedziałem jej o szczegółach ostatniego wieczoru. Słuchała w milczeniu, dopóki nie skończyłem.

– Pozwól, że zacznę od pytania – odezwała się wreszcie. – Czy naprawdę chcesz, żeby wam się udało z Cheryl?

– Oczywiście – odpowiedziałem bez wahania.

– To dlaczego zostawiłeś ją i pojechałeś do Harlemu, żeby być z Kylie?

– Zaraz, moment. Nie zostawiłem jej, żeby być z Kylie. Kylie potrzebowała pomocy, a ja już taki jestem. Gdy trzeba pomóc kobiecie, to…

Gerri wybuchnęła.

– Pomóc kobiecie? Kylie?! Mam dla ciebie nowiny, Zach. Kylie MacDonald to dzika kocica z piekła rodem. Strzela z pistoletu i kopie w tyłek, a jak trzeba, to w jaja. W dniu, kiedy będzie potrzebowała pomocy, ja się pojawię na okładce *Sports Illustrated* w numerze poświęconym kostiumom kąpielowym.

– Dobra, dobra. Masz rację. „Potrzebowała pomocy" to nie są odpowiednie słowa.

– To zupełnie idiotyczne słowa.

– Powinienem raczej powiedzieć, że niebezpiecznie jest zostawiać ją samą. A ona pojechała do Harlemu sama, bez żadnej asekuracji, po służbie, bo wymyśliła sobie, że znajdzie dilera, który sprzedaje narkotyki jej mężowi i siłą zmusi go, żeby jej powiedział, gdzie ma szukać Spence'a.

– Podsumowując, dokonałeś wyboru. Wybrałeś Kylie, a nie Cheryl.

– To zbyt duże uproszczenie.

– W takim razie nie będę upraszczać. Powiedzmy, że mam magiczne moce i jednym ruchem ręki mogę ci zagwarantować szczęśliwe życie z kobietą, którą sam wybierzesz. Co to będzie za kobieta?

– Cheryl.

– Jesteś tego pewien?

– Tak.

– A czy ona jest tego pewna?

– Cheryl wie, że ją kocham. Mam nadzieję, że zrozumie, dlaczego zepsułem wczoraj kolację.

– Zach, nie jestem pewna, czy ty sam rozumiesz, co wczoraj zrobiłeś.

– Co chcesz przez to powiedzieć?

– Nic. – Podniosła się. – Jestem tylko kucharką w bistro, a nie psychiatrą. Przepraszam, że tak powiedziałam.

– Już za późno. Nie możesz cofnąć tych słów. Co to ma znaczyć, że sam nie rozumiem, co zrobiłem wczoraj wieczorem?

Znów usiadła.

– Gdy moja córka Rachel miała dziewiętnaście lat, wdała się w romans z żonatym mężczyzną, który miał trzydzieści sześć. Rok później ten facet się rozwiódł i po paru miesiącach zapytał Rachel, czy za niego wyjdzie. Powiedziałam jej, że jestem przeciwko.

– Z powodu różnicy wieku? – zapytałem.

– Nie. Dlatego, że ten facet zdradzał żonę. Powiedziałam Rachel: skoro zrobił to z tobą, to zrobi również tobie. Ale ona i tak za niego wyszła i pięć lat później znalazła go w łóżku z inną kobietą. Była zrozpaczona. Zostawiła go i wróciła do mnie do domu. Było mi jej okropnie żal, ale w głębi serca czułam cichą satysfakcję. Mówiłam, że on się dla niej nie nadaje, i miałam rację. Więc zadam ci ostatnie pytanie na dzisiaj, Zach. Czy pojechałeś do Harlemu chronić Kylie, żeby nie wpakowała się w kłopoty, czy żeby pomóc jej ratować małżeństwo, choć miałeś nadzieję, że to małżeństwo rozpadnie się w gruzy?

Nie odpowiedziałem, bo sam nie byłem tego pewien.

Gerri znów wstała.

– Dobrze się czujesz?

– Wszystko w porządku, ale chyba przydałaby mi się jeszcze dodatkowa opinia.

– Dobry pomysł – odrzekła. – Zapytaj w Metro Diner na Broadwayu. Nawet jeśli terapia ci się nie spodoba, to na pewno zachwyci cię ich cheeseburger.

ROZDZIAŁ DWUDZIESTY SIÓDMY

Poszedłem za róg do komisariatu i skierowałem się do szatni. Z pewnością wyglądałem jak ktoś, kto nie przespał nocy we własnym łóżku. Nie chciałem, żeby Kylie mnie zobaczyła i zaczęła domagać się wyjaśnień.

Wziąłem prysznic, ogoliłem się, włożyłem czyste ubranie i wszedłem do pokoju świeżutki jak gangster, który ubrał się w nowy garnitur na randkę z sądem.

– Od piętnastu minut próbuję się do ciebie dodzwonić – powitała mnie Kylie, zupełnie niezainteresowana moim wyglądem. – Chodźmy.

– Może poudawalibyśmy przez chwilę, że jesteśmy równoprawnymi partnerami i ja też mam coś do powiedzenia? – odpowiedziałem, goniąc za nią po schodach. – Dokąd pędzimy?

– Do Centrum Medycznego Murray Hill. Okradziono ich zeszłej nocy.

– Co tym razem ukradli, baseny? Kylie, wisi na nas podwójne zabójstwo. Może wyślemy Betancourt i Torres, żeby ich przesłuchały, a sami skupimy się na sprawie Travers?

– Nie. Nasz nowy najlepszy przyjaciel Howard Sykes zadzwonił, żeby nam powiedzieć, że sytuacja, która i tak już była delikatna, stała się jeszcze delikatniejsza. Jest teraz w Murray Hill i czeka, żeby jego dwie policyjne gwiazdy pojawiły się i zajęły sytuacją jak najbardziej dyplomatycznie.

– Nie rozumiem. – Wyszedłem za nią na zewnątrz. – Od samego początku działaliśmy w tej sprawie po cichu. Co takiego skradziono, że stała się jeszcze bardziej delikatna?

– Nie chodzi o to, co skradziono, tylko kto był świadkiem.

– Mamy świadka?

– Dwóch, ale wątpię, czy zechcą z nami współpracować. Wsiadaj do samochodu. Po drodze opowiem ci o tej całej brzydkiej polityce.

Wsiadłem do samochodu.

– W pomieszczeniu, gdzie przechowywano sprzęt, był zamek cyfrowy, ale sprawcy znali kod – powiedziała, gdy prowadziłem samochód na południe przez Lexington. – Zgadnij, co zobaczyli w środku, kiedy otworzyli drzwi?

– Niewiele mnie to obchodzi. – Wzruszyłem ramionami. – Chyba że znaleźli Teddy'ego Rydera.

– Lekarza, który pieprzył pielęgniarkę.

– No dobra. Obchodzi mnie to.

– Ale nie był to jakiś napalony stażysta, tylko lekarz, który w zeszłym roku przyniósł Murray Hill ponad dwa miliony dochodu.

Byłem w Red już wystarczająco długo, żeby zrozumieć, dlaczego Howard kazał nam przyjechać na miejsce.

– Więc znowu polityka wygrywa z pracą policyjną – stwierdziłem. – Jak rozumiem, Howard pewnie chce, żebyśmy nie mieszali nazwiska tego lekarza do dochodzenia.

– Howard ujął to tak: to jest świadek, a nie przestępca – potwierdziła Kylie.

Pięć minut później zatrzymaliśmy się przed wejściem do szpitala na Wschodniej Trzydziestej Trzeciej Ulicy. Jeden z pomocników burmistrza zaprowadził nas do gabinetu w skrzydle administracyjnym, gdzie czekał już na nas Howard Sykes w towarzystwie opornego świadka.

– To jest doktor Richard – powiedział Sykes.

– Detektywi, wygląda na to, że znalazłem się w kłopotliwym położeniu, ale Howard zapewniał mnie, że mogę polegać na waszej dyskrecji – powiedział lekarz z brytyjskim akcentem z wyższych sfer, który natychmiast sprawia, że mówiący zaczyna emanować atmosferą erudycji i wyrafinowania.

Był po pięćdziesiątce, wysoki i schludny. Miał posrebrzone włosy oraz to, co Brytyjczycy nazywają prezencją. Spędziłem dużo czasu z bogatymi ludźmi i oceniłem, że wełniany garnitur od Armaniego i buty Gucciego ze skóry strusia kosztowałyby mnie co najmniej miesięczną pensję. Na czwartym palcu lewej ręki nosił złotą obrączkę.

– Oczywiście, sir – powiedziałem. – Proszę nam opowiedzieć, co się zdarzyło.

– Nie miałem pojęcia, że grupa bezczelnych przestępców kradnie szpitalny sprzęt. Gdybym wiedział o tej fali przestępczości, zapewne nie wybrałbym pomieszczenia, w którym złożono nowe urządzenia do spirometrii. Z wielkim zażenowaniem muszę wyznać, że poszedłem tam późno wieczorem na spotkanie z kimś z personelu pielęgniarskiego. Ale nie wyjawię nazwiska tej osoby, chyba że zmusi mnie do tego sąd.

– Zapewniam cię, że do tego nie dojdzie – powiedział Howard w imieniu całego systemu sprawiedliwości. – Po prostu opowiedz detektywom, co tylko możesz.

– Było niewiele po północy. Otworzyli drzwi i muszę powiedzieć, że byli równie zdziwieni naszym widokiem, jak my widokiem ich czworga. Wszyscy mieli na sobie fartuchy, dlatego w pierwszej chwili pomyślałem, że należą do personelu, ale potem jeden z nich wyciągnął pistolet.

– Czy widział pan ich twarze? – zapytała Kylie.

– Tak. W pierwszej chwili pomyślałem, że skoro mogę ich zidentyfikować, to zaraz mnie zabiją, ale kiedy przyjrzałem się uważniej, zauważyłem, że mieli na twarzach maski, ale nie takie zwykłe, tylko ciasno przylegające do skóry hollywoodzkie maski z wysokiej jakości silikonu. W gruncie rzeczy to genialny pomysł.

– Co było potem? – zapytałem.

– Ten z pistoletem odezwał się. Mówił bardzo spokojnie i uprzejmie, z odrobiną teksańskiego akcentu, trochę jak Tommy Lee Jones. Zapewnił nas, że jeśli będziemy grzeczni, to nic nam się nie stanie. Potem dwóch z nich związało nam ręce i nogi i zakleiło usta srebrną taśmą, a dwaj pozostali załadowali sprzęt na wózek i przykryli prześcieradłem. To wszystko nie trwało nawet dwóch minut, ale znaleziono nas dopiero o szóstej rano.

Mieliśmy szczęście, że ktoś go znalazł, bo gdyby udało mu się wydostać o własnych siłach, nie mielibyśmy żadnego świadka. Podziękowaliśmy mu, a on wyszedł w pośpiechu.

Zwróciłem się do Howarda:

– Mimo że mieli maski, to jednak chcielibyśmy przejrzeć nagrania z kamer, żeby sprawdzić, czym przyjechali.

– Nie ma żadnych nagrań z kamer. Skasowali dysk.

– Ci faceci są jak ninja – powiedziała Kylie. – Nie wie pan przypadkiem, czy szpital przechowuje kopie nagrań w chmurze?

– Obawiam się, że nie. O ile się orientuję, system miał zostać unowocześniony w następnym roku fiskalnym, ale nie jestem w radzie nadzorczej tego szpitala. Zająłem się tą sprawą tylko dlatego, że pani burmistrz i ja prywatnie jesteśmy przyjaciółmi tego lekarza i jego żony.

– Poda nam pan prawdziwe nazwisko doktora Richarda? – zapytała Kylie.

Howard uśmiechnął się.

– Nie. Jak to mówią w *Dragnet*: nazwiska zostały zmienione, by chronić niewinne osoby.

– Czy jest jakaś szansa, żebyśmy mogli porozmawiać z tą drugą osobą, z tym kimś z personelu pielęgniarskiego?

– W niczym nie mogę pomóc, pani detektyw – odparł Howard. – Nawet ja nie znam jej nazwiska.

– Sądząc po tym, jak pan doktor dobierał słowa i unikał zaimków osobowych, nie mam nawet pewności, czy to była ona – stwierdziła Kylie.

ROZDZIAŁ DWUDZIESTY ÓSMY

– Jak myślisz, kto w końcu ma ten naszyjnik? – zapytała Kylie, zapalając samochód. – Teddy czy ten widmowy nabywca?

To było proste pytanie, ale zadała je tak nonszalanckim tonem, że zbiła mnie z tropu.

– Zaraz, moment – powiedziałem. – Zatem znów wracamy do naszej pierwszej sprawy? Bo ja mam głowę nabitą misją szpitalną, która twoim zdaniem była tak ważna, że trzeba było wszystko rzucić i pędzić tutaj. Zmieniasz biegi tak szybko, że nie jestem w stanie nadążyć. Może powinnaś mi z samego rana podawać program dnia, żebym wiedział, jak mam się nastroić.

Zgasiła silnik i usiadła pod kątem prostym do mnie.

– Masz jakiś problem ze mną, Zach?

Prawie nigdy nie wchodzę w konflikty z Kylie, a teraz, gdy jej mąż przepadł w mieście, z pewnością nie była to najlepsza chwila, by dawać upust emocjom, ale było już za późno. Nerwy puściły.

– Tak. Nie jesteś moim szefem, tylko partnerką. Rozumiem, że nie możesz odmówić, kiedy dostajesz zaproszenie do ratusza, ale następnym razem zapytaj mnie o zdanie, zamiast od razu obiecywać, że natychmiast przyjedziemy, i ciągnąć mnie za sobą jak jucznego muła.

– Próbowałam do ciebie dzwonić, partnerze, ale byłeś za bardzo zajęty lizaniem ran, więc sama podjęłam decyzję.

– Jakich ran?

– No proszę cię! Przechodziłam rano obok bistro i widziałam, jak siedziałeś w środku w pomiętym wczorajszym ubraniu i wyżalałeś się Gerri. Domyśliłam się, że kiedy wróciłeś do domu, Cheryl zrobiła ci wielką awanturę. A pół godziny później wszedłeś do gabinetu świeży jak stokrotka. Myślałeś, że tego nie zauważę? Sporo nas kiedyś łączyło, więc wiem, jak pachniesz, kiedy się ogolisz i weźmiesz prysznic. Wiem, że to jest zapasowa koszula, którą trzymasz w szafce, umiem też rozpoznać, kiedy jesteś rozdrażniony, bo twoje życie uczuciowe wypada z torów. Do tego jestem detektywem w najlepszej jednostce w Nowym Jorku. Nie uważaj mnie za głupią, okej?

– Okej – powiedziałem, starając się, żeby to zabrzmiało jak „odpierdol się".

Wsunęła się za kierownicę i znów zapaliła silnik.

– Masz ochotę mi powiedzieć, dokąd jedziemy? – zapytałem.

– Do braci Bassettów. Sprawdzimy, czy rozpoznają Raymonda Davisa albo Teddy'ego Rydera ze zdjęć policyjnych, a jeśli będziemy mieli szczęście, to może uda nam się zidentyfikować tego faceta, który gonił Rydera po schodach. Czy dostanę na to twoją zgodę, detektywie?

– Teddy – powiedziałem.

– Teddy co?

– Teddy ma naszyjnik.

– Pięćdziesiąt na pięćdziesiąt, że masz rację. Ale dlaczego wydajesz się taki pewny?

– Sama to powiedziałaś. Facet, który gonił Rydera po schodach. Gdyby to ten tajemniczy gość miał naszyjnik, to wyszedłby z budynku jak gdyby nigdy nic, starając się nie zwracać na siebie uwagi, ale on gonił po schodach jak wściekły. Gonił Teddy'ego i przypuszczam, że go nie złapał, bo inaczej dostalibyśmy już wiadomość, że z naszego podwójnego zabójstwa zrobiło się potrójne.

Kylie zastanawiała się nad tym przez kilka sekund, wreszcie powiedziała:

– Wiesz co? Jak na jucznego muła jesteś nawet dość bystry.

– I tak musimy znaleźć ich obu, ale łatwiej będzie znaleźć Teddy'ego. Czy NCIP ma coś na temat Annie Ryder?

– Godzinę temu nie mieli jeszcze żadnych trafień. Trzy lata temu stan Maryland wydał jej prawo jazdy z adresem w Baltimore, ale nie mieszka tam już od ponad dwóch lat. Od tamtej pory dostała mandat za przekroczenie prędkości w Nashville i jeszcze jeden na Jersey Turnpike. Nie jest łatwo ją namierzyć.

– Można założyć, że dostała te mandaty specjalnie, tylko po to, by zmylić trop – stwierdziłem. – Q miał rację. Ona nie chce, żeby ją znaleziono.

– Ale my ją znajdziemy – oświadczyła Kylie. – A tymczasem sprawdźmy, czy Leo Bassett wyczyścił już marynarkę z sosu koktajlowego i wyjął z dupy kij od szczotki.

ROZDZIAŁ DWUDZIESTY DZIEWIĄTY

W drodze do centrum dostałem wiadomość od Chucka Drydena.

– Dobre nowiny – powiedziałem do Kylie. – Mamy analizę balistyczną walthera Raymonda Davisa. W stu procentach zgadza się z analizą broni, z której zabito Elenę. Oczywiście nie możemy udowodnić, że to Raymond strzelał.

– Ale na plus jest to, że nie musimy go przyprowadzać na rozprawę – po swojemu skomentowała Kylie.

Zachodnia Dwudziesta Pierwsza znów wyglądała normalnie. Furgonetki telewizji i paparazzi zniknęli. Zapewne udali się na poszukiwanie nowego przestępstwa dnia.

Leo wpuścił nas do budynku. Gdy rozsunęły się drzwi windy, czekał na nas w progu.

– Detektywi! Tak się cieszę, że znów tu jesteście. Muszę was przeprosić. Tamtego wieczoru zachowałem się trochę histerycznie, ale byłem bardzo poruszony tym, co się stało z Eleną.

– Doskonale to rozumiemy – odparła Kylie. – Dochodzenie trochę się posunęło i chcielibyśmy pokazać panu kilka zdjęć.

– Na ile się posunęło?

– Najpierw chcielibyśmy pokazać te zdjęcia panu i pańskiemu bratu.

– Podejrzani? – zapytał, postukując o siebie czubkami palców, jakby bił nam brawo.

– Osoby, które nas interesują – wyjaśniłem.

– Bardzo lubię to określenie. W takim razie do rzeczy. Pójdę po Maksa.

Usiedliśmy przy stole w jadalni razem z braćmi Bassettami i położyliśmy przed nimi sześć zdjęć policyjnych. Dwa przedstawiały Teddy'ego i Raymonda.

– Nigdy w życiu nie widziałem żadnego z tych ludzi – oświadczył natychmiast Max.

Leo nie śpieszył się. Wziął do ręki jedno ze zdjęć i przyjrzał mu się uważnie.

– No tak, oczywiście.

– Poznaje go pan? – zapytałem.

– Zdawało mi się, że go poznaję, no i wreszcie sobie przypomniałem. Wygląda jak młody Richard Widmark.

– Ten aktor?

– Tak, ale w młodości. Na przykład wtedy, kiedy grał Tommy'ego Udo w *Pocałunku śmierci*. Pewnie w niczym wam to nie pomoże, ale ja w każdym razie patrzyłem na te zdjęcia przez kilka minut.

– Ja nie potrzebowałem kilku minut – powiedział Max, patrząc wprost na mnie, choć jego słowa wyraźnie skierowane były do brata. – Nigdy nie widziałem żadnego z nich. Leo wspomniał, że zrobiliście jakieś postępy w śledztwie. Co macie?

– Wczoraj wieczorem była strzelanina na Lower East Side. Ten człowiek nie żyje, a ten uciekł, ale jest ranny. – Wskazałem zdjęcie Raymonda, a potem Teddy'ego. – Mamy powody, by przypuszczać, że to oni zatrzymali limuzynę i zabili Elenę Travers.

– Kim oni są? – zapytał Max.

– Raymond Davis i Teddy Ryder. Czy te nazwiska z czymś wam się kojarzą? – Gdy zgodnie zaprzeczyli, potrząsając głowami, mówiłem dalej: – To zawodowi oszuści, ale zabójstwo zupełnie do nich nie pasuje. Możliwe, że zamierzali przekazać naszyjnik komuś, kto ich wynajął, i wtedy wywiązała się strzelanina.

– Odzyskaliście naszyjnik? – zapytał Max.

– Nie, ale mieliśmy nadzieję, że pomożecie nam zidentyfikować tego, kto strzelał.

Podałem Maksowi niewyraźny zrzut ekranu z nagrania kamery Elliotta Moritza. Popatrzył uważnie.

– Okropne światło. To może być każdy, ale tak czy inaczej, nie przypomina mi nikogo, kogo bym znał. Ani z życia, ani z filmów. – Podał wydruk bratu.

Leo przyjrzał się i też potrząsnął głową.

– Nie możecie zdobyć lepszego zdjęcia? Albo pod innym kątem? Albo użyć jakiegoś triku komputerowego, żeby to wyostrzyć, tak jak w telewizyjnych programach?

– Przykro mi, panie Bassett – odparłem. – Mamy, co mamy. Wiedzieliśmy, że szanse nie są duże, ale musieliśmy zapytać.

– W takim razie co powinniśmy teraz robić? – zapytał Leo.

– Nic. Chcieliśmy tylko dać wam znać, że robimy postępy. Wkrótce się z wami skontaktujemy.

Leo odprowadził nas do windy. Zjechaliśmy na dół bez słowa. Dopiero gdy znaleźliśmy się w samochodzie, poza zasięgiem kamer, Kylie przerwała milczenie.

– Co myślisz o tych dwóch?

– Max to zimny drań. Bardziej go obchodzi zaginiony naszyjnik niż martwa kobieta, która miała go na sobie. A Leo nie rozumie różnicy między fikcją a prawdziwym życiem i zachowuje się, jakby występował w filmie o kradzieży biżuterii. Traktuje nas jak statystów, którzy grają policjantów. A ty co sądzisz?

– Znasz mnie, Zach. Podejrzewam wszystkich o wszystko. Problem polega na tym, że Max wydaje się zbyt bystry, by wynająć dwóch takich partaczy jak Teddy i Raymond, a Leo za głupi, żeby wymyślić taką operację. Więc opierając się na tym, co o nich wiemy, trudno powiązać ich z tą zbrodnią.

– W takim razie może prawdziwy problem polega na tym, że wiemy o nich za mało. – Wyjąłem telefon i dodałem: – Na razie.

ROZDZIAŁ TRZYDZIESTY

Stojąc za zasłoną, Leo Bassett wyjrzał przez okno na Dwudziestą Pierwszą Ulicę i zdążył zobaczyć, jak detektywi Jordan i McDonald odjeżdżają.

– Pojechali – powiedział.

– Wrócą – rzekł jego brat.

– Może jeszcze dwa albo trzy razy. – Leo machnął ręką. – Poprzednim razem gliniarze prawie z nami nie rozmawiali. Nie martw się, ci dwoje też szybko się poddadzą. Zawsze tak jest.

Zawsze tak jest. Max przymknął oczy, nie mogąc uwierzyć w niesłychaną naiwność i ignorancję brata.

W ciągu ostatnich dwudziestu dwóch lat Bassettowie już trzykrotnie padli ofiarą rabunku. Każda z tych kradzieży przebiegła według doskonałego planu opracowanego przez Maksa i wykonanego przez profesjonalistów. Żadnej ze spraw nie wyjaśniono i firma ubezpieczeniowa – za każdym razem inna – zmuszona była wypłacić pełną kwotę odszkodowania. Łącznie było to dziewiętnaście milionów dolarów. Następnie Max ciął skradzione kamienie i sprzedawał je luzem.

– Leo – powiedział Max cierpliwie. – Ci dwoje nie poddadzą się tak szybko i będą tu wracać jeszcze wiele razy. Chcesz wiedzieć, dlaczego? – Gdy Leo wzruszył ramionami, Max wybuchnął: – Bo mają na głowie zabójstwo pieprzonej gwiazdy filmowej! Od samego początku mówiłem ci, że to kiepski pomysł.

Banta i Burkhardt mają jeszcze trzydzieści lat odsiadki. I co ci mówiłem? Mówiłem, żeby nie kusić losu i nie próbować z nikim nowym. Ale nie! Zarzekałeś się, że Jeremy da sobie z tym radę, że przyprowadzi ci dwóch wykonawców z najwyższej półki. Z najwyższej półki! Jeden nie żyje, drugi ucieka przed policją, a gliniarze mają zdjęcie twojego ulubionego chłopaczka. Znajdź Jeremy'ego i naszyjnik, zanim oni to zrobią, bo jak nie, to będziemy w gównie po uszy! Nie mam pojęcia, dlaczego dałem ci się na to namówić.

– Namówić? Nie zrzucaj całej winy na mnie. A jaki mieliśmy wybór? Pieniądze idą jak woda. Wiesz, ile wydałeś na te swoje afrykańskie safari i idiotyczne wyprawy z głębinowym nurkowaniem? A w ten dom nad jeziorem wpakowałeś Bóg wie ile milionów!

– Ty dla odmiany żyjesz ascetycznie jak mysz kościelna na emeryturze.

– Max, przez całe życie ciężko pracowałem, więc zasłużyłem sobie na odrobinę *dolce vita*.

– Odrobinę? – Max parsknął gniewnie. – Jesteś największym narcyzem i hedonistą na tej planecie. We wrześniu zabrałeś trzydzieści osób samolotem do Paryża, wynająłeś im pokoje na cztery dni w pięciogwiazdkowym hotelu, płaciłeś ze jedzenie, za wino, za…

– Zamknij się! – wrzasnął Leo. – To były moje sześćdziesiąte urodziny. Tak, wydałem mnóstwo pieniędzy i nie żałuję tego! *Non, je ne regrette rien, mon frère.* Dopóki żyję, wydaję swoje pieniądze, a jak mi zabraknie, to zarobię więcej.

– Chcesz więcej pieniędzy, Leo? To podpisz ten cholerny kontrakt z Precio Mundo i wystarczy ci do samej śmierci.

– Nigdy w życiu! Leo Bassett jest jubilerem gwiazd, a nie sługusem bandy meksykańskich gnojków, którzy tną koszty i wynajmują tanie pomieszczenia w suterenach!

– Sługusem? Byłbyś partnerem jednej z najbogatszych korporacji na świecie! Oni nie tną żadnych kosztów, tylko produkują na masowy rynek, a to oznacza, że zamiast jednej martwej aktorki pół miliona kobiet mogłoby nosić naszą biżuterię!

Leo cofnął się o krok.

– Co ty sugerujesz, Max?

– Niczego nie sugeruję, tylko mówię wprost, że to przez ciebie zginęła. Miałeś siedzieć z nią z tyłu, uspokoić ją i przekonać, żeby oddała naszyjnik bez żadnych wygłupów. To mogła być najważniejsza rzecz do zrobienia w całym twoim życiu, Leo. A ty wszystko spieprzyłeś, bo nie chciałeś iść po czerwonym dywanie, śmierdząc paluszkami rybnymi!

– Przykro mi z powodu Eleny, ale trzeba było ukraść ten naszyjnik.

– Może wyślesz rodzicom Eleny taki bilecik? „Drodzy Mamo i Tato, przykro mi z powodu Waszej córki, ale potrzebowałem pieniędzy. Podpisane: Leo Bassett, jubiler gwiazd".

Maxwell Bassett wiedział, co uruchamia jego brata. To był ostatni guzik, który należało nacisnąć. Leo pokazał mu środkowy palec, obrócił się i wybiegł z pokoju.

Biedny Leo, pomyślał Max. Czy naprawdę myślałeś, że powierzę tobie i Jeremy'emu odpowiedzialność za kradzież naszyjnika wartego osiem milionów dolarów? Uśmiechnął się. Wszystko szło lepiej, niż planował.

– To samo można powiedzieć o mnie, Leo – szepnął. – *Non, je ne regrette rien, mon frère.*

ROZDZIAŁ TRZYDZIESTY PIERWSZY

– Martwy sprawca to dobry punkt wyjścia – stwierdziła kapitan Cates, gdy przekazaliśmy jej najnowsze wieści w sprawie morderstwa Travers. – Ale minęło już czterdzieści osiem godzin. Elena była międzynarodową gwiazdą. Pół świata czeka na wyjaśnienie.

– To proszę powiedzieć tej połowie świata, że mielibyśmy więcej odpowiedzi, gdyby przez cały czas nie odciągano nas od tej sprawy, bo znowu zniknął jakiś sprzęt diagnostyczny.

– Doskonale cię rozumiem, Jordan – odparła Cates – ale to jest NYPD Red, a nic nie jest czerwieńsze niż problemy pani burmistrz Sykes i jej męża. Przydzieliłam wam wsparcie, ale niestety musicie zostać na froncie, dopóki nie wyjaśni się sprawa tych szpitalnych kradzieży.

– Mimo że zabiera nam to czas, który moglibyśmy poświęcić na ważniejszą sprawę? – zapytałem. – W Red…

– Macie dwie ważniejsze sprawy, detektywie – wpadła mi w słowo. – To, czego nie macie, to życia osobistego. Czy muszę dodawać, że to jest rozkaz? Bo jeśli muszę, to uznajcie, że już to zrobiłam. W porządku. Czy jest coś jeszcze, co powinnam wiedzieć?

– Sprawdziliśmy po cichu braci Bassettów – powiedziała Kylie. – Zostali obrabowani już po raz czwarty w ciągu dwudziestu dwóch lat.

– Sklep spożywczy w mojej okolicy był okradany cztery razy od lipca – odparła Cates. – Daj mi jakiś punkt odniesienia.

– Według statystyk JSA w zeszłym roku odnotowano około tysiąca pięciuset kradzieży biżuterii, około czterech dziennie – powiedziała Kylie. – Skoro Bassettów okradziono cztery razy w ciągu dwudziestu dwóch lat, to jeszcze nie wystarczy, żeby zapaliło się światełko alarmowe, ale ten rabunek wygląda na wewnętrzną robotę. A ponieważ Leo i Max są w samym środku całej sytuacji, chcieliśmy dowiedzieć się o nich czegoś więcej.

– Poznałam ich – powiedziała Cates. – Leo to urocza stara ciota. Głupi przez duże „g". Pięć lat temu został przyłapany w kompromitującej sytuacji w męskiej toalecie kina, ale na tym się kończy jego kryminalna kartoteka. Moim zdaniem to Max jest czarnym charakterem.

– Ale jego nazwisko nie pojawiło się w bazie danych – zauważyłem.

– Bo nasz kodeks karny przymyka oko na to, co on robi. Max Bassett wydaje miliony dolarów na polowania w prywatnych parkach, w których hoduje się egzotyczne zwierzęta po to, żeby można je było legalnie zabijać. Afrykańskie słonie, lwy, nosorożce, niedźwiedzie polarne. Ten człowiek ma pokój pełen głów i szkieletów najbardziej zagrożonych gatunków na świecie.

– To obrzydliwe – skrzywiła się Kylie.

– I kosztowne – dodała Cates. – Max jest bogaty, ale jego zasoby nie są nieograniczone. Jeśli jest uzależniony od zabijania rzadkich zwierząt, to kradzież naszyjnika wartego osiem milionów dolarów dałaby mu środki na kilka safari.

– To może być motyw, pani kapitan, ale Zach i ja usłyszeliśmy od kogoś, że bracia Bassettowie już niedługo będą bardzo, ale to bardzo bogaci.

– Kto wam tak powiedział?

– Lavinia Begbie.

– Ta dziennikarka od plotek?

Zadzwoniła komórka Kylie. Spojrzała na ekran.

– To chyba telefon, na który czekaliśmy. Odbiorę przy swoim biurku. Zach, powtórz pani kapitan, co powiedziała nam Lavinia. – Wyszła z gabinetu.

– Rozmawialiśmy z Lavinią Begbie, bo była na przyjęciu koktajlowym u braci Bassettów tamtego wieczoru, kiedy zamordowano Elenę Travers – wyjaśniłem. – To Leo miał jechać limuzyną z Eleną, ale w ostatniej chwili zrezygnował. Zdawało się, że mamy dobry trop, ale Begbie powiedziała, że Leo potknął się o jej psa i runął na bufet. Wymazał się czymś i nie nadawał się do publicznych wystąpień.

– Czyli powód, dla którego nie było go w limuzynie, okazał się prawdziwy – podsumowała Cates. – Ale o wiele bardziej interesuje mnie to stwierdzenie, że Bassettowie mają się stać bardzo bogaci.

– Begbie mówiła, że zamierzają zawrzeć wielomilionową umowę z Precio Mundo. Dzięki temu ich biżuteria wejdzie na masowy rynek.

– Nie kończyłam szkoły biznesu, ale dla mnie to brzmi jak główna wygrana na loterii – oznajmiła Cates.

– No właśnie. Dlaczego mieliby to wszystko ryzykować, żeby ukraść naszyjnik?

Kylie wpadła do gabinetu.

– Dobra wiadomość, pani kapitan. NCIP ma ślad Annie Ryder. Musimy lecieć.

– No to wyfruwajcie – powiedziała Cates. – Zawiadomcie mnie, jeśli na coś traficie.

Już po raz drugi tego dnia goniłem Kylie po schodach, ale tym razem nie jechaliśmy do następnego szpitala. Byłem przekonany, że Annie Ryder to brakujące ogniwo, które pozwoli nam rozwiązać sprawę Travers, więc kipiałem z podniecenia.

– Gdzie ona się zaszyła? – zapytałem, gdy wsiadaliśmy do samochodu.

Kylie wrzuciła bieg i ruszyła.

– Nie mam pojęcia.

– O czym ty, do diabła, mówisz?

– To nie był telefon z NCIP, tylko od Shelleya Tragera. Sprzątaczka przyszła do firmowego mieszkania i zastała tam Spence-'a i jeszcze dwóch. Palili cracka.

– Ten telefon był w sprawie Spence'a? Przecież powiedziałaś Cates, że mamy przełom w naszej najważniejszej sprawie. Zupełnie ci odbiło?

– Zach, z całą pewnością mi odbiło. – Na wypadek, gdybym miał jeszcze jakieś wątpliwości, omal nie przejechała pieszego.

– Na litość boską, jak możesz tak okłamywać szefową?

– Zach, ona właśnie dała nam szlaban na sprawy osobiste. Jak, do cholery, miałam jej powiedzieć prawdę?

– A nie przyszło ci do głowy, żeby powiedzieć prawdę mnie, zanim wciągnęłaś mnie w tę katastrofę?

– Nie miałam czasu na wymyślanie skomplikowanych intryg. – Po raz kolejny przejechała na czerwonym świetle. – Zresztą próbowałbyś wybić mi to z głowy, a na to też nie mam czasu. Muszę to zrobić i jesteś mi potrzebny.

– Do czego?

– Bo tylko tobie mogę zaufać, że pomożesz mi wbić trochę rozumu do głowy mojemu naćpanemu mężowi.

– Opiekun Spence'a wyraźnie ci powiedział, że musisz mu pozwolić pójść na dno. Nie możesz go ocalić.

Kylie prawie nigdy nie płacze, ale widziałem, że pod fasadą siły i determinacji z trudem hamuje łzy. Prawie nigdy też nie przeklina, ale tym razem obróciła się w moją stronę i rzuciła bombę:

– Pierdolę doradcę Spence'a! Jestem jego żoną. Jestem też pierwszej klasy detektywem, pracuję w najbardziej elitarnej jednostce w mieście i niech mnie szlag trafi, jeśli będę siedziała bezczynnie, patrząc, jak mój mąż dostaje dziesięcioletni wyrok za posiadanie cracka!

ROZDZIAŁ TRZYDZIESTY DRUGI

Apartament Shelleya znajdował się tylko pięć minut jazdy od komisariatu. Ponieważ Kylie siedziała za kierownicą, uznałem, że muszę poświęcić połowę tego czasu na przeprowadzenie jej ze stanu najwyższej gotowości bojowej do takiego, który łatwiej byłoby kontrolować, czyli do stanu zapalczywości na granicy wyładowania.

– Masz jakiś plan? – zapytałem.

– Zach, znasz mnie przecież. Jestem metodyczna do bólu, dlatego w departamencie nazywają mnie królową procedur.

– Posłuchaj, jesteś policjantką. Nie możesz wedrzeć się do mieszkania...

– Nigdzie się nie będę wdzierać. Shelley powiadomił portiernię, żeby mi wydano klucze. Powinien w swoim czasie zmienić zamek, ale zaufał, że Spence będzie grał zgodnie z zasadami. To wielki błąd zaufać narkomanowi. Spence miał klucz, wszyscy portierzy go znali, więc po prostu wszedł sobie do środka razem z Markiem i Sethem.

– Znasz jego kumpli od ćpania?

– Widywałam ich wszystkich w Silvercup. Marco pracuje w firmie kateringowej, która obsługuje programy Spence'a. To porządny facet. Żonaty, a kiedy nie bierze, chodzi na spotkania. Ale wrócił do ćpania jakiś rok temu i już się nie odbił. Seth to kompletny dureń. Dzieciak, może ma ze dwadzieścia cztery lata. Był w szkole filmowej na New York University i od czasu do czasu pracował jako asystent produkcji. Zachowuje się, jakby wiedział wszystko, a kiedy się naćpa, wie jeszcze więcej. Żaden z nich nie ma wystarczająco dużo pieniędzy na dragi, dlatego przykleili się do Spence'a.

– Powtórzę pytanie – powiedziałem, gdy Kylie podjeżdżała pod budynek przy East End Avenue. – Czy masz jakiś plan?

– Nie, a ty?

Nie odpowiedziałem. Mój jedyny plan polegał na tym, żeby nie pozwolić jej wpaść w bojowy nastrój.

Portier siedzący przy biurku prawie na nas nie spojrzał, tylko podał Kylie klucze i zajął się papierami. Czyli naprawdę rozmawiał z Shelleyem.

Bywałem już w miejscach, gdzie bierze się cracka, ale żadne z nich nie mieściło się na dziesiątym piętrze luksusowego budynku z fantastycznym widokiem na East River. Zapach uderzył nas w twarz, ledwie Kylie otworzyła drzwi. I choć mieszkanie nie zostało zniszczone tak jak plany filmowe w studio, wyglądało jak po dobrej studenckiej imprezie. Nic dziwnego, że sprzątaczka uciekła. Spence zmienił korporacyjny apartament Shelleya za wiele milionów dolarów w norę ćpunów z trzema sypialniami i trzema łazienkami.

W salonie było dwóch mężczyzn, jeden rozciągnięty na kanapie, drugi na podłodze. Żaden z nich nie był Spence'em. Przeszukaliśmy z Kylie całe mieszkanie i wyszło na to, że po prostu zniknął.

Wróciliśmy do salonu. Ćpunowi rozwalonemu na podłodze udało się usiąść z plecami opartymi o stolik, na którym leżały akcesoria narkomana. Nogi wyciągnął przed siebie na dywaniku.

– Ma pani nakaz, pani detektyw Harrington? – zapytał. – A może po prostu nie zna pani Czwartej Poprawki?

– Nazywam się detektyw MacDonald, Seth, i przyszłam tu, bo właściciel apartamentu zgłosił włamanie.

– A ja tu przyszedłem, bo pani nagrzany mąż zaprosił mnie na męską imprezę.

– Ułatwię ci sytuację, Seth. – Kylie stanęła nad nim. – Powiesz, gdzie znaleźć Spence'a, i będziesz mógł odejść wolno.

– Będę mógł odejść? Mogę odejść w każdej chwili, kiedy zechcę. To wy tu wtargnęliście bez żadnego powodu. Ale jeśli chcecie mnie aresztować, proszę bardzo. Powiem prokuratorowi, że policjantka, która mnie aresztowała, jest żoną mojego dilera.

– Próbuję być dla ciebie miła – powiedziała Kylie opanowanym tonem. – To twoja ostatnia szansa, Seth. Gdzie jest Spence?

– Chcesz wiedzieć, gdzie jest Spence? Jasne. – Popatrzył na nią i rozstawił nogi jeszcze szerzej. – Ale najpierw mnie possij.

To wystarczyło, żeby kobieta, która nie miała żadnego planu, wymyśliła błyskotliwą strategię. Kopnęła go prosto w jaja.

Seth zwinął się w kłębek, wrzeszcząc z przeraźliwego bólu, którego boją się wszyscy mężczyźni, choć tylko niewielu dane było go doświadczyć.

Złapałem Kylie wpół, bo nie byłem pewien, czy już zrobiła wszystko, co zamierzała. Przez następne trzy minuty patrzyliśmy na Setha, który wił się po podłodze, próbując złapać oddech i pokrywając ręcznie tkany, jedyny w swoim rodzaju perski dywanik Shelleya wymiocinami.

W końcu nadeszła ulga i Seth ze łzami w oczach zaczął pojękiwać.

– Marco – szepnęła Kylie do tego, który siedział na sofie. – Widziałeś, co się przed chwilą zdarzyło? Twój przyjaciel powiedział: „Mogę stąd odejść, kiedy tylko zechcę". Czy on wygląda na takiego, co może chodzić?

Marco potrząsnął głową. Oczy miał szeroko otwarte ze strachu. Usiadł, mocno przyciskając kolana do siebie i osłaniając klejnoty dłońmi.

– Przysięgam na życie mojej córki, że nie wiem, gdzie poszedł Spence. On i ja jesteśmy przyjaciółmi. Nie mam dużo pieniędzy, ale zawsze wiem, gdzie dostać dobry towar, więc się uzupełniamy.

Mój telefon zadzwonił. Odebrałem.

– Znaleźliście już Annie Ryder?

To był Q.

– NCIP nadal nad tym pracuje.

– W takim razie miałeś rację – stwierdził Q. – Naprawdę mam lepszą bazę danych niż oni. Annie jest znowu w Nowym Jorku. Ma mieszkanie w Astorii.

Podał mi adres przy Hoyt Avenue. Rozłączyłem się i skinąłem głową do Kylie.

– Mamy lokalizację Annie.

– Już tu skończyliśmy – powiedziała do Marca. – Zabierz ze sobą to bezwartościowe gówno.

Marco pociągnął Setha na nogi i praktycznie rzecz biorąc, wyniósł go za drzwi. Kylie zamknęła mieszkanie i wysłała do Shelleya wiadomość, żeby przysłał ekipę sprzątającą i ślusarza.

– Dzięki – powiedziała, gdy znów byliśmy w samochodzie. – Kiedy wychodziliśmy z gabinetu Cates, byłam na krawędzi, ale twoja obecność pomogła mi się uspokoić.

Uśmiechnąłem się. W sumie zachowała się całkiem spokojnie, chociaż wątpiłem, czy Seth by się z tym zgodził.

ROZDZIAŁ TRZYDZIESTY TRZECI

– Ed Koch czy Robert F. Kennedy? – zapytała Kylie, zanim włączyliśmy się do ruchu.

Roześmiałem się głośno. Annie Ryder mieszkała na Queens, a my byliśmy na Manhattanie, po przeciwnej stronie East River. Na drugą stronę można było się przedostać dwiema drogami i żadna nie była szybsza od drugiej. Jednak wcześniej zarzuciłem Kylie, że próbuje wszystkim dyrygować, dlatego teraz pozwoliła mi podjąć kolejną ważną decyzję: którym mostem pojechać.

– Chyba już nakopałaś się w jaja wystarczająco jak na jeden dzień – powiedziałem. – Po prostu dowieź mnie tam w całości.

Pojechaliśmy przez RFK.

Ryder mieszkała na szóstym piętrze nowego czternastopiętrowego wieżowca, który zaprojektowano jako budynek z niezbyt drogimi mieszkaniami dla seniorów. Kylie przycisnęła dzwonek domofonu.

– Pani Ryder, jesteśmy z NYPD. Czy możemy zadać pani kilka pytań?

– Tylko jeśli macie identyfikatory – odparła. – Nie otworzę drzwi, dopóki mi nie udowodnicie, że jesteście z policji.

Kylie uśmiechnęła się do mnie. Annie odgrywała rolę kruchej staruszki, która obawia się otworzyć drzwi, żeby ktoś na nią nie napadł. Ciąg dalszy spektaklu odbył się przed drzwiami mieszkania. Musieliśmy udowodnić, kim jesteśmy, i dopiero wtedy nas wpuściła.

Annie dwa razy była oskarżona o oszustwa i choć udało jej się z tego wywinąć, jej zdjęcie wciąż było w naszej bazie danych. Jednak kobieta, która po tych wszystkich ceregielach otworzyła nam drzwi, zupełnie nie przypominała oszustki ze zdjęcia, które wcześniej oglądałem – pięćdziesięcioparoletniej, o mocnej szczęce i stalowym spojrzeniu. Ta Annie była o dwadzieścia lat starsza. Z siwymi włosami ściągniętymi w koczek i ciepłym uśmiechem na pomarszczonej twarzy sprawiała wrażenie kobiety, którą można by zaangażować do roli babci na farmie w reklamówce Hallmarku.

– Co mogę dla was zrobić?

– Szukamy pani syna Teddy'ego – odpowiedziałem.

– W takim razie powinniście się skontaktować z jego kuratorem. On zawsze wie, gdzie jest Teddy, lepiej niż jego matka. – Po tej kwestii na dokładkę przewróciła oczami. Miałem wrażenie, że podpatrzyła ten gest w jakimś starym sitcomie z lat pięćdziesiątych.

– Kiedy widziała go pani po raz ostatni? – zapytała Kylie.

Annie zastanawiała się przez chwilę, postukując palcem w brodę.

– Ach tak, przypominam sobie. W poniedziałek wieczorem był u mnie na kolacji. Zrobiłam klops, a przy deserze oglądaliśmy telewizję.

– Co wtedy nadawali w telewizji? – To było standardowe pytanie.

– Lubię oglądać gwiazdy w pięknych strojach, więc włączyliśmy ten program, gdzie pokazywali na żywo hollywoodzką premierę. To było okropne. Siedzieliśmy z Teddym, jedliśmy lody i zastanawialiśmy się, kto następny przejdzie po czerwonym dywanie, kiedy nagle limuzyna się rozbiła i wypadła z niej ta biedna zastrzelona aktorka.

Nie zapytaliśmy jej jeszcze o alibi Teddy'ego na poniedziałkowy wieczór, ona jednak sama postanowiła nam go dostarczyć. Jej historyjka zawierała odpowiednią ilość szczegółów, by brzmiała wiarygodnie, a Annie dołożyła do tego ciepły babciny uśmiech. Z pewnością tego samego uśmiechu użyłaby na sali sądowej, próbując przekonać ławę przysięgłych o niewinności swojego syna.

– Czy możecie mi powiedzieć, dlaczego chcecie rozmawiać z Teddym? – zapytała. – Popełnił w życiu kilka błędów, ale odsiedział swoje i teraz żyje jak przykładny obywatel.

Zwykle nie odpowiadamy na takie pytania, ale ona i tak dobrze wiedziała, dlaczego tu jesteśmy.

– Prowadzimy dochodzenie w sprawie zabójstwa. Niejaki Raymond Davis został zastrzelony w swoim mieszkaniu.

Annie zakryła usta dłońmi i zachwiała się pod ciężarem tej przerażającej wiadomości.

– Mam nadzieję, że nie podejrzewacie Teddy'ego! On i Raymond byli najlepszymi przyjaciółmi, poza tym mój syn nigdy w życiu nie skrzywdziłby nawet muchy – powiedziała, patrząc na nas szklistymi oczami. – Tak go wychowaliśmy.

– Czy Teddy opowiadał pani o Raymondzie? – zapytałem. – Na przykład może pani wie, czy ktoś żywił do niego jakąś urazę?

– Bardzo chciałabym wam pomóc, ale wiecie, jacy są chłopcy. Teddy nic mi nie opowiada, zwierza się tylko ojcu. W poniedziałek wieczorem długo rozmawiali, kiedy szykowałam kolację.

Bingo! W końcu przyłapaliśmy ją na kłamstwie. Q mówił, że Buddy Ryder nie żyje, a NCIP potwierdziło tę informację.

– W takim razie może powinniśmy porozmawiać z jego ojcem – powiedziałem.

Annie położyła dłoń na moim ramieniu i poprowadziła do szafki.

– Może pan z nim rozmawiać, ile pan tylko chce. – Wskazała brązową urnę z wygrawerowanym nazwiskiem Buddy'ego Rydera. – Tylko niech pan się nie spodziewa odpowiedzi.

Gem, set i mecz.

– Poproszę kopertę – powiedziała Kylie, gdy wsiedliśmy do windy.

– Próbowałem. – Ciężko westchnąłem. – Nie dostanę nawet nominacji?

– Nie. Grała na tobie jak na fortepianie. Mogła zrobić rundę honorową już po tym kawałku o lodach i biednej zastrzelonej aktorce.

– Wiem. Odpowiedziała na wszystkie pytania, zanim jeszcze je zadaliśmy.

– Matki kłamią, Zach, a Annie Ryder kłamie lepiej niż większość matek.

ROZDZIAŁ TRZYDZIESTY CZWARTY

Wróciliśmy na komisariat równo trzy godziny po wyjściu z gabinetu Cates, udając, że śpieszy nam się do Annie Ryder.

– Pani kapitan pewnie się zastanawia, dlaczego nam zeszło tak długo – powiedziała Kylie z kpiącym uśmiechem.

Nadprogramowa przejażdżka do apartamentu Shelleya i starcie z naćpanymi kumplami Spence'a zabrały sporo czasu. Ten uśmiech miał mi powiedzieć, że Kylie zupełnie się tym nie przejmuje.

– Potrzebuję pięciu minut, zanim wejdziemy do jej gabinetu – powiedziałem, idąc po schodach na górę.

– Co jest ważniejsze niż raport u Cates?

– Ratowanie mojego związku z Cheryl.

– Kiepski pomysł. Cates dała nam szlaban na życie osobiste. – Rzuciła mi kolejny uśmiech.

Pokazałem jej środkowy palec i jeszcze szybciej pobiegłem do pokoju Cheryl. Nie było jej tam. Znów wbiegłem na schody i dotarłem do pokoju Cates zaledwie o kilka kroków za Kylie.

U pani kapitan odbywało się spotkanie, ale na nasz widok zapadło milczenie. Cates na pewno coś powiedziała, ale nie dotarło do mnie żadne słowo. Stałem w progu, gapiąc się na trzy osoby, które tam siedziały, na nasz zespół wspierający, czyli Betancourt i Torres, a na dokładkę na Cheryl. Rzuciła mi blady uśmiech, który na drugi rzut oka bardziej przypominał grymas. Wsunąłem się do środka. Kylie właśnie zdawała Cates relację z naszej wizyty u Annie Ryder.

– Ona na pewno wie, gdzie jest Teddy, ale jest za sprytna, żeby nas do niego doprowadzić.

– Tak czy owak, postawię kogoś przy jej mieszkaniu – powiedziała Cates. – Może zobaczą cokolwiek. To zawsze lepsze niż nic.

– Dziękuję – powiedziała Kylie.

– Cieszę się, że wróciliście. Omawialiśmy właśnie kradzieże w szpitalach. Torres, streść im sytuację.

– Lynn Lyon nie postawiła nogi w żadnym szpitalu, odkąd zaczęliśmy ją śledzić – oznajmiła Torres. – Wie o nas.

– Nie o nas konkretnie – skorygowała Betancourt. – Wie, że została zdemaskowana. Ten ktoś, dla kogo pracuje, również o tym wie. Jej rola już się skończyła.

– I co dalej? – zapytała Kylie. – Nie możemy czekać, aż okradną następny szpital, i opierać się tylko na nadziei, że zrobią coś głupiego.

– Będziemy czekać, aż okradną następny szpital – oznajmiła Cates. – Ale będziemy na nich czekać w tym szpitalu.

– W pięciu dzielnicach Nowego Jorku jest ponad sto placówek medycznych – zauważyła Kylie. – Nie możemy zabezpieczyć wszystkich.

– Wystarczy, że będziemy w jednej. Cheryl ma pomysł, jak wybrać tę właściwą. Niech wam to wytłumaczy.

To był bardzo precyzyjnie wymierzony cios. Cheryl potrzebowała niecałej minuty, żeby nam wszystko wyjaśnić.

– Bardzo mi się to podoba – stwierdziła Kylie. – Ale nie uda się tego zrobić bez pomocy Howarda Sykesa.

– W takim razie porozmawiajcie z nim i dajcie mi znać – powiedziała Cates. – Spotkanie uważam za zakończone.

Grupa rozproszyła się. Cheryl minęła mnie w korytarzu. Poszedłem za nią.

– Cheryl, czy możemy porozmawiać?

Zatoczyła ręką łuk, wskazując rozległe pomieszczenie pełne policyjnych oczu i uszu.

– To nie jest odpowiednie miejsce na rozmowę, Zach.

– Chcę powiedzieć tylko sześć słów.

– Dobrze.

Gestem kazała mi iść za sobą. Otworzyła drzwi i zaczęła schodzić po schodach. Myślałem, że idziemy do jej gabinetu, ale zatrzymała się w połowie drogi. Byliśmy sami na pustej klatce schodowej. Nie mogłem liczyć na większą prywatność.

– Sześć słów – powtórzyła.

Wziąłem głęboki oddech i popatrzyłem jej w oczy.

– Popełniłem błąd. Ty miałaś rację. Przepraszam.

Ojciec nauczył mnie tych słów, gdy miałem siedemnaście lat i na dzień przed balem maturalnym pokłóciłem się z moją dziewczyną. Te słowa zadziałały jak magia na tamtą dziewczynę, ale na Cheryl nie wywarły żadnego wrażenia.

– To wszystko? – zapytała.

– Nie. Przeprosiny to tylko początek. Chcę porozmawiać o tym, co się stało, i udowodnić ci, że to się więcej nie powtórzy.

– Nie możemy tego zrobić tutaj. – Wskazała na brudne szare schody i wiszący na ścianie zgodnie z miejskimi przepisami wąż strażacki.

– Myślałem raczej o kolacji.

– Nie spodziewasz się chyba, że ja ją przygotuję.

– Nie. Pomyślałem, że może ja spróbuję ugotować coś dobrego.

Na jej twarzy pojawił się cień uśmiechu.

– Bistro Gerri?

Uśmiech stał się szerszy.

– No dobra. Mój ostatni strzał. U Paoli. – Wiedziałem, że to jej ulubiona restauracja. – Mogę zadzwonić do Stefana i poprosić, żeby przygotowali mi czarną polewkę.

Uśmiech przeszedł w głośny śmiech, który miał oznaczać: ten facet jest niepoprawny.

– O siódmej – powiedziała. – Wpadnij do mojego gabinetu.

Zeszła na pierwsze piętro, a ja wszedłem na drugie. Wiedziałem, że dzisiaj nie będę spał na kanapie.

ROZDZIAŁ TRZYDZIESTY PIĄTY

Jeremy Nevins do tamtego krwawego zdarzenia nikogo jeszcze nie zabił, ale zastrzelenie Raymonda Davisa zupełnie go nie poruszyło. Ten arogancki drań sam się o to prosił. Najpierw schrzanił najpoważniejszą akcję Jeremy'ego, a potem jeszcze miał czelność żądać więcej pieniędzy.

Jeremy siedział przy stoliku w Recovery Room. Przed nim stał talerz z niedojedzonymi skrzydełkami kurczaka i nietknięty kufel piwa Stella Artois. Nie był głodny, ale potrzebował miejsca i Wi-Fi, a żadne miejsce nie było bardziej puste niż bar sportowy o trzeciej po południu. Poprawka, pomyślał, spoglądając na zegarek marki Audemars Piguet wart osiemdziesiąt tysięcy dolarów. Trzecia zero jeden.

Ten zegarek był prezentem, a raczej bonusem do umowy, ale gdy na końcu tęczy znajdował się garnek z brylantami wart osiem milionów dolarów, Jeremy podpisałby kontrakt nawet za timeksa. Plan był doskonały aż do chwili, gdy Leo, jego narcystyczny wspólnik, postanowił nie wsiadać do limuzyny, bo nie wyglądał odpowiednio. A teraz Elena nie żyła, naszyjnik diabli wzięli, a Jeremy na własną rękę musiał wymyślić plan B.

Nie wiedział, gdzie jest naszyjnik, ale był pewny, kto go ma. Matka Teddy'ego Rydera. Po raz pierwszy zobaczył Teddy'ego na oczy dopiero poprzedniego wieczoru, ale wiedział o nim wszystko. Ten człowiek nigdy niczego nie wymyślił sam. A teraz, gdy był ranny i przestraszony, na pewno pobiegł do mamy. Jeremy doskonale wiedział, gdzie ją znaleźć. Gdy planuje się przestępstwo z takim gnojkiem jak Raymond Davis, trzeba się asekurować. Jeremy przyczepił czujnik GPS do podwozia hondy civic Raymonda na wypadek, gdyby tamten zdecydował się gdzieś odjechać z naszyjnikiem.

Ale inwestycja opłaciła się wcześniej. W tygodniu poprzedzającym rabunek samochód dwa razy jeździł do mieszkania Teddy'ego na Hoyt Avenue w Astorii. To wzbudziło czujność Jeremy'ego. Trzeciego dnia pojechał za hondą i dotarł pod same drzwi budynku, w którym mieszkała Annie Ryder. Znał historię jej życia i wiedział, że grożąc pistoletem, nie zmusi jej do oddania naszyjnika. Jedyny sposób, by go odzyskać, to zawrzeć z nią układ, a potem nakłonić Leo, by zapłacił cenę, jakiej Annie zażąda.

Stuknął palcem w ekran komórki i sprawdził wiadomości na Google'u. Nic nie pisali o zastrzeleniu Raymonda Davisa. Albo gliniarze uznali, że to tylko kolejna ofiara powiększająca statystyki zbrodni, więc niewarta atramentu, albo odkryli powiązanie z Eleną Travers i utajnili dochodzenie.

Telefon w jego dłoni zawibrował. Jeremy skrzywił się. To była Sonia Chen. Nie miał ochoty z nią rozmawiać, ale była zbyt blisko związana z Bassettami, by mógł zignorować jej telefon.

– Cześć, mała – szepnął. – Jak się miewa najseksowniejsza dziennikarka na świecie?

– Okropnie. Przyjdź do mnie.

– Skarbie, jestem zajęty.

– Tylko na godzinkę. Proszę.

– Soniu, też mam ochotę, ale…

– Nie bądź głupi, Jeremy. Nie powiedziałam, że jestem napalona, tylko przestraszona. Czuję się samotna i nie mogę spać. Jeszcze nigdy nie byłam wmieszana w coś takiego. Elena nie żyje, a ja przez cały czas myślę, że gdybym zmusiła Leo, żeby wsiadł z nią do samochodu...

– Soniu, bardzo mi przykro, ale nie obwiniaj się. To, co się stało, jest bardzo smutne, ale to nie była twoja wina. To się po prostu zdarzyło. – Czekał na odpowiedź, ale nic nie usłyszał. – Soniu, czy ci to pomogło?

– O wiele bardziej by mi pomogło, gdybyś tu przyszedł i powiedział to osobiście. – Do błagalnego głosu dołączyło jeszcze westchnienie. – Tylko na chwilę. Naprawdę nie chcę teraz być sama. Proszę.

Gdyby nie Sonia Chen, Jeremy'emu nie udałoby się poznać Leo Bassetta. Nie potrzebował jej już, ale jeśli polowania w dolinie bogatych i naiwnych czegoś go nauczyły, to tego, że nigdy, przenigdy nie należy palić za sobą mostów.

Spojrzał na zegarek. Jakie to żałosne, pomyślał. Twój zegarek jest wart majątek, ale cała reszta ciebie jest gówno warta.

– Oczywiście przyjdę, skarbie – powiedział. – Zaraz tam będę.

Spotkanie twarzą w twarz z Annie Ryder musiało poczekać.

ROZDZIAŁ TRZYDZIESTY SZÓSTY

Każda kobieta, która mówi mężczyźnie, że chce, żeby ją przytulić, a nie pieprzyć, okłamuje siebie, faceta albo ich oboje, pomyślał Jeremy po tym, jak doprowadził Sonię do trzeciego orgazmu w ciągu półtorej godziny.

Po pierwszym zalała się łzami. Trzymał ją w objęciach, a ona szlochała z żalu za zastrzeloną aktorką. Drugi był znacznie radośniejszy, przypominał stary dobry numerek bez zobowiązań. Ostatni był powolny i na początku więcej w nim było czułości. Jeremy nie śpieszył się. Drażnił Sonię językiem, uspokajał łagodnymi pocałunkami, a w końcu posadził ją sobie na kolanach i kołysał się wraz z nią w nieśpiesznym rytmie. Gdy zaczęła zwalniać, podniósł ją i przycisnął do ściany, napierając głęboko i nieustannie, aż jęki „nie przestawaj" skumulowały się i przeszły w szloch poddania.

Następna zadowolona klientka, pomyślał Jeremy, biorąc prysznic. Każdy człowiek miał jakąś mocną stronę, a on został pobłogosławiony odpowiednim instrumentem i perfekcyjną techniką, które pozwalały doprowadzić drugą osobę do szaleństwa.

Na dłuższą metę nie wszyscy wspominali go dobrze. Niektórzy nim pogardzali, inni życzyli rychłej śmierci, ale wiedział, że nikt z nich nigdy go nie zapomni.

Niestety urok i seksualna sprawność w niczym nie mogły mu pomóc przy następnym spotkaniu. Do starcia z Annie Ryder potrzebny był tylko spryt, a Jeremy wiedział o niej wystarczająco wiele, by zdać sobie sprawę, że była sprytniejsza niż większość ludzi. A jednak gdy siwowłosa kobieta otworzyła przed nim drzwi mieszkania, nie potrafił się powstrzymać.

– Jest pani znacznie młodsza, niż się spodziewałem – powiedział, wracając do starych nawyków.

– A ty jesteś w każdym calu taki głupi, jak się spodziewałam – odparła, prowadząc go do salonu. – Usiądź.

Usiadł na różowej kanapie, a ona obok, niemal go dotykając.

– Dzwoniłeś do mnie. O co chodzi?

– Pani syn ma mój naszyjnik.

– Twój naszyjnik? – powtórzyła. – Chyba się nie rozumiemy. Naszyjnik, o którym gada cała telewizja, należy do braci Bassettów.

– Należał, ale wynająłem pani syna i jego kumpla, żeby zgarnęli go dla mnie, ale nie wywiązali się z umowy.

Annie uśmiechnęła się.

– Z tego, co rozumiem, według księgi Jeremy'ego karą za niewywiązanie się z umowy jest kulka w mózg.

– To było pechowe nieporozumienie.

– A to, że mój syn został postrzelony, to następne pechowe nieporozumienie?

– Pani Ryder…

Oparła palce na grzbiecie jego dłoni.

– Proszę, możesz mówić do mnie Annie.

– Annie, czy możemy pominąć te wszystkie bzdury? – Cofnął rękę i podniósł się. – Nie jestem jedną z twoich ofiar, tylko facetem, który wynajął Raymonda i Teddy'ego do prostej roboty, a oni wszystko spieprzyli. Sytuacja sprowadza się do tego, że masz najgorętszą biżuterię na tej planecie. W promieniu pięciu tysięcy kilometrów nie znajdziesz nikogo, kto chciałby wziąć w rękę naszyjnik, przez który zginęła Elena Travers. Więc o ile nie masz dojścia do handlarzy brylantów w Antwerpii albo w Amsterdamie, to możesz sprzedać go mnie albo wystroić się nim na najbliższą proszoną herbatkę i patrzeć, jak inne staruszki się ślinią...

– Wynoś się – powiedziała Annie.

– Co?

– Słyszałeś. – Ona również wstała. – Wynoś się, ty bezczelny, ordynarny głąbie. Wyjdź stąd, zanim zadzwonię po policję.

– Dobra, przepraszam za ten język. Chcę tylko naszyjnik.

– Nie mam żadnego naszyjnika, a nawet gdybym miała, to nie sprzedałabym go takiemu źle wychowanemu śmieciowi. – Sięgnęła do kieszeni i wyjęła nieduży metalowy cylinder. – To jest gaz pieprzowy. Używałam go już wcześniej i jestem w stanie zrobić to znowu. Wynoś się.

Patrzyła za nim, gdy się wycofywał, a potem zamknęła drzwi.

Teddy wyszedł z sypialni.

– Ma, byłaś niesamowita, ale teraz to już nigdy nie sprzedamy naszyjnika.

– Oczywiście, że sprzedamy.

– Komu?

– Twojemu kumplowi Jeremy'emu. Wróci tu i następnym razem okaże mi więcej szacunku.

– Myślisz, że wróci?

– Nie tutaj, ale zadzwoni, zanim minie godzina. Gwarantuję ci to.

– Jesteś najrówniejszą mamą na świecie.

– Dziękuję ci, kochanie. Jak się czujesz? Nadal cię boli?

– Boli, ale nie tak bardzo.

– Może coś ci zrobić? Napijesz się herbaty?

– Jasne.

Annie nalała wody do czajnika i postawiła go na kuchence, a potem wyjęła z szafki puszkę z ciasteczkami.

– Hej, Ma, mogę cię o coś zapytać?

– Pytaj.

– Czy gaz pieprzowy to nie jest coś takiego jak broń?

– Służy do samoobrony, ale owszem, może być groźną bronią.

– Przecież jesteś przeciwna broni, więc dlaczego nosisz gaz pieprzowy w kieszeni?

Annie wyciągnęła z kieszeni metalowy cylinder.

– O to ci chodzi? – zapytała, unosząc go.

Teddy uśmiechnął się szeroko.

– Mam cię, Ma. Więc jak się z tego wytłumaczysz?

Annie przybliżyła cylinder do twarzy, nacisnęła guzik i prysnęła sobie w usta.

– Odświeżacz oddechu. Mocna mięta. Masz jeszcze jakieś pytania?

ROZDZIAŁ TRZYDZIESTY SIÓDMY

– Idź do sąsiadów i prześpij się – poradziła synowi, gdy wypili herbatę i zjedli ciasteczka.

– Och, Ma! – jęknął Teddy. – Tam śmierdzi kotem. Nie mógłbym zostać tutaj?

– Tu śmierdzi glinami. Dziś rano odwiedziło mnie dwoje detektywów. A jeśli znów zastukają i tym razem przyniosą nakaz aresztowania? Mam im powiedzieć, żeby wrócili za pięć minut, bo muszę najpierw posprzątać?

– Dobra – niechętnie zgodził się Teddy. – A ty co będziesz robić?

– Jestem umówiona – odparła z uśmiechem w oczach. – A teraz wynoś się, bo muszę się zrobić na piękną, na ile to jeszcze możliwe.

Otworzyła drzwi, rozejrzała się po korytarzu i podniosła rękę, sygnalizując Teddy'emu, że droga wolna. Jej syn w ciągu kilku sekund zniknął w sąsiednim mieszkaniu, Annie zaś poszła do sypialni, otworzyła szafę, przejrzała się w wielkim lustrze i zmarszczyła czoło.

– Trzeba nad tym popracować.

Zabrała się zatem do pracy: najpierw makijaż, potem włosy, a na koniec założyła rzadko noszoną, ale bardzo szykowną czarną sukienkę koktajlową Caroliny Herrery. Do tego buty na rozsądnych obcasach, odrobina perfum i w końcu, nieco drżącymi rękami, nałożyła na szyję naszyjnik ze szmaragdów i brylantów.

Podeszła do drzwi szafy i spojrzała jeszcze raz.

– Lustereczko, powiedz przecie, kto wygląda jak osiem milionów dolarów?

Przeszła do salonu i zatrzymała się przed nieżyjącym mężem.

– Jak ci się podoba, Buddy? – Obróciła się dokoła. – Normalnie to kosztuje trzy tysiące, ale wiesz, że umiem robić zakupy. Dostałam ją za bezcen w Bergdorfie.

Roześmiała się głośno. Niemal słyszała, jak Buddy śmieje się razem z nią. Zdjęła urnę z szafki, postawiła na stole kuchennym i usiadła naprzeciwko.

– Nie wiem, co zrobić, Buddy. Przydałaby mi się jakaś rada. – Objęła urnę dłońmi i zamknęła oczy. – Gazety mówią, że ta błyskotka warta jest osiem milionów, ale nie mam pojęcia, jak się sprzedaje biżuterię. Jak sądzisz, ile ten Jeremy może za to dostać? Czterdzieści centów z dolara?

Buddy nie odpowiadał.

– Trzydzieści centów? Dwadzieścia pięć? – Gdy doszła do piętnastu, poczuła ciepło w dłoniach. Przy dwunastu zaczęły ją mrowić. – Więc jeśli on dostanie z tego interesu milion, jaka powinna być moja działka?

Znów wymieniła kilka liczb, aż wreszcie uzgodniła z Buddym, że będzie to siedemnaście i pół procent.

Potem rozmawiali na różne tematy, ale głównie o Teddym, bo zawsze to on był największym problemem. Na koniec Annie przeprosiła za to, że nie dotrzymała obietnicy. Buddy prosił ją, żeby rozsypała jego prochy na Strip w Vegas. Annie zgodziła się, ale nie sprecyzowała, kiedy to zrobi.

– Teddy będzie miał mnóstwo czasu, żeby rozsypać prochy nas obojga, a nim to się stanie, potrzebuję cię tutaj.

Jeszcze przez dziesięć minut siedziała przy urnie, aż zadzwonił telefon. Przełączyła na głośnik, żeby Buddy też słyszał.

– Pani Ryder, mówi Jeremy. Chciałem panią przeprosić. Źle zaczęliśmy. Czy możemy porozmawiać?

– Ty możesz mówić – odrzekła Annie. – A ja będę słuchać.

– Na początku umówiłem się z Teddym i Raymondem na pięćdziesiąt tysięcy. Potem podniosłem stawkę do dziewięćdziesięciu. Dam pani sto dwadzieścia pięć.

– Sto siedemdziesiąt pięć – odparła Annie. – Nie do negocjacji.

– Zgoda, ale muszę mieć czas, żeby zebrać pieniądze. Może przyjdę do pani jutro koło południa?

– Dobry pomysł. Weź ze sobą chloroform i pusty kufer. Czy myślisz, że jestem głupia? To się odbędzie w miejscu publicznym albo w ogóle.

– Okej, okej. Może na przykład Central Park?

– Jeremy, w Central Parku mordują staruszki nawet bez żadnej biżuterii. Spotkajmy się w południe przy East Houston Street numer 205.

Jeremy powtórzył adres i spytał:

– Co tam jest?

– Twój naszyjnik. – Annie rozłączyła się.

Zdjęła naszyjnik, włożyła go do pustej plastykowej torby ze sklepu CVS, otworzyła urnę i wrzuciła zawiniątko do środka.

– Przypilnuj mi tego, Buddy. Tylko tobie mogę zaufać.

ROZDZIAŁ TRZYDZIESTY ÓSMY

– Zdaje się, że dogadałeś się z Cheryl po spotkaniu z Cates – powiedziała Kylie, prowadząc samochód przez zwykłe korki w godzinie szczytu na Trzeciej Alei. Jechaliśmy do Gracie Mansion, żeby porozmawiać z Howardem Sykesem. – Czy w końcu udało wam się scementować związek, jak przystało na zakochane gołąbki?

– „Dogadałeś" to za dużo powiedziane – odparłem. – Spotkaliśmy się na chwilę jak dwa statki pośród nocy, tylko że to było dwoje policjantów na schodach. „Scementować" to jeszcze większa przesada. W tej chwili nasz związek trzyma się tylko siłą bezwładu. A co do gołąbków...

– Rozumiem, rozumiem. – Kylie skręciła w prawo w Osiemdziesiątą Ósmą. – Przepraszam, że zapytałam.

– Nie przepraszaj. Cieszę się, że mogę to z siebie wyrzucić. Rano miałaś rację, mówiąc o lizaniu ran. Wczoraj w nocy, kiedy wróciłem do domu, zostałem zesłany na kanapę i zobaczyłem Cheryl dopiero dzisiaj po południu. Tego, co muszę zrobić, nie da się zrobić w budynku pełnym gliniarzy, więc będę musiał naprawiać wszystko wieczorem podczas kolacji u Paoli.

– Mówisz mi to, bo wydaje ci się, że jestem uzależniona od tej opery mydlanej, którą nazywasz swoim życiem, czy też jest to mało subtelny sposób uprzedzenia mnie, żebym dzisiaj do ciebie nie dzwoniła, bo będziesz zajęty naprawianiem zniszczeń?

– A jak sądzisz, pani detektyw?

– Moja wyostrzona intuicja podpowiada, że skoro masz zamiar podejmować Cheryl u Paoli, to ona z całą pewnością nie zerwie z tobą przed kolacją.

Przecięliśmy East End Avenue, zajechaliśmy przed budynek burmistrza i pokazaliśmy identyfikatory strażnikowi w budce. Sekretarz zaprowadził nas do gabinetu Howarda, a ja przeszedłem od razu do rzeczy:

– Sir, mamy do dyspozycji trzydzieści pięć tysięcy policjantów. To w zupełności wystarczy, żeby umieścić patrol w każdym szpitalu we wszystkich pięciu dzielnicach i czekać, aż ta szajka znowu uderzy, ale... – urwałem.

– Ale – dokończył za mnie Howard – jeśli zmobilizujecie tak duże siły, to nie da się utrzymać takich kradzieży w tajemnicy.

– Właśnie.

– Pracuję z wami już wystarczająco długo, by mieć pewność, że nie przyszliście prosić o odtajnienie operacji. Macie jakiś plan, prawda?

– Prawdę mówiąc, ten plan wymyśliła psychiatra z naszego departamentu, doktor Cheryl Robinson – powiedziała Kylie. – Nam ten plan się podoba, ale nie uda się, jeśli pan się w to nie włączy.

– Co mogę zrobić?

– Chcemy, żeby pomógł nam pan zorganizować następną kradzież.

– Chcecie... chcecie, żebym wam pomógł okraść szpital?

– Nie, sir. Chcemy, żeby pan pomógł im okraść szpital, a my będziemy na nich czekać.

– Jezu! – Howard westchnął ciężko. – Może naoglądałem się za dużo kryminałów w telewizji, ale myślałem, że to wygląda tak: ja wam mówię, na czym polega problem, wy szukacie śladów, a potem zamykacie tych drani.

– Ci dranie nie zostawiają zbyt wielu śladów – skomentowałem.

– A którą z szacownych instytucji medycznych w tym mieście wybraliście na ofiarę?

– O ile uda się panu ich przekonać – odparłem – to Szpital Hudson.

– Czym sobie zasłużyli na to wyróżnienie?

– Są dwa powody. Po pierwsze, czynnik bezpieczeństwa. Ci bandyci są dobrze uzbrojeni. Na razie jeszcze nie użyli broni, ale jeśli wejdą w pułapkę i zobaczą przed sobą grupę SWAT, mogą się nie poddać bez walki. A w Hudson trwa remont i możemy ograniczyć całą operację do dwóch pięter, na których nie ma pacjentów ani personelu.

– A drugi powód?

– Sądzimy, że Hudson ma coś, czego oni chcą – wyjaśniła Kylie.

– Do tej pory kradli rozmaite rzeczy – zauważył Howard. – Zdaje się, że działają według filozofii: co nie jest przybite, to można zabrać. Skąd możecie wiedzieć, czego oni chcą?

– Doktor Robinson przeprowadziła analizę. Są znacznie bardziej wybredni, niż myśleliśmy na początku. Nigdy nie ukradli dwa razy tego samego sprzętu.

– Co z tego? – Howard wzruszył ramionami. – Kradzież to kradzież.

– Są pewne niuanse – mówiła Kylie. – Jeśli ktoś włamie się do dużego sklepu i ukradnie pięćdziesiąt futer, to te futra zapewne trafią na czarny rynek, ale jeśli weźmie dwa płaszcze, sześć sukienek, kilka kostiumów, pięć par butów…

– To wygląda, jakby robił zakupy dla żony – wpadł jej w słowo Howard.

– Właśnie. Ci faceci biorą dwie sztuki tego, trzy tamtego, jeszcze jedną czegoś innego. Doktor Robinson uważa, że systematycznie kompletują wyposażenie dla jakiegoś szpitala.

– Jezu! – Howard zamilkł na chwilę. – Myślicie, że chcą wyposażyć własny szpital?

– Tak, ale nie mają jeszcze wszystkiego, co jest im potrzebne.

– Więc czego będą szukać tym razem?

– W oparciu o medyczne potrzeby dużej części populacji i wysokie ceny sprzętu diagnostycznego doktor Robinson przewiduje, że będą szukać najnowszego typu mobilnego mammografu – wyjawiła Kylie.

– A Szpital Hudson właśnie kupił dwa takie mammografy – dodałem.

– Znam ich dyrektora, Phila Landsberga – oznajmił Howard.

– A my znamy szefa ich ochrony, Franka Cavallaro.

Howard Sykes odchylił się na oparcie krzesła i potarł skronie czubkami palców. Przymknął oczy na jakieś piętnaście sekund, znów je otworzył i popatrzył na nas.

– Sądzicie, że to rzeczywiście może się udać?

– Tylko z pańską pomocą. Jak pan sądzi, sir, czy może nam pan pomóc?

– Co ja sądzę? Sądzę, że to wariactwo. Zupełne, absolutne wariactwo. Ale jutro rano zadzwonię do Phila Landsberga. Zobaczę, czy uda się go przekonać, żeby dołączył do grona wariatów.

ROZDZIAŁ TRZYDZIESTY DZIEWIĄTY

Jeremy Nevins w samych tylko czarnych majtkach bikini przeszedł przez pokój i obejrzał zawartość hotelowego minibaru.

– Możesz uwierzyć w ceny tego gówna? Słoik orzechów makadamii i butelka heinekena kosztują więcej niż mój pierwszy samochód.

Leo Bassett roześmiał się. Leżał pod prześcieradłem nagi i wpatrzony w smukłe, pięknie rzeźbione, idealne trzydziestodwuletnie ciało, które znajdowało się zaledwie trzy metry od niego. Spędzanie środowych wieczorów w apartamencie w penthousie hotelu Morgan w towarzystwie Jeremy'ego stało się już tradycją, ich prywatną ucieczką od całego świata. A po śmierci Eleny, po katastrofie z naszyjnikiem, kiedy Max do tego wszystkiego oszalał i chciał sprzedać nazwę firmy, Leo miał od czego uciekać jeszcze bardziej niż zazwyczaj.

– O czym myślisz? – zapytał Jeremy, otwierając puszkę piwa.

– O tym, jak bardzo cię kocham i jak bardzo nienawidzę Maksa.

– Ja też cię kocham, a Max nie jest taki zły.

– On całkiem zwariował. Chce sprzedać naszą duszę diabłu. Chce przekształcić firmę Bassett w MacDonalda.

– To byłoby okropne – zgodził się Jeremy. Wyjął orzeszek ze słoika, uwodzicielskim gestem położył go na języku i wsunął do ust. – I pomyśl tylko, do czego by to doprowadziło. Zarobilibyście tryliony dolarów, a może nawet kwadryliony, sam nie wiem. Nie jestem dobry w matematyce.

– Nie interesuje mnie, ile mogę zarobić. Nazwisko Bassett kojarzy się z najwyższym poziomem luksusu. Kiedy się przedstawiam, widzę, jak ludzie na mnie patrzą. To tak, jakbym powiedział, że nazywam się Tiffany albo Bulgari. Masz pojęcie, jak to poprawia samopoczucie?

Jeremy po chłopięcemu wydął usta.

– Myślałem, że poprawianie ci samopoczucia to moja robota. – Odstawił piwo i przybrał kuszącą pozę.

Leo poruszył się niespokojnie pod prześcieradłem.

– Owszem, to twoja robota, a ty spóźniasz się do pracy.

Jeremy wsunął dwa palce za gumkę spodenek, oblizał usta i powoli odciągnął gumkę od bioder. Oczy Leo były wielkie jak spodki, oddech stawał się coraz płytszy.

Oni wszyscy lubią dobry show, pomyślał Jeremy, a Leo jest wyjątkowo dobrą publicznością.

– Ale najpierw – Jeremy puścił gumkę, która z pstryknięciem wróciła na miejsce – musimy się zająć interesami. Znalazłem naszyjnik.

– Mówisz poważnie? – Leo usiadł. – Dlaczego nie powiedziałeś mi wcześniej?

– Czekałem, aż będziesz w odpowiednim nastroju, a z mojego punktu widzenia ta chwila właśnie nadeszła.

– Kto go ma?

– Ten gość, który uciekł z nim wczoraj wieczorem, Teddy Ryder. Tylko że oddał go swojej matce. I powiem ci, Leo, że chociaż ta kobieta wygląda jak ta staruszka z *The Golden Girls*, to potrafi grać twardo. Negocjuje jak szefowa związków zawodowych.

– Ile chce?

– Sto siedemdziesiąt pięć kafli.

Leo wzruszył ramionami.

- W przeszłości płaciliśmy mniej, ale to i tak kropla w morzu. Zgarniemy osiem milionów od firmy ubezpieczeniowej i chociaż Max będzie musiał pociąć te duże kamienie, to i tak sprzedamy je za jakieś pięć, sześć milionów.

- Przypuszczałem, że tak powiesz, więc się zgodziłem. Mam te dziewięćdziesiąt, które mi dałeś. Potrzebuję jeszcze osiemdziesiąt pięć tysięcy w gotówce. Do jutra w południe.

- Nie ma problemu – stwierdził Leo. – Tylko z tym nie uciekaj.

- Nie martw się, skarbie. Choć mówisz, że nic cię nie obchodzi, czy zostaniesz tryliarderem, to obiecuję, że nie ucieknę z twoimi pieniędzmi.

Mówił szczerze. Annie Ryder miała dostać swoje sto siedemdziesiąt pięć tysięcy. Jeremy chciał tylko naszyjnik. Nie potrzebował Maksa do pocięcia kamieni. Miał już umówionego szlifierza w Belgii i zarezerwowane miejsce na lot KLM-em do Brukseli następnego wieczoru.

- Jak sądzisz, wystarczy już na dzisiaj tych interesów? – zapytał.

- Absolutnie wystarczy.

Jeremy sięgnął po pilota do odtwarzacza, włączył muzykę i przez następne pięć minut umiejętnie zrzucał z siebie kilka gramów nylonu i spandeksu. Gdy taniec się skończył, stał pośrodku pokoju w całej chwale swojej nagości, bezsprzecznie godny pożądania.

Leo odrzucił prześcieradło.

- Chodź do tatusia, mały.

Jeremy wsunął się do łóżka. Tłusty, galaretowaty mężczyzna przyciągnął go do siebie, wsunął gruby język do jego ust i sięgnął między jego nogi.

Jeremy jęknął przekonująco. To wszystko było częścią pracy.

ROZDZIAŁ CZTERDZIESTY

Są trzy powody, dla których uwielbiam restaurację Paoli. Pierwszy to niezrównana włoska kuchnia, którą Paola Bottero przywiozła do Ameryki z Rzymu.

Drugi to niesłychana gościnność, która uderza mnie za każdym razem, gdy przechodzę przez próg. Dzisiaj też nie było inaczej. Syn Paoli, Stefano, powitał nas entuzjastycznym:

– *Buona sera*, doktor Robinson, senior Jordan – i ciepłymi uściskami. Poczułem się tak, jakbyśmy nie byli klientami, lecz przyjaciółmi zaproszonymi na kolację.

A trzeci powód to ten, że zawsze przyprowadzam tu kobietę, kiedy zrobię z siebie durnia.

– Jesteś bardzo przewidywalny – powiedziała Cheryl, kiedy już siedzieliśmy przy stoliku nad kieliszkami z winem. – Za każdym razem przychodzimy tu na kolację z przeprosinami.

– W tym szaleństwie jest metoda – odparłem. – Nawet jeśli mnie rzucisz, to i tak zjem doskonałą kolację.

– Nie zamierzam cię rzucić. Lubię z tobą być, tylko nie jestem pewna, czy potrafię z tobą mieszkać.

– Przepraszam. Wczoraj wieczorem wszystko spieprzyłem.

– Nie jestem pewna, czy spieprzyłeś. Myślę, że byłeś po prostu sobą.

– Ale to nie jest taki Zach, na jakiego zasługujesz. Zaplanowałaś fantastyczny wieczór, a kiedy zadzwonił telefon, ja po prostu wyszedłem.

– Wybiegłeś.

– Cały czas miałem w głowie myśl: jesteś policjantem, policjanci tak robią. Ale to nie było wezwanie policyjne, tylko… – Urwałem. To było trudniejsze, niż sądziłem, i obawiałem się, że mogę jeszcze bardziej pogorszyć sytuację.

– Tylko co? – zapytała Cheryl.

Napiłem się wina.

– Dzisiaj rano poszedłem do bistro i opowiedziałem Gerri, co zrobiłem. Natychmiast zapytała: dlaczego wyszedłeś… przepraszam… dlaczego wybiegłeś? A ja odpowiedziałem: bo zawsze tak robię, gdy kobieta potrzebuje pomocy. – Gdy Cheryl roześmiała się, powiedziałem: – No cóż, ty się przynajmniej z tego śmiejesz, a Gerri się wściekła. Powiedziała, że Kylie z całą pewnością nie potrzebuje pomocy. I miała rację. Kylie potrafi sobie radzić. Dzisiaj kopnęła faceta w jaja. Ten biedak pewnie nie będzie mógł chodzić przez tydzień.

– Zgadzam się z doktor Gerri. Kylie potrafi się obronić.

– W każdym razie dużo o tym myślałem i dzisiaj po południu, kiedy miałem pięć wolnych minut, wrzuciłem w Google-'a hasło: „Mężczyźni, którzy próbują ratować kobiety". Mam to, co wy, psychologowie, nazywacie syndromem rycerza na białym koniu.

– Rany boskie, Zach. Nie, nie masz tego syndromu.

– Nie?

– W żadnym wypadku. Chcesz usłyszeć moją profesjonalną opinię?

– Tak.

– Zamiast wrzucać w Google'a wszystko, co cię niepokoi, i wierzyć jak w Biblię we wszystko, co jakiś idiota napisał w swoim blogu, może porozmawiałbyś o swoich problemach z psychiatrą?

– W takim razie mam szczęście. Psychiatra właśnie siedzi przy moim stoliku.

– Nic z tego. Musisz poszukać takiego, z którym nie chodzisz do łóżka.

– Hm, to nie będzie łatwe.

Zanurzyła palce w szklance z wodą i prysnęła na mnie.

– To oficjalny koniec tej rozmowy. Porozmawiajmy o czymś zabawniejszym. Na przykład o tym, jak się Howardowi Sykesowi spodobał mój pomysł?

– Jest zdenerwowany, ale chętny do współpracy. Czy mogę powiedzieć jeszcze tylko jedną rzecz na temat, o którym nie chcesz rozmawiać?

– Ale tylko jedną.

– Chcę, żebyś wiedziała, że się staram. Powiedziałem Kylie, że wybieramy się na kolację, więc żeby do mnie nie dzwoniła. Pomyślałem, że gdybym próbował schudnąć, to nie znosiłbym do domu ciasteczek oreo i lodów. Tu obowiązuje ta sama zasada. Co z oczu, to z myśli.

Nie powiedziała ani słowa. Teraz rozmowa rzeczywiście została oficjalnie zakończona.

Przez następną godzinę jedliśmy, piliśmy, śmialiśmy się i rozmawialiśmy. Kolacja spełniła wszystkie moje oczekiwania. Oboje byliśmy zbyt najedzeni, żeby zamówić deser, ale Paola i tak przysłała do naszego stolika nieziemską tartę cytrynową, a pięć minut później dosiadła się do nas, żeby się dowiedzieć, co u nas słychać.

W tej chwili wszystko było w najlepszym porządku.

A potem zadzwoniła moja komórka. Spojrzałem na ekran, wcisnąłem „odrzuć" i znów schowałem telefon do kieszeni.

– Kto to był? – zapytała Cheryl.

– Kylie, ale dzisiaj wieczorem nie odbieram telefonów od kobiet, które potrzebują pomocy.

Cheryl roześmiała się.

– Mówisz poważnie? To naprawdę była Kylie, chociaż mówiłeś jej, żeby nie dzwoniła?

– Zdaje się, że nie tylko ja potrzebuję psychiatry – skomentowałem.

Kelner podszedł do naszego stolika z rachunkiem i w tej samej chwili zadzwoniła komórka Cheryl. Rzuciła okiem na ekran i wyraz jej twarzy zmienił się. To było coś poważnego. Odebrała.

Słyszałem tę rozmowę tylko z jednej strony. Cheryl nie powiedziała dużo, ale tych kilka słów, które udało jej się wtrącić, brzmiało złowieszczo.

– Och nie! Na pewno? Mój Boże, strasznie mi przykro. – I na koniec: – Zach i ja jesteśmy przy Dziewięćdziesiątej Drugiej i Madison. Podjedź po nas. Jedziemy z tobą.

Odłożyła telefon, a po jej twarzy popłynęły łzy.

– To była Kylie. Właśnie odebrała telefon od kapitana z czterdziestego czwartego komisariatu na Bronksie.

– Jezu! Co się stało?

– Znaleźli na pustym parkingu ciało Spence'a z przestrzeloną głową.

CZĘŚĆ TRZECIA

DNI JAK BRYLANTY
DNI JAK KAMIENIE

ROZDZIAŁ CZTERDZIESTY PIERWSZY

– Wiadomo coś więcej? – zapytałem.

– Niewiele – powiedziała Cheryl. – Ktoś anonimowy zadzwonił pod dziewięćset jedenaście. Pierwszy policjant, który
się tam zjawił, zidentyfikował Spence'a, bo na ziemi leżał jego
portfel. W środku nie było gotówki, ale był numer kontaktowy
w razie nagłej potrzeby z dopiskiem: „Żona: detektyw NYPD
Kylie MacDonald". Przez to cały system zaczął od razu pracować na wysokich obrotach. To tak, jakby chodziło o krewniaka.
Oprócz tego wiem tylko tyle, że Kylie właśnie jedzie, żeby zidentyfikować ciało.

– Boże! Mam nadzieję, że nie prowadzi sama.

– Nie jest taka głupia, a nawet gdyby próbowała, to nikt nie
byłby taki głupi, żeby jej na to pozwolić.

Staliśmy na rogu Dziewięćdziesiątej Drugiej i Madison.
Zszedłem z krawężnika i rozejrzałem się po ulicy. Jakieś półtora
kilometra od nas zobaczyłem błyskające światła. Nie jechali na
syrenie, ale poruszali się szybko.

– Już jadą – powiedziałem do Cheryl. – Nie wiem, kiedy wrócę do domu, ale przyślę ci SMS-a, żebyś wiedziała, co się dzieje.

– SMS-a? – powtórzyła ostro. – Zach, chyba straciłeś głowę.
Jadę z tobą.

To mną wstrząsnęło.

– Cheryl, to jest miejsce przestępstwa. Od kiedy...

– Od kiedy? Mąż policjantki został zamordowany. Moja praca polega na tym, żeby ocenić stan Kylie i stwierdzić, czy nadaje się do służby. Robiłam to już zbyt wiele razy i jestem prawie pewna, że się nie nadaje.

– Przepraszam – mruknąłem. – Wszyscy jesteśmy w szoku. Nie myślałem jasno.

Nie odezwała się ani słowem, a ja zacząłem się zastanawiać, czy tą jedną głupią uwagą właśnie zniweczyłem dwie godziny godnej podziwu pracy nad naprawianiem zniszczeń.

Konwój zatrzymał się przy krawężniku. Dwa radiowozy, a za nimi furgonetka forda i jeszcze dwa radiowozy. Furgonetka zatrzymała się tuż przed nami. Mundurowy wyskoczył na chodnik i rozsunął drzwi. Usiadłem z tyłu, a Cheryl w środkowym rzędzie obok zapłakanej Kylie. Otoczyła ją ramieniem, choć wątpiłem, by moją partnerkę mogło to pocieszyć.

– To moja wina – powiedziała Kylie, gdy ruszyliśmy. – Nie powinnam wyrzucać go z mieszkania.

– Nie wyrzuciłaś go, tylko zapisałaś na odwyk – powiedziała Cheryl.

Kylie potrząsnęła głową.

– To był dzienny program. Mogłam mu pozwolić mieszkać w domu.

– Naprawdę sądzisz, że to by sprawiło jakąś różnicę? – Ton Cheryl był kojący, bez śladu osądu. – Uzależnieni każdego dnia ryzykują życie. Na tym to polega. Nikt nie może ich powstrzymać. A gdy stanie się tragedia, winni są tylko oni, nikt inny. Jestem pewna, że o tym wiesz.

Kylie skinęła głową i szepnęła:

– Dziękuję.

Cheryl obejrzała się przez ramię i pochwyciła moje spojrzenie, na wypadek gdybym wciąż nie rozumiał, dlaczego chciała z nami pojechać.

Ruch nie był duży, więc migające światła sprawnie torowały nam drogę. Pędziliśmy przez hiszpański Harlem i Madison Avenue Bridge na południe w stronę dzielnicy o najgorszej reputacji w mieście.

W latach siedemdziesiątych południowy Bronx był największym skupiskiem gwałtów, kradzieży i podpaleń w całych Stanach Zjednoczonych. Okrzyk „Bronx płonie!" roznosił się po całej Ameryce. Wprawdzie spalone budynki w większości zostały zastąpione nowymi, ale w dalszym ciągu połowa mieszkańców żyje poniżej granicy ubóstwa, a to miejsce nadal przyciąga jak magnes gangi, handlarzy narkotyków i brutalne przestępstwa.

Skręciliśmy we Wschodnią Sto Sześćdziesiątą Trzecią Ulicę. Myślałem o wszystkich bezpieczniejszych okolicach w mieście, gdzie również można dostać narkotyki, i zastanawiałem się, co przywiodło bogatego narkomana w te ciemne, nieprzyjazne ulice w cieniu Yankee Stadium. A potem w mojej głowie zadźwięczały słowa Cheryl: „Narkomani codziennie ryzykują życie, na tym to polega". Spence Harrington zrobił to o jeden raz za dużo.

Furgonetka zatrzymała się, drzwi się otworzyły i wysoki mężczyzna w kurtce z oznaczeniami NYPD przedstawił się Kylie:

– Detektyw Peter Varhol. Przykro mi z powodu pani straty, pani detektyw MacDonald.

Poprowadził nas na miejsce zbrodni. Kylie i ja widzieliśmy to już wielokrotnie: śmierdzący skrawek ziemi gdzieś w trzewiach miasta, nieudana próba kupienia narkotyków, ciało pod czarną folią. Niektórzy policjanci twierdzą, że są na takie rzeczy odporni. Dla mnie jest to zawsze wstrząsające, a tym razem w dodatku było osobiste.

Cheryl i ja cofnęliśmy się kilka kroków. Kylie podeszła do ciała, a gdy technik odsunął folię, opadła na kolana. Po chwili przygarbiła się i jej ciałem wstrząsnął szloch.

Cheryl podeszła bliżej, uklękła obok niej, przeżegnała się, po czym gwałtownie wstała.

– Zach! – powiedziała, wskazując ciało ruchem głowy.

Zbliżyłem się i przyklęknąłem obok Kylie. Człowiek, który leżał na ziemi, miał zakrwawioną dziurę pośrodku czoła, oczy szeroko otwarte i rysy twarzy zastygłe w wyrazie niedowierzania.

Nie żył. Został zamordowany z zimną krwią. Ale to nie był Spence.

ROZDZIAŁ CZTERDZIESTY DRUGI

– Pierwszy raz w życiu źle zidentyfikowałem ciało – powiedział detektyw Varhol do Kylie. – Pewnie uważa mnie pani za idiotę.

– To nie pańska wina – odparła. – Ten, kto je oglądał pierwszy, znalazł moje nazwisko w portfelu Spence'a. Dzwoniono do mnie, zanim pan się tutaj pojawił.

– Wiem. Policjant, który zidentyfikował ciało, pracuje od niedawna – mówił Varhol. – Ofiara jest dość podobna do zdjęcia pani męża w prawie jazdy, więc można było się pomylić. Ale kiedy już tu dotarłem, powinienem się przyjrzeć uważniej.

Kajał się znacznie bardziej, niż to było konieczne, i już zacząłem go uważać za komedianta, gdy gładko zmienił bieg:

– Poznaje go pani, prawda?

Kylie nie wyrywała się z identyfikacją ofiary, ale Varhol miał dobry instynkt policyjny i rozbroił ją na tyle, że przestała się pilnować. Wstrzymywanie informacji to zupełnie inna sprawa niż bezpośrednie kłamstwo. Kylie wzięła to na klatę.

– Na imię na Marco, nazwiska nie znam. Mój mąż jest producentem telewizyjnym, a Marco pracował w firmie kateringowej, która obsługiwała jego programy.

Varhol czekał na coś więcej, ale to było wszystko, co zamierzała mu zdradzić.

– Detektyw MacDonald – powiedział w końcu. – To była próba kupna narkotyków, która zakończyła się tragicznie. Jeśli pani mąż jest uzależniony, to jest pani problem. Moim problemem jest to, że mam do wyjaśnienia zabójstwo i potrzebuję wszelkiej pomocy, jakiej może mi pani udzielić.

Kylie opowiedziała mu, co zastaliśmy w apartamencie Shelleya.

– A ten Seth – powiedział Varhol. – Zna pani jego nazwisko?

– Nie.

– A może wie pani, jak mógłbym go znaleźć?

– Pracuje w Silvercup Studios. Może pan tam pojechać z samego rana, zwykle zaczynają pracę koło siódmej.

– Z rana – powtórzył Varhol.

– Proszę – odrzekła Kylie.

Varhol popatrzył na zegarek.

– Jest wpół do jedenastej. Chyba mogę zaczekać do rana.

Ktoś z zewnątrz, kto słuchałby tej rozmowy, nie dostrzegłby w niej nic niezwykłego, ale ja wiedziałem dość, by zauważyć podteksty. Seth mógł mieć informacje na temat zabójcy i Varhol chciał go przesłuchać jak najszybciej. Kylie też chciała porozmawiać z Sethem, bo mógł ją doprowadzić do Spence'a, ale nie była w żaden sposób powiązana z zabójstwem ani z oficjalnym dochodzeniem, więc Varhol dał jej czas do siódmej rano, żeby mogła zrobić to, co robiła zawsze, czyli nagiąć zasady.

– Dzięki – powiedziała.

– Jeśli znajdzie pani męża, proszę do mnie zadzwonić. Mam jego portfel i chciałbym się dowiedzieć, skąd się wziął w kieszeni zabitego.

Odszedł, żeby porozmawiać z technikami. Kylie, Cheryl i ja zostaliśmy sami.

– Musimy znaleźć Setha i porozmawiać z nim jeszcze dzisiaj – powiedziała Kylie.

– Możemy zacząć od Shelleya Tragera – zaproponowałem.

– Nie. On już przeszedł przez piekło z powodu Spence'a. Zadzwońmy do Boba Reitzfelda. Ma dostęp do bazy danych o pracownikach i umie dotrzymać tajemnicy.

– Kto to jest Bob Reitzfeld? – zapytała Cheryl.

– Pracował w naszej branży przez trzydzieści lat – wyjaśniłem. – Świetny policjant, ale nudziło mu się na emeryturze, więc znalazł pracę w ochronie Silvercup za piętnaście dolców za godzinę. Teraz jest tam szefem całej ochrony. Kylie ma rację, Reitzfeld może nam pomóc.

Cheryl spojrzała na Kylie.

– Na pewno czujesz się na siłach, żeby to zrobić?

– Pani doktor Robinson, wiem, dlaczego tu jesteś – powiedziała Kylie. – Gdyby to Spence leżał na ziemi, zabrałabyś mnie z linii ognia i przykuła łańcuchem do biurka, a ja nie próbowałabym stawiać oporu. Ale to nie jest Spence i uwierz mi na słowo, że wszystko jest ze mną w absolutnym porządku.

Cheryl skinęła głową.

– W takim razie nie będę cię zatrzymywać. – Spojrzała na mnie. – Was obojga.

– A ty co będziesz robić? – zapytałem.

– Ja? – Jej uśmiech był jednocześnie niewinny i przewrotny. – W tym miejscu roi się od gliniarzy. Poszukam najprzystojniejszego i zapytam, czy może mnie podwieźć na Manhattan.

– W takim razie do zobaczenia w domu – powiedziałem.

Lekko wzruszyła ramionami.

– Jeśli będziesz miał szczęście.

ROZDZIAŁ CZTERDZIESTY TRZECI

Zadzwoniłem na domowy numer do Boba Reitzfelda.

– A niech to cholera – zareagował, gdy opowiedziałem mu o Marcu. – Lubiłem go, ale ten sukinsyn sam się prosił o nieszczęście. Cieszę się, że to nie był Spence.

– A znasz tego gówniarza, Setha?

– Seth Penzig – powiedział. – A tego nie lubię.

– Jak dotąd nie spotkałem nikogo, kto by go lubił. Dlaczego jeszcze go nie wyrzucili z roboty?

Bob roześmiał się.

– Jak na bystrego gliniarza, Zach, czasem zadajesz bardzo głupie pytania. To jest show-biznes. Gdyby zaczęli wyrzucać wszystkich durniów i niuchaczy, nie byłoby ani szołu, ani biznesu. Spence zniszczył dwa plany zdjęciowe, ale możesz być pewien, że gdy tylko czysty wyjdzie z odwyku, przyjmą go z powrotem.

– Najpierw musimy go znaleźć, aby zaś znaleźć jego, musimy znaleźć Setha. Czy możesz nam pomóc go namierzyć? Nie mamy zbyt wiele czasu.

– Gdy rozmawialiśmy, zdążyłem już znaleźć jego adres domowy. Trzydziesta Dziewiąta Avenue 631, Woodside. Czy zrobiłem to wystarczająco szybko?

Podziękowałem mu i poprosiłem, żeby furgonetka odwiozła mnie i Kylie na Queens. Woodside było robotniczym osiedlem położonym z półtora kilometra od Silvercup. Mieszkanie Setha znajdowało się na pierwszym piętrze, nad salonem pielęgnacji paznokci.

Przycisnęliśmy guzik domofonu i natychmiast rozległ się brzęczyk.

– Nawet nie zapytał, kto to – zauważyła Kylie. – Pewnie czeka na dostawę.

Nie wiem, na co czekał Seth, ale na pewno nie na nas. Otworzył drzwi i po jednym spojrzeniu próbował je zatrzasnąć, ale Kylie pchnęła je tak, że uderzyły go w twarz. Zatoczył się do tyłu.

– Nie macie żadnych powodów – powiedział. – Nic złego nie zrobiłem.

– To mieszkanie śmierdzi marihuaną – stwierdziła Kylie. – To jest dla nas absolutnie wystarczający powód. Według części trzeciej ustępu M artykułu 221 Kodeksu Karnego stanu Nowy Jork jest to zupełnie nielegalne. A ta fajka na stole też ci nie pomoże. – Zbliżyła się do niego o krok, a Seth natychmiast zasłonił krocze dłońmi. – Ale nie musisz się martwić. Przymknę oko na nadużywanie substancji uzależniających – mówiła dalej. – Bo dzisiaj wieczorem twój kumpel Marco został zastrzelony, więc już nie jesteś ćpunem, tylko podejrzanym o morderstwo.

Cała buta Setha prysła jak bańka mydlana. Przysiadł na skraju stolika, na którym poniewierały się pety z marihuaną, i potrząsnął głową.

– Marco był moim przyjacielem. Nie zastrzeliłem go. Ja nawet nie mam broni.

– A może masz alibi? – zapytała Kylie. – Dokąd poszliście dziś rano, kiedy Marco cię wywlókł z mieszkania Shelleya Tragera?

– Do Starbucksa na kawę. Potem Spence do mnie zadzwonił i powiedział, żebyśmy spotkali się w hotelu.

– W jakim hotelu?

– Nie wiem, czy on w ogóle ma jakąś nazwę. Jeden z tych pensjonatów na Bowery, gdzie wynajmuje się pokoje na godziny.

– To nie za bardzo w stylu Spence'a – stwierdziła Kylie.

– Właśnie o to chodziło. Nie chciał iść tam, gdzie ktoś mógłby go rozpoznać.

– Co było potem, kiedy poszliście do tego hotelu?

– Spence miał trochę koki, ale okazało się, że była gówniana, wymieszana z zasypką dla niemowląt. Marco powiedział, że dobry towar można dostać na Bronksie. Kolumbijską, dziewięćdziesiąt pięć procent czystości. Spence bardzo się napalił i obiecał, że zapłaci, jeśli Marco po nią pojedzie. Marco mówił, że jest droga, i zapytał Spence'a, ile ma kasy. Spence był już mocno nagrzany, więc tylko wyjął portfel z kieszeni i powiedział, by brał wszystko, tylko nie wracał z pustymi rękami. Na to Marco powiedział, że ten koleś nie bierze plastiku, więc wyrzucił ze środka karty kredytowe, włożył portfel do kieszeni i wyszedł. Potem już go nie widziałem, przysięgam.

– A co ze Spence'em?

– Pani mężowi zupełnie odbiło. Po pół godzinie chodził już po ścianach i nie mógł się doczekać, kiedy Marco wróci. Powiedział, że idzie do Meatpacking District, że ma tam status VIP-a w jakimś klubie i żebym do niego zadzwonił, kiedy Marco się pokaże.

– I co potem?

– Czekałem dwie godziny, ale Marco nie przyszedł. Doszedłem do wniosku, że kupił tę kokę i jest już nagrzany po czubek głowy, a Spence ma kartę Amex Platinum, więc pewnie zapija się Grey Goose po pięćset dolców za butelkę. Wyszedłem stamtąd i pojechałem metrem na Queens. Koło dziewiątej wieczorem kupiłem w sklepie spożywczym dwunastopak piwa, więc mam świadka, który może wam potwierdzić, że nie było mnie w pobliżu Marca.

– Nie ruszaj się – powiedziała Kylie.

Poszliśmy do kąta we wnęce, w której mieściła się kuchnia. Mogliśmy tu porozmawiać na osobności, jednocześnie nie spuszczając Setha z oka.

– Ślepy zaułek – stwierdziła Kylie. – Varholowi pewnie też to niewiele pomoże, ale możesz do niego zadzwonić, niech tu przyjedzie. Może wtedy Seth przypomni sobie nazwisko tego dilera, z którym miał się spotkać Marco.

– A ty co zamierzasz?

– Zadzwonić do Jan Hogle i poprosić, żeby monitorowała karty kredytowe Spence'a. Masz jakieś inne pomysły?

– Tylko jeden, ale nie spodoba ci się.

– Sprawdź.

– Przestań szukać Spence'a, a zacznij szukać tych morderców i złodziei, za których odnalezienie miasto Nowy Jork ci płaci.

– Miałeś rację, że to mi się nie spodoba, ale to prawda. To moja praca. A poza tym mam większe szanse wytropić zabójcę, gang złodziei sprzętu medycznego i naszyjnik za osiem milionów dolarów niż własnego męża.

ROZDZIAŁ CZTERDZIESTY CZWARTY

Annie Ryder potrafiła spać nawet na kamieniu, ale nie tego wieczoru. Po godzinie leżenia w łóżku jej myśli wciąż krążyły w kółko jak Dale Earnhardt Junior w wyścigu Talladega.

To nie Jeremy ją martwił. Chciał dostać naszyjnik, a ona chciała dostać pieniądze. To była ta łatwa część. Trudniejsze było inne pytanie: co dalej? Gdzie mamy pojechać z Teddym? Co mamy zrobić?

Wstała z łóżka, zaparzyła herbatę i doprawiła ją koniakiem, ale odpowiedzi nie nadeszły, a pytanie nie chciało wyjść jej z głowy. Poszła do salonu i zdjęła Buddy'ego z szafki.

– Właśnie dlatego nie rozrzuciłam twoich prochów w Vegas – powiedziała, niosąc go do sypialni. Postawiła urnę na szafce nocnej i przycisnęła do niej dłonie. – Przepraszam, że zakłócam ci wieczny spoczynek, ale jedno z nas musi się martwić o naszego syna. Ty przejmij nocną zmianę, żebym ja mogła trochę się przespać.

Ciepło i mrowienie w palcach oznaczały, że Buddy wziął się do roboty. Pocałowała go na dobranoc, wyłączyła światło i usnęła w kilka minut.

Rankiem przekazała Teddy'emu krótką listę rzeczy do zrobienia i długą listę tych, których nie wolno mu było robić.

– Dlaczego nie mogę pojechać z tobą? – zapytał, gdy Annie zmieniała mu opatrunek.

– Zastanówmy się. Bo musisz się opiekować kotem, bo musisz odpoczywać i… Był jeszcze trzeci powód. Właśnie próbuję go sobie przypomnieć. A, prawda. – Po matczynemu trzepnęła go w głowę. – Bo jesteś poszukiwany za rozbój z bronią w ręku i morderstwo Eleny Travers.

– Mogę pojechać w przebraniu. A kto cię będzie ochraniać w metrze?

– Nie martw się. Nie mam zamiaru ryzykować i wieźć naszyjnika za osiem milionów dolarów linią N bez względu na to, czy ktoś ze mną będzie, czy nie. Poprosiłam Boba Laweciarza, żeby mnie zawiózł na Manhattan, zaczekał i przywiózł z powrotem.

– Bob Laweciarz – Teddy zmarszczył brwi. – No nie wiem. Myślisz, że to dobry pomysł?

– Uspokój się, mały. Bob jest jednym z tych facetów, którzy nie zadają pytań. Poprosiłam go, żeby mnie podwiózł do miasta, bo muszę coś odebrać. To wszystko, co wie, i nie ma zamiaru pytać o nic więcej. Mam do niego zaufanie.

– Też mu ufam, ale nie wydaje ci się, że to głupie jechać do miasta lawetą? Będziesz się rzucać w oczy.

Annie westchnęła. Właśnie dlatego Teddy jej potrzebował. Buddy zawsze powtarzał: „Ten biedny chłopak nie znalazłby wyjścia z pokoju z czworgiem drzwi, nawet gdyby troje z nich było otwarte na oścież".

– Nie, skarbie. To tylko taki przydomek. On już od paru lat nie jeździ lawetą.

– Rozumiem. W takim razie czym teraz jeździ?

– Dżipem cherokee.

Oczy Teddy'ego rozświetliły się. Annie wiedziała, co za chwilę powie.

– To od teraz będziemy go nazywać Bob Dżip Cherokee.

– Dobrze myślisz, mały – powiedziała, przyklejając bandaż plastrem. – Powiem mu o tym.

Usiadła i przymknęła oczy. Wciąż nie wiedziała, dokąd pojadą, gdy już będą mieli pieniądze, ale jednego była pewna. Teddy nie był wystarczająco bystry, żeby samodzielnie przetrwać w Nowym Jorku.

Wygoniła go do drugiego mieszkania i po raz ostatni powtórzyła, czego pod żadnym pozorem ma nie robić.

– O której wrócisz? – zapytał.

– Mam się spotkać z Jeremym w południe. Jeśli wszystko pójdzie zgodnie z planem, to nie potrwa dłużej niż dziesięć minut. Wrócimy przez Brooklyn-Queens Expressway. O tej porze nie ma dużego ruchu, więc powinnam tu być koło pierwszej.

– W porządku – odparł Teddy. – Możesz mi przywieźć coś na lunch?

– Jasne. A co byś chciał?

– Zastanówmy się. Kanapkę z pastrami, coś do picia i… zaraz, próbuję sobie przypomnieć. Było jeszcze coś, co chciałem. A, prawda. – Postukał się w czoło. – Sto siedemdziesiąt pięć tysięcy dolców.

Annie roześmiała się głośno. Czasami ten dzieciak nie był taki głupi, jak jej się wydawało.

ROZDZIAŁ CZTERDZIESTY PIĄTY

Następnego dnia rano, gdy dotarłem do pracy, Kylie siedziała przy komputerze.

– Twoja dziewczyna naskarżyła na mnie do szefowej – poinformowała, nie patrząc na mnie.

– Jeśli próbujesz mi powiedzieć, że doktor Robinson zdała raport kapitan Cates o naszej wczorajszej wieczornej wycieczce na Bronx, to wiem o tym – odparłem.

– Cheryl ci powiedziała? – Dopiero teraz uznała, że jestem godzien kontaktu wzrokowego.

– Dopiero po fakcie. Ostrzegła mnie, kiedy jechaliśmy dziś rano do pracy.

– Dlaczego musiała cię ostrzegać?

– Nie wiem, może na wypadek, gdybyś była w kiepskim nastroju, kiedy tu wejdę. Ale na szczęście widzę, że cała jesteś w skowronkach. – Gdy uniosła dłoń znad klawiatury i pokazała środkowy palec, obruszyłem się: – Z czym masz problem? Cheryl stwierdziła, że nadajesz się do służby, to wszystko.

– Nie dla Cates. Chce natychmiast widzieć się z nami obojgiem.

– Z obojgiem? To sprawa między tobą a panią kapitan. Do czego ja jestem potrzebny?

– Nie wiem, Zach. Może opinia Cheryl jej nie wystarczyła i ty też będziesz miał prawo głosu. Czy sądzi pan, że nadaję się do służby, doktorze Jordan?

– Jeśli mamy się bawić w dobrego i złego policjanta, to świetnie się nadajesz do roli najbardziej wrednego gliny na świecie. W innym wypadku trzeba ci postawić pewne ograniczenia.

Oderwała drugą rękę od klawiatury i pokazała dwa środkowe palce.

– Mocno przesadzasz – stwierdziłem. – A tak dla porządku, pani Harrington, szefowa nie dowiedziała się o twoim mężu od Cheryl. Ta kartaczka w jego portfelu z napisem: „Żona: detektyw NYPD Kylie MacDonald" zadziałała jak czerwony guzik. Sygnał został rozesłany po wszystkich pięciu dzielnicach. To system cię wsypał, a nie Cheryl.

– Dzięki. Teraz czuję się o wiele lepiej. – Podniosła się, w pełni już uzbrojona mentalnie i gotowa walczyć ze wszystkim, co system przygotował dla niej w następnej kolejności.

Poszedłem za nią do gabinetu Cates.

– Przykro mi z powodu tego, co usłyszałam o twoim mężu – powiedziała szefowa, ledwie weszliśmy. – Wiem, jak to jest być żoną człowieka uzależnionego od narkotyków.

Kylie zaniemówiła, dopiero po chwili wyjąkała:

– Nie miałam pojęcia. – Cała się rozluźniła.

– Mało kto o tym wie. To stara historia, wspominam o tym tylko po to, żebyś wiedziała, że Delia Cates rozumie, przez co przechodzisz.

– Dziękuję – powiedziała Kylie.

– Ale kapitan Cates złoi ci za to tyłek bez żadnej litości! – Uderzyła ręką w stół, podkreślając wagę tych słów. – Wczoraj wieczorem zostałaś wezwana na miejsce przestępstwa jako świadek, nie jako policjantka. Zgadza się?

– Tak, pani kapitan.

– A kiedy się przekonałaś, że ofiara nie jest twoim mężem, czy detektyw prowadzący tę sprawę prosił cię o jakąś pomoc?

– Detektyw Varhol zapytał, czy rozpoznaję ofiarę. Podałam mu...

– Czy prosił – wpadła jej w słowo Cates – żebyś pomogła w dochodzeniu?

– Nie, pani kapitan.

– Więc skoro Varhol jasno dał ci do zrozumienia, że to nie twoje rodeo, to dlaczego dostałam dzisiaj skargę od obywatela o nazwisku Seth Penzig, który twierdzi, że wraz z Jordanem wdarliście się do jego mieszkania i powiedzieliście mu, że jest podejrzany w sprawie morderstwa jego przyjaciela?

– Wdarliśmy się do mieszkania? To zupełna bzdura! Zach i ja mieliśmy powód, żeby tam wejść. Już o przecznicę dalej czuć było zapach marihuany dochodzący z mieszkania Setha.

– Czuć było aż na Bronksie? Bo tam właśnie byliście, kiedy powiedziałaś detektywowi Varholowi, że nie masz pojęcia, gdzie Penzig mieszka.

– Po wyjeździe z Bronksu trochę posprawdzaliśmy.

– Posprawdzaliście? Uważasz, że to w porządku, że przechwytujesz dochodzenie i przesłuchujesz osobę wmieszaną w zabójstwo w sprawie, którą prowadzi inny policjant?

– Próbowałam znaleźć męża.

– A detektyw Varhol próbował znaleźć Penziga. Ale ty uznałaś, że twoje prywatne potrzeby są ważniejsze niż cel istnienia jego departamentu.

Niektórzy ludzie, gdy znajdą się w głębokiej dziurze, szukają sposobu, by się z niej wydostać, ale nie Kylie. Ona łapie za największą łopatę. Włączyłem się, zanim zdołała wykopać pod sobą jeszcze większy dół.

– Pani kapitan, jestem w takim samym stopniu...

– Masz absolutną rację! – Cates parsknęła gniewnie. – Jak ci się zdaje, dlaczego wezwałam tu was oboje?

– To był poważny błąd i przepraszam, jeśli pani musiała za to odpowiadać. Nie ma żadnego usprawiedliwienia dla tego, co zrobiliśmy.

– A jednak przez cały czas słyszę od twojej partnerki same usprawiedliwienia.

– Ona nie myślała jasno. Powiedziano jej, że Spence nie żyje, i nerwy nie wytrzymały. To się więcej nie powtórzy.

Cates chrząknęła, po czym spojrzała na Kylie i spytała:

– Chcesz wziąć urlop ze względu na sprawy rodzinne?

– Nie, pani kapitan.

– W takim razie, jeśli chcesz szukać swojego męża, rób to w wolnym czasie, a sądząc po tym, co macie na głowie, nie będziesz miała go zbyt wiele. A jeżeli jeszcze raz błyśniesz odznaką departamentu, żeby rozwiązać swoje prywatne problemy, to będziesz miała więcej wolnego czasu, niż ci się kiedykolwiek marzyło. Możecie odejść.

– Zdajesz sobie sprawę, że nawet jej nie przeprosiłaś? – spytałem, gdy znów siedzieliśmy przy swoich biurkach.

– Miałam wrażenie, że ty przez cały czas przepraszałeś za nas oboje.

– To tak nie działa. Należy wziąć odpowiedzialność za swoje…

Pisnęła komórka. Kylie natychmiast przestała zwracać uwagę na mnie i spojrzała na wiadomość.

– O Boże!

– Co się stało?

Nie odpowiedziała, tylko podała mi telefon.

To była wiadomość od Q.

Właśnie dostałem to zdjęcie od jednej z moich dziewczyn. Q.

Zdjęcie przedstawiało czarnoskórą kobietę, młodą i bardzo atrakcyjną, w błyszczącej koszulce na ramiączkach i z dużym dekoltem. Obok niej stał mężczyzna o zamglonym spojrzeniu. W jednej ręce trzymał drinka, drugą opierał na nagim ramieniu kobiety. Za ich plecami widać było niebieskie, fioletowe i różowe plamy – światła, jakie migają we wszystkich nocnych klubach. Pod zdjęciem był jeszcze tekst:

Tego białego chłopaka szukasz? Mówi, że ma na imię Spence.

ROZDZIAŁ CZTERDZIESTY SZÓSTY

Srebrny mercedes S550 stał przed komisariatem. Rodrigo, kierowca Q, otworzył drzwi i wsiedliśmy.

Q, w szytym na zamówienie granatowym garniturze, białej koszuli i niebiesko-złotym krawacie, bardziej przypominał dziewiętnastowiecznego magnata przemysłowego niż konesera pięknych ciał i bezcennych informacji.

– Najpierw to, co najważniejsze – powiedział do Kylie. – Daj mi swój telefon. – Gdy bez słowa spełniła jego żądanie, wykasował zdjęcie, które niedawno wysłał, komentując przy tym: – Zacytuję niezrównanego Johna Ridleya: „Dyskrecja nigdy nie wychodzi z mody".

– Gdzie jest Spence? – zapytała Kylie.

– Atlantic City, Borgata, pokój 1178.

– Widzę, że podniósł standard. Wczoraj był w jakimś hoteliku przy Bowery. Jak go pan znalazł?

– Mój biznes przypomina wasz – wyjaśnił Q. – Obsługujemy bogatych i potężnych. Gdyby Spence zaszył się w jakimś magazynie przy Holland Tunnel, nigdy bym się o tym nie dowiedział, ale pięć minut po tym, jak zarejestrował się w hotelu, dostałem dwie wiadomości, jedną od pokojowego, drugą od tragarza. Poprosiłem Tanyę, dziewczynę ze zdjęcia, żeby potwierdziła, czy to on. Dodam, że ona nie dotrzymuje mu towarzystwa. Urabiała go tylko na tyle, żeby zrobić sobie z nim zdjęcie. Mówię to na wypadek, gdybyś się zastanawiała…

– Jasne, że się zastanawiałam – powiedziała Kylie. – Dziękuję. To bardzo pocieszające. Może powinnam zamówić sobie koszulkę z napisem: „Mój mąż mnie nie zdradza, tylko jest w ciągu".

– Zdaje się, że tu też podniósł standardy. Wiem z zaufanego źródła, że chłopak od gazet skontaktował go z ciotką Hazel.

W słowniku ulicznym istnieje szeroki repertuar pojęć dotyczących nielegalnego handlu narkotykami i nowe słowa pojawiają się każdego dnia, ale stare ciotki trzymają się od kilkudziesięciu lat. Ciotka Mary to marihuana, ciotka Nora to kokaina, ale najgorsza z nich wszystkich jest ciotka Hazel: heroina.

– Przykro mi, że muszę ci przekazać złe wiadomości – powiedział Q. – Ale przynajmniej wiesz, gdzie on jest, choć to szybko może być nieaktualne. Na twoim miejscu pojechałbym tam natychmiast.

– Natychmiast – powtórzyła Kylie. – Na podróż do Atlantic City potrzebuję sześciu godzin.

– Mniej, jeśli włączysz światła, syreny i przyciśniesz gaz powyżej setki.

– W departamencie nie patrzą przychylnie na policjantów, którzy używają firmowych samochodów do rozwiązywania małżeńskich problemów – powiedziała Kylie. – Jestem bardzo wdzięczna za pomoc, ale nie mogę wyjechać z miasta na tak długo.

– A jeśli poproszę Rodriga, żeby wam to ułatwił?

– Ułatwił? – znów powtórzyła Kylie. – To znaczy, że jako kochająca żona mam pozwolić, żebyście wpakowali mojego męża do bagażnika benza i wlekli go sto pięćdziesiąt kilometrów po Jersey Turnpike?

Q roześmiał się.

– Zapomniałem, jak działa policyjny umysł. Chciałem tylko zaproponować, że zabiorę was tam helikopterem. Z Nowego Jorku do Atlantic City lot trwa trzydzieści siedem minut.

– Masz…? – Kylie zakręciła palcem w powietrzu.

– Powiedzmy, że mam dostęp. Moi pracownicy muszą być dyspozycyjni dwadzieścia cztery godziny na dobę siedem dni w tygodniu, więc nie mogę polegać na transporcie publicznym. Poza tym moi klienci chętnie płacą za takie rzeczy.

– Ale twoich klientów stać na pięć tysięcy, bo tyle kosztuje przelot do seksualnego raju – stwierdziła Kylie. – Ja sobie nie mogę pozwolić na takie przyjemności.

– Proszę. – Q próbował przybrać urażony wyraz twarzy. – Od kiedy to na nasze stosunki kładzie się cieniem pieniądz? To ma być prezent.

– W prezencie to można zabrać mamę na karuzelę, ale jeśli proponujesz policjantce przelot helikopterem, to jest łapówka. Nie, dziękuję.

– Do diabła, Kylie! Ja ci wyrządzam przysługi i ty mi wyrządzasz przysługi, na tym opiera się nasza znajomość. Pomagam ci wyśledzić narkomana, a ty któregoś dnia mi się za to odwdzięczysz. Proste coś za coś. Dlaczego nagle chcesz zmieniać zasady? – Obrócił się w moją stronę. – Zach, przemów tej dziewczynie do rozumu.

– Pod warunkiem, że wyjaśnisz mi, o co tu chodzi.

– O czym ty mówisz? – Q popatrzył na mnie z obojętną miną. – O nic nie chodzi. Próbuję pomóc twojej partnerce.

– Już to zrobiłeś. Znalazłeś jej męża i normalnie na tym by się wszystko skończyło, ale ty chcesz pomagać dalej, więc muszę sobie zadać pytanie: dlaczego Q tak bardzo zależy, żeby Kylie znalazła się w Atlantic City, że gotów jest zabrać ją tam helikopterem na własny koszt? Jedyna odpowiedź, jaka mi przychodzi do głowy, to że widzi w tym jakąś korzyść dla siebie. Czy zechciałbyś nam powiedzieć, co to takiego?

– Dobra, wyłożę karty na stół. W najbliższy weekend urządzam w Borgacie imprezę dla najlepszych klientów. Siedmiu magnatów naftowych z Teksasu. Wszyscy biali, wszyscy żonaci i wszyscy uwielbiają kolorowe dziewczyny. Pieniądze nie grają roli, interesuje ich tylko dyskrecja. Nie znam nawet ich prawdziwych nazwisk. W niedzielę rano mają mi zapłacić gotówką i polecieć do domu. To są wielkie pieniądze i boję się, że Spence może mi wszystko spieprzyć.

– Dlaczego?

– Bo jest znanym producentem telewizyjnym, a do tego mężem policjantki. Jeśli znajdą go tam martwego, w hotelu rozpęta się cyrk medialny, a moi chłopcy nie lubią kamer. Odwołają imprezę, zanim się jeszcze zacznie. Czy możecie mi pomóc?

– Być może – powiedziałem. – Wyjdź z samochodu. Kylie i ja musimy porozmawiać.

Nie musiałem go prosić dwa razy.

– Chcesz wziąć dzień urlopu i pojechać tam od razu? – zapytałem, gdy zostaliśmy tylko we dwoje.

– Nie. Już nigdy nie postawię uzależnienia Spence'a na pierwszym miejscu, przed moją pracą. Wyjdę o szóstej, wynajmę samochód i do rana wrócę. Ty zostań i kryj mnie.

– Helikopterem byłoby znacznie szybciej.

– Zach, robiłam już wiele różnych rzeczy, ale jeszcze nigdy nie wzięłam łapówki.

– To nie jest łapówka – powiedziałem. – Q jest naszym najlepszym informatorem. Właśnie podał nam na tacy Raymonda Davisa i Teddy'ego Rydera. Tak jak powiedział, coś za coś. Nie możemy mu dać karty na wyjście z więzienia, ale możemy mu pomóc usunąć drobną przeszkodę w interesach. Razem tam dzisiaj polecimy. Pomogę ci zaciągnąć Spence'a na odwyk, a jeśli zadzwoni telefon, to wrócimy tu w ciągu trzydziestu siedmiu minut. Obie strony wygrywają.

– O Boże – powiedziała. – Stworzyłam potwora. Zaczynasz myśleć tak jak ja.

– Zdaje się, że bardzo gwałtownie się ze sobą zgadzamy.

– Ano tak. – Na jej twarzy pojawił się szeroki uśmiech.

Uśmiechnęła się po raz pierwszy od chwili, gdy kopnęła Setha Penziga w jaja. Sytuacja zaczęła się poprawiać.

ROZDZIAŁ CZTERDZIESTY SIÓDMY

Annie Ryder wiedziała, że nie należy syna obciążać zbyt wieloma faktami. Nie powiedziała Teddy'emu, że Bob Laweciarz znany jest również jako porucznik piechoty morskiej Robert Beatty, samotny snajper, który strzelał do ważnych celów w Libanie, Somalii i Nikaragui, a także w kilku innych ściśle strzeżonych miejscach, o których wiedziało tylko paru generałów i ich naczelny dowódca Jimmy Carter.

Jeremy wyglądał jak śliczny chłopiec, ale zabił już Raymonda Davisa i omal nie zabił Teddy'ego. Annie nie miała zamiaru ryzykować. Bob nie był wtajemniczony w szczegóły, ale gdyby Jeremy'emu przyszło do głowy ją skrzywdzić, najpierw musiałby pokonać przeszkodę w postaci stu trzydziestu kilogramów mięśni, żelaznego charakteru i bojowego wyszkolenia.

Bob zatrzymał dżipa przy Edison ParkFast na Essex Street. Dziwna para skręciła za róg i poszła o jedną przecznicę dalej na zachód, do East Houston 205.

Wszystko było ustalone. Annie weszła pierwsza. Już od progu uderzył ją oszałamiający zapach marynowanej wołowiny, rosołu z pulpetami, siekanej wątróbki i zatykającego arterie pastrami, dla którego, jak mawiał Buddy, warto zaryzykować życie.

Katz's Deli było jedną z najpopularniejszych atrakcji turystycznych Nowego Jorku, mekką smakoszy wszelkiego autoramentu, a dla Annie był to idealny punkt wymiany. Gwarna restauracja zapewniała bezpieczeństwo. W porze lunchu do środka waliły tłumy i nikt nie zwracał uwagi na kolejną bezimienną starszą panią.

Podeszła do lady i zamówiła lunch dla Teddy'ego na wynos, a dla siebie kanapkę z grillowaną kiełbasą czosnkową i puszkę napoju Dr. Brown's Cel-Ray. Znalazła stolik z tyłu sali i patrzyła na Boba, który wszedł do środka, kupił sobie kanapkę i usiadł kilka metrów od niej.

Jeremy pojawił się punktualnie o dwunastej. Przeszedł obok lady, rozejrzał się po sali, zauważył Annie i dosiadł się do niej.

– Zróbmy to szybko. – Zsunął z ramienia dużą brezentową torbę i postawił ją na podłodze. – Pieniądze są tutaj. Możesz sprawdzić, czy prawdziwe. Tylko nie pytaj, czy możesz wyjść z nimi do toalety.

Annie sięgnęła po torbę i otworzyła klapę. Paczki studolarowych banknotów wyglądały i pachniały jak prawdziwe. Zamknęła torbę i zważyła ją w ręku.

– Co ty robisz? – zdziwił się Jeremy.

– Nie muszę liczyć. Dziesięć tysięcy dolarów w setkach waży mniej więcej tyle co BigMac. Zdaje się, że wszystko w porządku. – Odstawiła torbę na podłogę.

Jeremy stwierdził z uśmiechem:

– Na początku myślałem, że jesteś starą wariatką, ale widzę, że jesteś równie bystra jak wredna.

– Masz podejście do kobiet. Może, kiedy już będzie po wszystkim, zostaniemy znajomymi na Facebooku.

Jeremy wyjął z kieszeni lupę jubilerską.

– Ja ci pokazałem, co mam. Teraz ty mi pokaż.

Annie wyjęła z torebki niedużą czarną kosmetyczkę. Jeremy otworzył kartę, wsunął kosmetyczkę między strony, wyjął naszyjnik i przyjrzał mu się przez lupę. Dla postronnego obserwatora wyglądał w tej chwili jak klient z kiepskim wzrokiem, który wpatruje się w kartę, próbując zdecydować, co ma zamówić.

Annie wzięła głęboki oddech. Po raz pierwszy od wtorkowego wieczoru, gdy Teddy do niej zadzwonił, poczuła ulgę. Nadal nie wiedziała, co zrobić z Teddym, ale torba stojąca u jej stóp stwarzała wiele możliwości. Annie ukryła pełen zadowolenia uśmiech za puszką z napojem.

Naraz rozległ się łomot. Annie nerwowo podskoczyła. Jeremy uderzył pięścią w stół. Nie zważając na to, że kilka głów obróciło się w ich stronę, zazgrzytał zębami i spiorunował ją wzrokiem.

– Ty przebiegła suko! – Wepchnął naszyjnik do kosmetyczki i rzucił w nią.

– Nie rozumiem, o co cho… – Kompletnie nie wiedziała, co się dzieje.

Jeremy jednak niczego jej nie wyjaśniał. Złapał torbę z pieniędzmi, odsunął krzesło i wybiegł z restauracji. Bob Laweciarz podniósł się z miejsca, zamierzając pobiec za nim, ale Annie uspokoiła go gestem.

– Wynośmy się stąd – powiedziała, chowając kosmetyczkę do torebki.

Dziesięć minut później byli na Williamsburg Bridge.

– Wszystko w porządku? – zapytał w końcu Bob.

Annie przymknęła oczy. To było pierwsze pytanie, jakie ten silny i milczący żołnierz zadał jej od chwili, gdy zrekrutowała go do pomocy. Biorąc pod uwagę, co się właśnie zdarzyło, było to również dość głupie pytanie. Ale Bob nie był głupi. Miał dobre serce i starał się jej nie urazić, nie zasługiwał zatem na standardową cierpką odpowiedź.

– Nie, nie jest w porządku. – Otworzyła oczy. Dżip zjeżdżał z mostu na rampę prowadzącą do Brooklyn-Queens Expressway. – Dzięki, że zapytałeś.

– To nie moja sprawa, ale co się właściwie stało?

– Sama nie wiem. Wciąż jestem ogłuszona.

– Przykro mi – powiedział Bob. – Ale tak to jest z tymi interesami. Czasami coś po prostu nie wypali.

Annie wiedziała, że tak bywa z oszustwami. Gdy oszust dał się przyłapać, cały interes mógł zrykoszetować. Jej i Buddy'emu nie zdarzało się to często, ale gdy się zdarzało, nie pytali dlaczego, tylko po prostu pakowali manatki i zwiewali do wszystkich diabłów.

Ale to był legalny interes. No dobrze, może niezupełnie legalny, ale w każdym razie miała to być prosta i uczciwa wymiana, jednak w ostatniej chwili Jeremy czegoś się wystraszył. Ale czego?

Przycisnęła do piersi torbę z jedzeniem z Katz's Deli i znów przymknęła oczy. Do tego wszystkiego będzie jeszcze musiała wyjaśnić Teddy'emu, dlaczego przyniosła do domu tylko kanapkę z pastrami i napój. Teddy na pewno zapyta, dlaczego nie przyniosła pieniędzy.

Nie miała pojęcia. Może Buddy będzie wiedział.

ROZDZIAŁ CZTERDZIESTY ÓSMY

Gardło Jeremy'ego było kurczowo zaciśnięte. Oddychał z trudem. Przycisnął dłonie do piersi, próbując ulżyć sobie w cierpieniu. Miał wrażenie, że żelazna obręcz łamie mu żebra. Miewał już wcześniej ataki lęku, ale ten był najgorszy ze wszystkich.

Siedząc na tylnym siedzeniu taksówki, wyprostował się i oparł dłonie na kolanach, starając się oddychać powoli i głęboko. Po pięciu minutach panika zaczęła ustępować. Wszystko w porządku, powtarzał sobie. To zaraz minie. To tylko niewielka przeszkoda. Rozluźnij się i zastanów, co robić dalej.

W pierwszej chwili przyszło mu do głowy, żeby zrobić właśnie to, czego obiecał Leo nie robić: wziąć sto siedemdziesiąt pięć tysięcy dolarów i uciec. Porzucił jednak tę myśl. Po wszystkim, przez co przeszedł, nie zamierzał poprzestawać na drobnych. Musiał wymyślić nowy plan, ale nie był w stanie zrobić tego sam.

– Kurwa! – powiedział do siebie. – Chyba ten związek jeszcze się nie skończył.

Wysiadł z taksówki przed budynkiem Flatiron przy Piątej Alei i Dwudziestej Trzeciej Ulicy. Stąd już niedaleko było do minirezydencji braci Bassettów przy Dwudziestej Pierwszej, ale wiedział, że nie powinien się tam pokazywać bez zapowiedzi.

Na dużej wysepce, która oddzielała Piątą od Broadwayu, stało kilka stolików. Jeremy kupił w ulicznym wózku butelkę wody, znalazł pusty stolik i powoli pił. Przełykał bez kłopotu. Mógł oddychać. Mógł to zrobić.

Wyjął komórkę i wysłał wiadomość:

Nie poszło dobrze. Mogę przyjść?

Odpowiedź nadeszła natychmiast:

Nie!!! Brat tu jest. Pogadamy później.

Jeremy obruszył się. Dopił wodę i odpisał:

Wybierz miejsce TERAZ albo pojawię się przy drzwiach.

Tym razem odpowiedź nadeszła po dwóch minutach:

Trailer Park Lounge 271, 23 Zachodnia. Pięć minut.

– Durny bogaty pajac – powiedział Jeremy w stronę telefonu.

Spacer na zachód do Trailer Park Lounge zabrał mu dziesięć minut. Lokal sprawiał wrażenie podejrzanej speluny, do jakiej Leo Bassett nigdy w życiu nie wszedłby dobrowolnie, ale Max Bassett wydawał się tu zupełnie na miejscu. Siedział z tyłu sali w dżinsach, spłowiałej koszuli w kratę i starej obszarpanej czapeczce bejsbolowej, na której napisane było po prostu CZAPKA. Przed nim stały dwie butelki piwa.

– Co to znaczy, że nie poszło dobrze? – Max sięgnął po jedną butelkę, a drugą przesunął w stronę Jeremy'ego. – Myślałem, że Leo dał ci pieniądze. Co ta staruszka wymyśliła? Chciała więcej?

– Nie – odparł Jeremy. – Śliniła się na widok pieniędzy, ale naszyjnik był fałszywy. Dlatego zabrałem torbę i wyszedłem.

Max z niedowierzaniem otworzył oczy.

– Miałeś ten naszyjnik w ręku i oddałeś go z powrotem?

– Tak właśnie zrobiłem. Max, ten naszyjnik nie był wart stu siedemdziesięciu pięciu kawałków, nie mówiąc już o ośmiu milionach. Myślałem…

– A od kiedy płacę ci za myślenie? Dostałeś konkretne instrukcje. Miałeś kupić naszyjnik od staruszki.

– Max, wiem trochę o kamieniach i potrafię rozpoznać prawdziwe brylanty i szmaragdy. Obejrzałem ten naszyjnik przez lupę. Annie Ryder próbowała mi wcisnąć fałszywkę. Zupełne gówno.

– Nic nie wiesz o kamieniach. To, co oglądałeś, to była doskonała kopia zrobiona ze sztucznie wyhodowanych kryształów, nie z prawdziwych kamieni. I z pewnością nie jest to żadne gówno. Może nie ma wielkiej wartości, ale mimo wszystko jest to oryginalny Max Bassett.

Jeremy próbował zrozumieć to, co mówił Max, ale obręcz znów zaczęła się zaciskać na jego piersi i umysł skoncentrował się na walce z bólem.

– Nie rozumiem – powiedział. – Dlaczego ubrałeś Elenę Travers w fałszywy naszyjnik?

– A myślałeś, że zaufam ci na tyle, żeby pozwolić ci ukraść prawdziwy? Gdyby trafił w twoje ręce, w następnej chwili leciałbyś Bóg wie dokąd pierwszą klasą.

– Więc masz prawdziwy naszyjnik?

– Nawet na chwilę nie spuściłem go z oka. Jak tylko firma ubezpieczeniowa pokryje stratę, przerobię go i uszczęśliwię kilka bogatych kobiet. Ale nie mam kopii. Zaczynasz już rozumieć, dlaczego jest mi potrzebna?

Jeremy skinął głową.

– Teraz rozumiem. Boisz się, że ta staruszka pójdzie z kopią do firmy ubezpieczeniowej, a kiedy ją obejrzą, uświadomią sobie, że oryginał w ogóle nie został skradziony.

– Naprawdę nie masz do tego głowy, Jeremy. Staruszka nie może pójść z tym do firmy ubezpieczeniowej, bo równie dobrze mogłaby powiedzieć: mam tu coś, co ukradł mój syn. I nie znajdzie żadnego kupca, bo kto chciałby od niej kupić fałszywe gówno?

– Mogę wszystko naprawić – powiedział Jeremy. – Wiem, gdzie ona mieszka. Dam jej te sto siedemdziesiąt pięć kawałków. Odda mi naszyjnik ze śpiewem na ustach.

– Masz te pieniądze w torbie? – zapytał Max.

– Co do centa.

– Pokaż.

Jeremy zdjął torbę z ramienia i podał Maksowi.

– Nie będą ci więcej potrzebne – oświadczył Max. – Ja się zajmę staruszką.

– Nie świruj. Daj mi te pieniądze. Za dwie godziny wrócę z naszyjnikiem.

Max roześmiał się.

– Nawet Leo nie jest na tyle głupi, żeby w to uwierzyć. Do widzenia, Jeremy.

– Chcesz się mnie pozbyć? W porządku, ale jesteś mi coś winien. To wszystko kosztowało mnie kilka miesięcy pracy, a na razie jeszcze nikt mi nie zapłacił.

– Bo na razie jeszcze nic nie zarobiłeś – odparł Max. – Od samego początku spieprzyłeś tę robotę.

– Nie gadaj głupot, Max. To nie moja wina, że Elena nie żyje.

– Możliwe – powiedział Max. – Ale z całą pewnością to twoja wina, że Leo jeszcze żyje.

ROZDZIAŁ CZTERDZIESTY DZIEWIĄTY

– Leo żyje tylko dlatego, że nie wsiadł do limuzyny – oświadczył Jeremy rozgniewanym szeptem. – Jak możesz mnie za to winić?

– Nie winię cię. – Max pogładził się po brodzie. – Ale od tamtej pory miałeś mnóstwo innych możliwości.

– Możliwości? O czym ty, do diabła, mówisz?

– Przez całą ostatnią noc byłeś z nim w hotelu.

– I co miałem zrobić? Zastrzelić go w łóżku i zostawić ciało na wózku z jedzeniem?

Max wzruszył ramionami.

– Logistyka to nie moja sprawa, Jeremy, tylko twoja. Ja wiem tyle, że mieliśmy umowę. Obiecałem ci mnóstwo kasy, o wiele więcej niż jesteś wart, a ty miałeś dopilnować, żeby Leo stał się pechową ofiarą rozboju.

– I właśnie tak by było. Raymond Davis był paskudną, zimną kanalią. Żeby zgodził się zabić Leo, wystarczyło mu dać dziesięć tysięcy więcej, niż obiecałem Teddy'emu. To był dobry plan.

– Ale mimo to – Max podniósł piwo ze stołu i wytarł serwetką mokry ślad po butelce – Raymond nie tylko nie zastrzelił Leo, ale zamordował Elenę Travers i twój dobry plan zmienił się w międzynarodowy skandal.

– Takie rzeczy czasem się zdarzają, Max.

– Wygląda na to, że tobie zdarzają się częściej niż innym kryminalnym geniuszom, ale gotów byłem przymknąć na to oczy. Wiesz dlaczego? Bo wierzyłem, że to było jednorazowe partactwo i za drugim razem pójdzie ci lepiej. Nadal miałeś Raymonda Davisa i z tego, co rozumiem, nie byłoby trudno go przekonać, żeby spróbował szczęścia jeszcze raz. I co, zrobiłeś tak? Znalazłeś Raymonda i próbowałeś przekonać tego osobiście przez siebie wybranego kandydata, żeby dokończył robotę? – Max z trzaskiem odstawił butelkę na stół. – Nie. Zamiast tego poszedłeś do mieszkania Raymonda i zabiłeś go. A teraz chcesz, żebym ci zapłacił za tę ciężką pracę?

– Dobra – powiedział Jeremy. – Tamtego nie skończyłem. Ale i tak powinieneś mi zapłacić za kradzież naszyjnika.

– Ukradłeś go i straciłeś – stwierdził Max. – Dwa razy. Najpierw przechytrzył cię półgłówek, a potem miałeś naszyjnik w ręku i oddałeś go z powrotem. Przez to będę musiał teraz negocjować z kobietą, która w interesach radzi sobie nie gorzej niż bankierzy z Wall Street. Podsumowując, zawiodłeś na całej linii, a Max Bassett nie płaci za porażki. Może się powtarzam, ale powiem jeszcze raz: żegnaj, Jeremy.

– Nie. Proszę, Max. – Jeremy bezwładnie opuścił ramiona. – Wiem, że wszystko schrzaniłem, ale nie zostawiaj mnie. Daj mi jeszcze jedną szansę, żebym mógł to wszystko naprawić.

Max złożył ramiona na piersi i odchylił się do tyłu. Mowa jego ciała wyraźnie mówiła: nie trafisz do mnie.

Jeremy odpowiedział na to własną mową ciała. Rozpostarł ramiona szeroko i oparł dłonie na stole, przekazując: jestem bezradny, podatny na zranienie i ufam ci.

– Wiem, czego potrzebujesz – powiedział niemal szeptem. – Leo przez całe życie był dla ciebie jak wrzód na tyłku. A teraz, gdy pojawiła się szansa z Precio Mundo, ten wrzód zmienił się w kłodę pod nogami.

Max drgnął i mimowolnie skinął głową. Jeremy trafił we właściwą nutę.

– Ja go znam, Max. – Pochylił się nad stołem. – Znam go bardzo blisko. Przysiągł mi, że nigdy się nie podda. Twój brat do ostatniego dnia życia będzie stał na przeszkodzie twoim marzeniom. Daj mi jeszcze jedną szansę, a sprawię, że ten dzień nadejdzie szybko. Nawet dzisiaj.

– Ile za to chcesz? – zapytał Max.

– To będzie jednorazowa zapłata. Gdy dostanę pieniądze, nigdy więcej o mnie nie usłyszysz.

– Ile chcesz, Jeremy?

– Milion dolarów. – Jeremy uśmiechnął się. – Wiem, że gdybyś się rozejrzał, to znalazłbyś kogoś tańszego, ale przygotowywałeś mnie do tej roboty od miesięcy. Leo mi ufa. Powiedz tylko słowo, a kiedy jutro rano się obudzisz, los Bassett Brothers Jewelry będzie w twoich i tylko w twoich rękach.

– Zrób to – powiedział Max. – Pójdę na kolację do klubu i będę grał w pokera do jedenastej wieczorem. Leo zostanie sam w domu. Jeśli nie będzie już żył, kiedy wrócę, prześlę ci ten milion. W innym wypadku zostaniesz bez grosza i bez pracy, a policja będzie cię poszukiwać za morderstwo.

– Nie martw się. Nie zawiodę. Dziękuję.

– Oczywiście, że nie zawiedziesz – powiedział Max z pełnym samozadowolenia uśmieszkiem.

Jeremy odetchnął głęboko. Jego płuca wypełniły się tlenem. Uświadomił sobie, że ten oddech nie kosztował go żadnego wysiłku. Powoli wypuścił powietrze i wziął kolejny oddech. Ból w piersi zniknął. Znów potrafił się skupić. W którymś momencie podczas rozmowy z Maksem lęk zmienił się w determinację. Max to nie Leo. Max był godnym przeciwnikiem i Jeremy zdeterminowany był go zmiażdżyć.

Nie, pomyślał, wpatrując się w szyderczy uśmieszek, który drwił z niego ponad stołem. Nie tylko zmiażdżyć. Zabić.

ROZDZIAŁ PIĘĆDZIESIĄTY

Nie doceniłem Kylie. Sądziłem, że przez cały dzień będzie się zastanawiać, czy dobrze zrobiła, decydując się odłożyć ratowanie Spence'a, ale pomyliłem się. Była miła, konstruktywna i zmiana minęła nam jak jedna chwila.

Najpierw spotkaliśmy się z Howardem Sykesem.

– Odbyłem długą rozmowę z Philem Landsbergiem, dyrektorem Szpitala Hudson – powiedział. – Nie muszę chyba mówić, że nie podskakiwał z radości na myśl, że jego szpital ma się stać kolejnym celem tych złodziei, ale w końcu się zgodził. Chciałbym wam powiedzieć, że sprawiły to moje czterdziestoletnie doświadczenie i geniusz marketingowy, ale to nie byłaby prawda.

– Więc on teraz ma u pana dług wdzięczności – zauważyłem.

Sykes zmarszczył brwi.

– Ściśle biorąc, ma dług u Muriel. Ja tylko muszę jej powiedzieć, że będzie gościem honorowym na najbliższej imprezie, gdzie będą zbierali fundusze. W każdym razie zrobiłem swoje. Co dalej?

– Teraz my musimy zrobić swoje – powiedziała Kylie. – Mammograf o czterdzieści procent skuteczniejszy w wykrywaniu raka piersi wart jest tego, by wspomnieć o nim w wiadomościach. Poprosimy naszego rzecznika, żeby skontaktował się z mediami i puścił tę nowinę w świat. Potem skontaktujemy się z izbą przyjęć i z szefem ochrony w Hudson, żeby omówić szczegóły. Czy chce pan, żebyśmy informowali pana o wszystkim na bieżąco?

– Nikt nie lubi, kiedy się mu patrzy na ręce – stwierdził Sykes. – Nie musicie się ze mną kontaktować, dopóki nie połapiecie tych złodziei. Ale zanim się wycofam, mam wam jeszcze do przekazania wiadomość od Phila Landsberga. Powiedział: „Możecie wpuścić tych drani do mojego szpitala i róbcie, co chcecie, tylko nie wypuszczajcie ich z powrotem".

O czwartej wszystko było przygotowane. Teraz tylko musieliśmy zaczekać, aż gang złapie przynętę i przesunie Hudson na górę swojej listy. O szóstej wyszliśmy z komisariatu.

– Powiedziałeś Cheryl, gdzie się dzisiaj wybieramy? – zapytała Kylie, gdy w godzinie szczytu przepychaliśmy się przez korek na FDR.

– Niedokładnie.

– To znaczy jak?

– Powiedziałem, że będziemy pracować do późna, ale nie pytała mnie o szczegóły, więc nic nie mówiłem. Poza tym Cheryl wybiera się na kolację i do teatru ze swoją mamą i nie wróci do domu przed jedenastą. Przy odrobinie szczęścia o tej porze będziemy już z powrotem.

Za Trzydziestą Czwartą Ulicą ruch trochę się rozluźnił. O szóstej trzydzieści pięć byliśmy przy lądowisku helikopterów. Rodrigo czekał na nas w poczekalni dla VIP-ów.

– Kiedy dotrzemy do hotelu, proszę podejść do recepcji i poprosić o klucz – zwrócił się do Kylie. – Wystarczy, że powie pani: Harrington, pokój tysiąc sto siedemdziesiąt osiem. Mają pani nazwisko w komputerze.

– Nie mam żadnego dokumentu na to nazwisko – powiedziała Kylie.

– Nic nie szkodzi. Nie będzie potrzebny – odrzekł Rodrigo.

– Macie jeszcze jakieś pytania? W powietrzu jest bardzo głośno.

– Tylko jedno – powiedziała Kylie. – Moi informatycy monitorowali karty kredytowe Spence'a, ale na razie nie wypatrzyli żadnego ruchu. Jak on się zameldował w Borgacie?

– Kartą korporacyjną Silvercup Studios. – Rodrigo wyraźnie nie był gadułą. – Gotowi? – zapytał, sygnalizując koniec rozmowy.

Kylie skinęła głową i Rodrigo poprowadził nas do helikoptera Sikorsky S-76C. W folderze, który znaleźliśmy przy fotelach, było napisane, że Borgata to największy hotel w Jersey. Mieści się tam kasyno o powierzchni piętnastu tysięcy metrów kwadratowych, spa o powierzchni pięciu tysięcy metrów i centrum konferencyjne na dwa tysiące czterysta miejsc.

– Spence'a nie będzie trudno znaleźć – powiedziała Kylie. – Zabunkrował się w pokoju.

Pół godziny po starcie wylądowaliśmy przy Steel Pier w Atlantic City. Czekał już na nas samochód, który zawiózł nas trzy kilometry dalej, do Borgaty. Q pomyślał o wszystkim.

Gdy wszedłem do hotelu głównym wejściem, moje zmysły natychmiast zaatakował ostentacyjny przepych wystroju, irytująco błyskające światła i dzwonki automatów do gry. Za ladą stało trzech recepcjonistów.

– Ten po lewej – powiedział Rodrigo.

Kylie podeszła do niego i wypowiedziała kilka słów. Recepcjonista z szerokim uśmiechem podał jej płaski plastikowy klucz.

– Bułka z masłem – powiedział Rodrigo, gdy we trójkę szliśmy do windy.

Na drzwiach Spence'a wisiała tabliczka: NIE PRZESZKADZAĆ. Kylie spojrzała na mnie i samym ruchem ust wypowiedziała jedno słowo: „dziękuję". Wsunęła kartę w zamek i gdy zielone światełko zamigotało, pchnęła drzwi.

Spence, w samych bokserkach i jednej skarpetce, leżał na wykładzinie twarzą do góry. Z kącika jego ust ściekała strużka wymiotów. Dokoła na podłodze zobaczyłem porozrzucane akcesoria narkomana. Kilka centymetrów od nieruchomego ciała leżała pusta strzykawka.

ROZDZIAŁ PIĘĆDZIESIĄTY PIERWSZY

W ostatnich latach liczba zgonów spowodowanych przedawkowaniem heroiny wśród młodych białych mężczyzn gwałtownie wzrosła. Sądząc po tym, jak wyglądał, Spence Harrington był na najlepszej drodze do zasilenia statystyk.

Usta miał posiniałe, źrenice jak łebki szpilek, a złowieszcze charczenie, które wydobywało się z jego gardła, było wyraźnym sygnałem, że system oddechowy na dobre przestaje działać.

Kylie opadła na kolana i próbowała zastosować sztuczne oddychanie, ale Spence nie reagował.

– Narcan! – krzyknęła. – Moja torba!

Złapałem jej czarną skórzaną torbę i odwróciłem do góry dnem. Na podłogę posypały się pieniądze, przybory do makijażu, tampony, klucze, a na koniec małe niebieskie zawiniątko z dużym białym napisem:

ZESTAW RATOWNICZY PRZY PRZEDAWKOWANIU NARKOTYKÓW

PREVENCION DE SOBREDOSIS EQUIPO DE RESCATE

W wojnie z narkotykami narcan, czyli chlorowodorek naloksonu, niezawodnie ratuje życie kolejnym ćpunom. Zazwyczaj podaje się go osobom, które zadzwonią pod dziewięćset jedenaście, ale Kylie wystarczyło przytomności umysłu, żeby przed wyjściem zabrać pakiet z komisariatu.

Odchyliłem głowę Spence'a do tyłu, a ona napełniła strzykawkę, wsunęła koniec w dziurkę od nosa i wstrzyknęła połowę płynu. Przełożyła strzykawkę do drugiej dziurki i znów energicznie nacisnęła tłok, wypychając resztę naloksonu w stronę receptorów mózgowych.

Środek zadziałał natychmiast. Spence podniósł się, kaszląc, przeklinając i próbując nas odepchnąć. Nie czuł nawet odrobiny wdzięczności, tylko złość. To naturalna reakcja uzależnionego, gdy zepsuje mu się odlot.

– Rodrigo – powiedziała Kylie. – Ten środek przestaje działać po niecałej godzinie. Musimy go zabrać do szpitala.

– Już się tym zająłem, szefowo. – Rodrigo z komórką przy uchu zatoczył ręką łuk. – Nie zostawiajmy tego syfu pokojówce.

Kylie wyciągnęła z szafy torbę Spence'a i zaczęła zbierać porozrzucane przedmioty. Pochyliłem się, żeby jej pomóc.

– Nie! – zawołała.

Cofnąłem się. Niszczyła dowody na miejscu przestępstwa i nie chciała, żebym jej w tym pomagał.

– Ale możesz powkładać z powrotem rzeczy do mojej torby – dodała.

Ktoś głośno zastukał do drzwi.

– Obsługa – odezwał się głęboki męski głos.

Rodrigo otworzył. Do pokoju weszło trzech mężczyzn w czarnych garniturach i o kamiennych twarzach. Jeden z nich pchał wózek inwalidzki. Bez jednego słowa podnieśli Spence'a z podłogi, wrzucili go na wózek i mocno przypięli pasami.

Pozbierałem rzeczy Kylie, a przybysze pomogli jej powrzucać do torby ubrania Spence'a i to wszystko, co mogłoby wskazywać na jego obecność w tym pokoju. Nie minęło nawet trzydzieści sekund i wypchnęli nas na korytarz. Czarny garnitur numer jeden i dwa ruszyli przodem. Za nimi trzeci pchał wózek. Dalej szła Kylie, potem ja i Rodrigo, który zamykał pochód.

Spence głośno domagał się przestrzegania swoich praw. Żaden z garniturów nie próbował go uciszać. W korytarzu minęła nas para młodych ludzi. Nie poświęcili nam nawet jednego spojrzenia. Odniosłem wrażenie, że widok gromady ludzi usuwających jednego szaleńca z hotelu nie był niczym niezwykłym w Atlantic City.

Cała operacja była doskonale zorganizowana. Zjechaliśmy windą służbową do podziemnego garażu. Nieoznakowana furgonetka zawiozła nas do AtlantiCare Regional Medical Center. Mężczyźni w garniturach przekazali Spence'a lekarzom z oddziału ratowniczego i natychmiast zniknęli. Rodrigo zaprowadził nas do poczekalni dla VIP-ów.

Czterdzieści pięć minut później w poczekalni pojawił się młody lekarz z zapadniętymi oczami.

– Harrington – powiedział.

Kylie podniosła się.

– Jak on się czuje?

– Ma szczęście, że żyje – odrzekł lekarz. W jego głosie nie było ani odrobiny współczucia dla ludzi, którzy zajmowali łóżka na oddziale, bo sami wyrządzili sobie krzywdę. – Ma obustronne zapalenie płuc. Płuca są zanieczyszczone wymiotami, więc przez następne siedemdziesiąt dwie godziny będzie dostawał kroplówkę z antybiotykiem.

– Ale wyzdrowieje? – upewniła się Kylie.

– Tym razem tak. – Lekarz wzruszył ramionami.

– Czy mogę go zobaczyć?

– Powiedział, że nie życzy sobie żadnych odwiedzających.

Kylie błysnęła odznaką.

– Jestem policjantką, a on jest narkomanem. Proszę mnie zaprowadzić do jego pokoju.

ROZDZIAŁ PIĘĆDZIESIĄTY DRUGI

Spence leżał w łóżku, a kiedy weszliśmy, wpatrywał się w sufit.

– Gratulacje, znalazłaś mnie – powiedział, nie odwracając głowy. – Czego chcesz?

– Nie wiem – powiedziała Kylie niemal żartobliwie. – Pomyślałam sobie, że na początek ocalę ci życie.

– A kto cię o to prosił? Wyjechałem z Nowego Jorku, żeby się od ciebie odczepić i żebyś przestała mi ratować życie. Zostaw mnie w spokoju, Kylie.

– Skarbie – odparła, z wyraźnym trudem narzucając sobie spokój. – Chcę ci tylko pomóc przez to przejść.

– Pomóc? – Obrócił się nieco i spojrzał na nią. – Nazywasz pomocą to, że kopnęłaś mojego przyjaciela w jaja? Gwiazdo na niebie detektywów, wbij sobie wreszcie do tej swojej upartej głowy, że nie możesz mi pomóc, bo jestem uzależniony. Próbowałem terapii, ale nic z tego.

– Bzdury! – wrzasnęła, porzucając kompletnie jej obcą rolę tolerancyjnej i współczującej żony. – Przez jedenaście lat byłeś czysty i trzeźwy. Możesz znów to zrobić.

– Nie rozumiesz? – odkrzyknął Spence, waląc pięścią w materac. – Może i mogę, ale nie chcę znów w to wchodzić! Jestem uzależniony i jestem w ciągu, chcę odlecieć. Muszę odlecieć! I nic więcej mi nie trzeba. A ty na okrągło opowiadasz mi te same bzdury z programu. To nie pomaga! Więc jeśli nie przyszłaś założyć mi kajdanek i wrzucić do celi, to wynoś się i przestań mnie ratować. Jeżeli chcę się zabić, to moja sprawa!

– Chcesz się zabić, durniu? – Z gardłowym pomrukiem Kylie wyjęła pistolet z kabury i wysunęła w jego stronę kolbą do przodu. – Proszę bardzo, rozwal sobie mózg tu i teraz, i oszczędź mi następnej długiej jazdy policyjnym busem, żeby zidentyfikować twoje ciało! – Gdy Spence odwrócił głowę, stwierdziła: – Nie jesteś na to gotów. Zadzwoń do mnie, jak będziesz. Pistolet mam zawsze naładowany. – Wsunęła go do kabury i wypadła z pokoju.

– Nie idź – powiedział Spence.

– Za późno – odparłem.

– Chodzi mi o ciebie, Zach. – Przewrócił się na bok i usiadł. – Do diabła, o co jej chodziło z tym identyfikowaniem ciała?

– Twój kumpel Marco pojechał wczoraj wieczorem na Bronx z portfelem pełnym pieniędzy. Z twoim portfelem.

– Okej, pożyczyłem kumplowi trochę pieniędzy. Od kiedy to jest przestępstwo?

– Niczego mu nie pożyczyłeś, Spence. Wysłałeś go po proszek do strefy działań wojennych i dałeś mu tyle kasy, że stał się pewnym celem. To zadziałało. Ktoś przestrzelił mu mózg, a ponieważ miał w kieszeni twoje dokumenty, twoja żona przez kilka godzin myślała, że to ty. Nie ma ochoty przechodzić przez to jeszcze raz. Ja też nie. – Gdy Spence nie powiedział ani słowa, ciągnąłem dalej: – Masz rację co do jednego. Kylie nie może ci pomóc. Myślę, że w ogóle nie chcesz żadnej pomocy, ale na wypadek gdybyś jednak zechciał, zatrzymaj ten telefon. – Wyjąłem z kieszeni kawałek papieru.

Spence popatrzył na mnie z niesmakiem.

– Mam już twój numer, Zach. Nie wstrzymuj oddechu w oczekiwaniu, aż do ciebie zadzwonię.

Kylie otworzyła drzwi.

– Dzwoniła Cates. Musimy natychmiast jechać.

– Powodzenia. – Podałem karteczkę Spence'owi i wyszedłem, zastanawiając się, czy jeszcze kiedyś zobaczę go żywego.

– Nie powiedziałam Cates, gdzie jesteśmy – wydyszała Kylie, gdy pędziliśmy korytarzem. – Powiedziałam tylko, że już jedziemy.

– Pozwól, że zgadnę. Następna kradzież w szpitalu?

– Gdyby tylko. Podwójne zabójstwo. Cates chodzi po ścianach.

– I wezwała właśnie nas? Przecież wie, że już mamy roboty powyżej uszu. Dlaczego chce nam zrzucić na głowę jeszcze dwa ciała?

– Pewnie dlatego, że na czołach mają wypisane nasze nazwiska.

– Kto to taki? – zapytałem.

– Nie są jeszcze zidentyfikowane na sto procent, ale leżą na podłodze w kuchni w budynku braci Bassettów.

ROZDZIAŁ PIĘĆDZIESIĄTY TRZECI

– Jeśli poczujesz się od tego lepiej – powiedziałem do Kylie, gdy samochód wiózł nas do helikoptera – to uratowałaś mu życie.

– Od tego jest policja, chociaż po raz pierwszy w życiu miałam wrażenie, że powinnam przepraszać faceta, którego uratowałam.

– Nic nie jesteś Spence'owi winna – stwierdziłem stanowczo. – Nic nie możesz dla niego zrobić, czego nie zrobiłaś już do tej pory.

– A ty? Widziałam, że dałeś mu swój telefon.

– To nie był mój numer, tylko dwudziestoczterogodzinnego pogotowia antynarkotycznego tutaj, w Atlantic City. W poczekalni na tablicy wisiała ulotka z odrywanymi numerami. Myślę, że Spence za nic nie zadzwoniłby do swojego terapeuty w Nowym Jorku, ale może śmierć Marca wstrząśnie nim na tyle, że najdzie go chęć, by porozmawiać z zupełnie obcą osobą.

– Dzięki. – Odwróciła głowę i spojrzała w okno, sygnalizując, że ta rozmowa jest zakończona.

Byliśmy już przy lądowisku helikoptera, gdy zadzwoniła moja komórka. Spojrzałem na ekran.

– O cholera.

– Brzmi to tak, jakby dzwoniła albo szefowa, albo twoja dziewczyna – odezwała się Kylie. – A ponieważ Cates dzwoniła do mnie przed chwilą, to teraz pewnie Cheryl.

To była Cheryl. Miałem nadzieję, że uda mi się wrócić do Nowego Jorku, zanim w ogóle się zorientuje, że wyjeżdżałem, ale tak jak wielu ludzi w Atlantic City, zaryzykowałem i przegrałem.

– Hej – powiedziałem do telefonu. – Nie ma jeszcze wpół do dziesiątej. Zdawało mi się, że miałaś być z mamą w teatrze.

– Sztuka była okropna i wyszłyśmy w antrakcie. Myślałam, że o tej porze będziesz już w domu. Gdzie jesteś?

– W Atlantic City.

– W Atlantic? A co tam robi Red?

– To nie jest sprawa służbowa. Kylie wyśledziła Spence'a i potrzebowała pomocy, więc…

– Więc pojechałeś tam z nią?

– Prawdę mówiąc, polecieliśmy helikopterem.

– Chyba żartujesz? Departament zapłacił za helikopter tylko po to, żeby Kylie mogła polecieć po męża?

– To prywatny lot. Pewien facet, którego znamy, chciał pomóc Kylie i… To dłuższa historia.

– A kiedy zamierzałeś mi o tym powiedzieć, o ile w ogóle zamierzałeś?

– Cheryl, nie mogę teraz o tym rozmawiać.

– Powinnam była to przewidzieć. Może znajdziesz trochę czasu, żeby o tym porozmawiać, kiedy wrócisz do domu? Kiedy to będzie?

– Nie wiem. Sprawa Eleny Travers znów odżyła. Jesteśmy w drodze na miejsce zbrodni.

– Helikopterem?

– Tak.

– Więc teraz to jest sprawa służbowa, ale mimo to korzystasz z prywatnego helikoptera Kylie?

– Porozmawiamy, kiedy wrócę do domu – obiecałem.

– Już się nie mogę doczekać, Zach. Miłego lotu.

Rozłączyła się, a ja uśmiechnąłem się i mówiłem dalej do milczącego telefonu:

– Tak, zdaje się, że Spence zostanie w szpitalu jeszcze przez kilka dni. Dobrze, przekażę jej pozdrowienia. Też cię kocham. – Samochód zatrzymał się, a ja wsunąłem telefon do kieszeni. – Cheryl cię pozdrawia.

Nie miałem pojęcia, czy Kylie dała się nabrać, ale skinęła głową w geście podziękowania.

ROZDZIAŁ PIĘĆDZIESIĄTY CZWARTY

Było prawie wpół do jedenastej, gdy wreszcie znaleźliśmy się na Zachodniej Dwudziestej Pierwszej Ulicy. Miejski pałac braci Bassettów znów omiatały światła radiowozów. Budynek otoczono taśmą, oddział mundurowych starał się utrzymać gapiów z daleka.

– Dziwne – powiedziała Kylie, wskazując samotną postać przy drzwiach wejściowych.

To był Chuck Dryden. Już od dawna było wiadomo, że Chuck jest dziwnym facetem, ale tym razem zachowywał się jeszcze dziwniej niż zwykle. Zamiast oglądać ciało albo szukać dowodów wewnątrz budynku, stał na zewnątrz i puszczał dym z e-papierosa. Jeszcze dziwniejsza była jego reakcja, gdy nas zobaczył.

– Detektywi! – zawołał. – Czekałem na was.

– Przepraszamy za spóźnienie – powiedziała Kylie. – Byliśmy za miastem i...

– Nie, nie, nie mam zamiaru was objeżdżać. – Wetknął e-papierosa do kieszeni. – Po prostu znalazłem parę interesujących rzeczy i nie mogłem się doczekać, kiedy będę mógł je wam pokazać.

– Chuck, nie jesteśmy na bieżąco – powiedziałem. – Nawet nie wiemy, kim są ofiary.

– Jeszcze lepiej! – Zaklaskał w dłonie. – Chodźmy na górę, sami się rozejrzycie.

Pojechaliśmy windą na drugie piętro, gdzie Kylie i ja zaledwie kilka dni wcześniej spotkaliśmy się z braćmi Bassettami. Wymuskany apartament Leo wyglądał jak centrum pierwszej pomocy. Technicy w lateksowych rękawiczkach i ochraniaczach na buty oglądali, odkurzali, obsypywali proszkiem i fotografowali każdy centymetr kwadratowy powierzchni. W powietrzu unosił się zapach wina i śmierci.

Poszliśmy za Chuckiem do kuchni. Na szarych kaflach podłogi leżały rozciągnięte dwa ciała. Pierwsze – niskie, pękate i mocno zmasakrowane – należało do Leo Bassetta.

– Dwadzieścia dwie rany kłute – powiedział Dryden. – Większość świadczy o tym, że się bronił.

Rozejrzałem się po pomieszczeniu. Wszędzie poniewierało się rozbite szkło – butelki z winem, ceramiczne miski, kryształowa karafka. Leo musiał strącić to wszystko z blatu, gdy próbował bronić się przed atakiem.

– Nie poddał się bez walki – zauważyłem.

– Ale nie był wystarczająco dobry. Tu leży zwycięzca. – Dryden wskazał drugie ciało.

Ten mężczyzna był o połowę młodszy od Leo. Lewa strona twarzy spoczywała w kałuży wina, a na przodzie koszuli miał plamę o podobnym kolorze. W jej centrum znajdował się otwór w klatce piersiowej.

– Poznajecie go? – zapytał Dryden.

– Nie. – Potrząsnąłem głową. – A powinniśmy?

Wyciągnął iPada i pokazał nam zdjęcie. Był to niewyraźny kadr skopiowany z nagrania Elliotta Moritza pochodzącego z tamtego wieczoru, gdy zamordowany został Raymond Davis.

– To może być ten sam facet – powiedziałem.

– Wrzuciłem to w program do rozpoznawania twarzy. I tak, to ten sam facet. Nazywa się Jeremy Nevins. Broń pochodziła stąd. – Na blacie stał duży drewniany blok. W siedmiu szczelinach spoczywały noże, ósma była pusta. Gdy Chuck uniósł torebkę na dowody, zobaczyliśmy zakrwawiony nóż pasujący do siedmiu pozostałych. – Gdy Nevins dostał postrzał, ten nóż znalazł się po drugiej stronie kuchni, ale cały jest pokryty jego odciskami palców.

– Nevins zabił Leo – stwierdziła Kylie. – Ale bardzo byś nam ułatwił pracę, gdybyś wiedział, kto zabił Nevinsa.

Dryden rozpromienił się. Podkochiwał się w Kylie, ale jego umiejętności społeczne były bardzo ograniczone, więc by zyskać jej aprobatę, musiał korzystać z talentów technika śledczego. Pokazał nam drugą torebkę na dowody. W tej znajdował się smith & wesson .357 magnum.

– To własność Maksa Bassetta. Oddał to pierwszemu policjantowi, który się tu pojawił. Powiedział, że był na górze, usłyszał bójkę Leo i Nevinsa i zbiegł, żeby zobaczyć, co się dzieje.

– Zbiegł z naładowanym pistoletem? – zdziwiła się Kylie.

– Nie pytałem. – Dryden wzruszył ramionami. – Nie jestem detektywem.

– Mimo to właśnie pomogłeś nam zamknąć sprawę morderstwa Raymonda Davisa – powiedziała Kylie. – Nic dziwnego, że tak niecierpliwie na nas czekałeś. Dzięki, Chuck.

– Cała przyjemność po mojej stronie.

– Gdzie znajdziemy Bassetta?

– Czeka na was u siebie. Jest z nim dwóch policjantów. Ale zanim tam pójdziecie, mam dla was coś jeszcze.

– Dawaj – powiedziała Kylie. – Idziesz jak burza.

Chuck podał jej trzecią torebkę na dowody. W środku znajdował się naszyjnik z brylantów i szmaragdów.

– Och, Chuck! – zawołała, grając na jego męskim ego. – Dziękuję ci! Zawsze chciałam taki mieć.

ROZDZIAŁ PIĘĆDZIESIĄTY PIĄTY

– Do diabła, gdzieś ty to znalazł? – zdumiałem się.

– W plecaku pana Nevinsa, zawinięty w irchę – odparł Chuck. – Sprawdziłem już laserowe inskrypcje. To ten naszyjnik, którego szukacie, chociaż nie wydajecie się szczególnie zadowoleni, że go znalazłem.

– Przepraszam, to nie tak – powiedziałem. – Chodzi o to, że przez ten woreczek z zielonymi kamykami i sprasowanym węglem zginęły już trzy osoby: Elena Travers, Raymond Davis i Leo Bassett. Każda komórka w moim ciele mówi mi, że naszyjnik miał Teddy Ryder, tylko był za głupi i nie potrafił go sprzedać. Skoro znalazłeś go przy Nevinsie, to ciało Teddy'ego pewnie gnije w jakimś śmietniku.

– Razem z ciałem jego matki oszustki – dodała Kylie.

Podszedł do nas jeden z mundurowych policjantów.

– Detektywi, przepraszam, że przeszkadzam, ale pan Bassett mówi, że chciałby się napić.

– Powiedz mu, żeby zaczekał w kolejce – ze złością rzuciła Kylie. – Po tym, co tu mamy, wszyscy chcielibyśmy się napić.

– Przepraszam panią… – policjant odsunął się o krok – ale pan Bassett mówi, że jego brat został zamordowany, a on sam właśnie zabił człowieka i chciałby się zalać do nieprzytomności, ale nie może zacząć, dopóki nie porozmawia z detektywami.

– Jakież to uprzejme z jego strony – skomentowała Kylie. – W takim razie nie pozwólmy mu czekać.

Policjant zaprowadził nas do pomieszczenia, które Dryden nazwał norą Leo Bassetta. Zupełnie nie przypominało nory, raczej salon w osiemnastowiecznym burdelu. Z drugiej strony, gdy chodziło o wystrój wnętrz, gusta moje i Leo bardzo się różniły. Braciszek Max w koszulce z logo Everlast i wojskowych spodniach również nie pasował do tego wystroju.

Stał przy biurku na filigranowych nóżkach i trzymał w ręku butelkę wody.

– Detektywi. – Na nasz widok zmarszczył czoło jak klient w sklepie, który zbyt długo musiał czekać na sprzedawcę.

– Przykro nam z powodu pańskiej straty, panie Bassett – powiedziałem. – Proszę opowiedzieć, co się wydarzyło.

– Około dziewiątej siedziałem w swoim gabinecie na trzecim piętrze i pracowałem nad nową błyskotką, kiedy usłyszałem, że zadzwonił dzwonek u Leo. Potem winda wjechała na górę i zatrzymała się na drugim. Nie zwróciłem na to uwagi, bo Leo często miewał gości późnym wieczorem. Byłem zaabsorbowany pracą, dlatego nie potrafię powiedzieć, ile czasu minęło, zanim usłyszałem krzyki.

– Kto krzyczał?

– Leo. Kiedy byliście tu poprzednio, mówiłem wam, że mój brat zachowuje się jak primadonna. Od sześćdziesięciu lat stale miewał ataki fochów, histerii i płaczu. Uodporniłem się na to.

– Słyszał pan, co krzyczał?

– Na początku nie, ale potem krzyki stały się głośniejsze i usłyszałem, że ten drugi facet wrzeszczy: „Milion dolarów!". Wtedy zacząłem nasłuchiwać uważniej. Leo już nie pierwszy raz hałaśliwie zrywał ze swoim chłopakiem, i mnie nic do tego, jego sprawa i tyle, ale tym razem była mowa o dużych pieniądzach, a jeśli Leo zamierzał wydać takie pieniądze, wtedy to już moja sprawa. Zastanawiałem się, czy powinienem zejść na dół i sprawdzić, co się dzieje, gdy usłyszałem brzdęk tłuczonego szkła. Potem Leo wrzasnął: „Max, na pomoc, on ma nóż!" i zapanował kompletny chaos. Znowu coś się rozbiło, Leo przeraźliwie wrzeszczał, powtarzając moje imię. Złapałem pistolet i zbiegłem na dół. Kiedy się pojawiłem w kuchni, Leo leżał na podłodze i krew tryskała z niego na wszystkie strony, a ten maniak zamierzył się na mnie nożem. Nie wahałem się. Detektywie, jestem doskonałym strzelcem. Jeden strzał i było po wszystkim. Podbiegłem do brata, ale nóż musiał przeciąć kilka tętnic, bo zanim zdążyłem wybrać dziewięćset jedenaście, Leo już nie żył.

– Zan pan tego człowieka, który go zadźgał?

– Spotkałem go kilka razy. Nazywa się Jeremy Nevins.

– Wczoraj pokazywaliśmy panu jego zdjęcie – przypomniałem mu. – Jak to się stało, że pan go nie rozpoznał?

Max zesztywniał, po czym odparł urażonym tonem:

– Może dlatego, że pokazaliście mi nieostre czarno-białe zdjęcie, które wyglądało, jakby pochodziło z kamery ze sklepu spożywczego w poprzednim stuleciu. Oczywiście, że na tym zdjęciu go nie rozpoznałem. Leo kochał się w nim jak nastolatek i też go nie poznał.

– Czy wie pan, o co się kłócili?

– Mówiłem przecież, że nic nie mogłem zrozumieć oprócz słów „milion dolarów".

– Znał pan ich obu. Jak pan sądzi, o co mogli się posprzeczać?

Bassett szeroko otworzył oczy.

– Nie wzywałem adwokata, bo chciałem wam pomóc, no i nie mam nic do ukrycia, ale gdybyście zapytali mnie przy prawniku, jaki motyw ktoś mógł mieć, żeby zabić mojego brata, adwokat natychmiast zakończyłby tę rozmowę. Czy macie jeszcze jakieś pytania? – dodał takim tonem, aby było jasne, że ma na myśli głupie pytania.

– Tylko jedno – powiedziała Kylie. – Jak to się stało, że Nevins został zatrudniony w waszej firmie?

– Nie był zatrudniony. Jakieś pół roku temu przyszedł tu z Sonią Chen. To rzeczniczka naszej firmy. Nevins był jej chłopakiem.

– Chcielibyśmy z nią porozmawiać. Zna pan jej adres?

– Sonia jest teraz na górze, w moim mieszkaniu. Właśnie przygotowuje oświadczenie.

– Jakie oświadczenie?

– Leo uwielbiał być w świetle jupiterów i przez te wszystkie lata stał się kimś w rodzaju celebryty – powiedział Max takim tonem, jakby była to choroba, a nie osiągnięcie. – Szczerze mówiąc, wątpię, czy załapałby się nawet na kategorię D, ale ponieważ ja nie lubię być rozpoznawany publicznie, to on stał się twarzą firmy i sprawiało mu to wielką satysfakcję. A teraz to na mnie spadł obowiązek wydania zawiadomienia dla prasy i fanów Leo o jego śmierci. Wiem, że wielu ludzi będzie zrozpaczonych, gdy o tym usłyszą.

Uśmieszek na twarzy Maksa Bassetta wyraźnie mówił, że on sam nie zalicza się do tych ludzi.

ROZDZIAŁ PIĘĆDZIESIĄTY SZÓSTY

Apartament Leo kończył się na drugim piętrze, a Maksa zaczynał na trzecim, ale wędrówka po schodach między tymi poziomami przypominała przekraczanie mostu między dwiema zupełnie różnymi kulturami. Apartament Leo wyglądał, jakby urządziła go Maria Antonina, a Maksa jak męska jaskinia Ernesta Hemingwaya.

Na podłodze siedziała młoda Azjatka. Plecy miała oparte o zniszczony skórzany fotel, na kolanach trzymała laptop. Gdy weszliśmy, przestała pisać.

– Cześć, jestem Sonia Chen – powiedziała, podnosząc się.

Przedstawiliśmy się. Zmusiła się do uprzejmego uśmiechu, chociaż oczy miała zaczerwienione i podpuchnięte od płaczu.

– Max przysłał SMS-a. Napisał, że chcecie mi zadać kilka pytań.

– Przykro nam z powodu pani straty – powiedziałem. – Wiem, że łączyły panią bliskie związki z obiema ofiarami.

– Tak... – Skinęła głową. – Leo był moim szefem od trzech lat. Uwielbiałam go.

– A Jeremy Nevins? – zapytała Kylie.

– Nie nazwałabym tego związkiem.

– Max powiedział, że był pani chłopakiem.

– Chłopakiem... – Chen nakreśliła w powietrzu cudzysłów. – Jest pani kobietą, więc chyba pani wie, co to oznacza.

– Jestem detektywem i zajmuję się zabójstwami – skontrowała Kylie. – Wypełnianie niedomówień domysłami opartymi na własnych doświadczeniach nie należy do naszych obowiązków. Może po prostu powie nam pani, na czym polegał pani związek z Jeremym Nevinsem.

– Dwoje chętnych dorosłych – powiedziała Chen tak swobodnie, jakby była to kolejna rubryczka w urzędowym formularzu obok rubryk: „panna", „mężatka" i „rozwiedziona".

– Czy może pani dokładniej to opisać? – zapytała Kylie.

Chen uśmiechnęła się. Tym razem był to prawdziwy uśmiech. Mogłem tylko przypuszczać, że to pytanie sprowadziło na nią falę wspomnień o chwilach spędzonych z przystojnym młodym człowiekiem, który teraz leżał martwy piętro niżej. Uśmiech przeszedł w szloch. Złożyła ramiona na piersiach, by go stłumić.

– Przepraszam. – Usiadła na fotelu. Kylie i ja usiedliśmy naprzeciwko, na skórzanej kanapie, a Chen mówiła dalej: – Nie łączył mnie z Jeremym związek, z pewnością nie w klasycznym rozumieniu tego słowa. Był to raczej układ. Jako rzeczniczka organizuję wiele ekskluzywnych imprez. Jeremy bardzo lubił poznawać bogatych i sławnych ludzi, więc przyprowadzałam go ze sobą jako osobę towarzyszącą. W rewanżu czasami się ze mną spotykał.

– A zatem można powiedzieć, że był to erotyczny związek korzystny dla obu stron?

– Tak, i nie zamierzam za to przepraszać czy się wstydzić, pani detektyw. To znana historia o zapracowanej kobiecie, która robi karierę. Dawałam Jeremy'emu dostęp do wyższych sfer i dostawałam za to seks.

– Czy ma pani jakieś podejrzenia, dlaczego zabił Leo Bassetta?

– Czy jesteście pewni, że właśnie to się zdarzyło? Nie potrafię uwierzyć, że Jeremy mógł zabić Leo. Doskonale się dogadywali, a Leo był zachwycony Jeremym. Zrobiłby dla niego wszystko.

– Zaraz, chwileczkę – powiedziała Kylie. – Leo był gejem, więc chce pani powiedzieć...

– Chcę powiedzieć to, co pani sądzi, że chcę powiedzieć. Jeremy Nevins był absolutnie niewiarygodny w łóżku. Wystarczyło spędzić z nim jedną noc, żeby zapamiętać tę noc na całą resztę życia, bez względu na to, czy chodziło o trzydziestodwuletnią kobietę, czy o sześćdziesięcioletniego mężczyznę. Jeremy miał dar i jeśli komuś poszczęściło się na tyle, że mógł skorzystać z tego daru, to nie miało żadnego znaczenia, czego Jeremy domagał się w zamian.

– Umożliwiała mu pani dostęp do ludzi, z którymi inaczej nie miałby szans nawiązać kontaktu – powiedziałem. – A co dawał mu Leo?

– Nie znam szczegółów, ale Leo lubił dobre rzeczy w życiu, a Jeremy z wielką radością przyjmował gotówkę i prezenty.

– Jednym z tych prezentów był naszyjnik za osiem milionów dolarów – powiedziałem.

– Słyszałam o tym, ale nie mam pojęcia, jak to możliwe. Jeremy był ze mną, kiedy skradziono ten naszyjnik. – Zadzwoniła jej komórka. – Przepraszam, ale to pilne. – Odebrała. – Cześć, Lavinio, już prawie skończyłam ten tekst. Za dziesięć minut mogę ci go wysłać. Porozmawiamy później. – Rozłączyła się. – Przepraszam, sprawy zawodowe. Max chce, żebym opublikowała wiadomość o śmierci Leo.

– Zdaje się, że rozmawiała pani z Lavinią Begbie – zauważyła Kylie.

– Tak, zgodziła się napisać artykuł, jeśli damy jej wyłączność na dwanaście godzin, zanim wyślemy wiadomość komukolwiek innemu.

– Czy wiadomość o śmierci Leo Bassetta nie powinna się znaleźć na pierwszych stronach, zamiast w dziale o modzie?

– Skarbie, w moim świecie dział o modzie to jest pierwsza strona, a Lavinia Begbie jest najważniejszym głosem w całej branży. To, że zgodziła się poświęcić Maksowi całą kolumnę, dowodzi, że nie ma tego złego, co by na dobre nie wyszło. No, przynajmniej czasami, jak teraz.

– Maksowi… To przejęzyczenie? Czy nie chciała pani powiedzieć, że zamierza poświęcić całą kolumnę Leo?

Chen potrząsnęła głową, po czym odparła:

– Pani detektyw, pani w ogóle nie rozumie i nie wyczuwa tej branży, prawda? To był dla nas cios, kiedy Elena zginęła w naszym naszyjniku. Oczywiście, Lavinia będzie pisać o Leo, ale jeszcze bardziej potrzebujemy, żeby napisała o tym, jak Max heroicznie usiłował ocalić życie brata.

– Czy na tym polega pani praca, pani Chen? Na tym, żeby przy okazji zabójstwa Leo zrobić bohatera z Maksa i przywrócić firmie dobre imię?

– Właśnie na tym polega moja praca – potwierdziła Chen. – A teraz bardzo przepraszam, ale muszę się zmieścić w terminie.

ROZDZIAŁ PIĘĆDZIESIĄTY SIÓDMY

– Jestem głodny, zmęczony i nie mam pojęcia, czy Cheryl i ja wciąż jesteśmy parą – powiedziałem, gdy wróciliśmy do samochodu. – Możemy już skończyć na dzisiaj?

– Jestem tak samo głodna i zmęczona jak ty, a jeśli masz ochotę licytować się na związki, to mój mąż narkoman przebija twoją wkurzoną dziewczynę – odparła Kylie, jadąc w stronę Szóstej Alei. – Ale nie, nie możemy jeszcze skończyć. Sonia Chen kontaktuje się z prasą i jeśli nie uda nam się w ciągu najbliższych paru godzin anulować pierwszej poprawki do konstytucji, to wszystko, co dzisiaj wieczorem zaszło w Casa Bassett, zostanie upublicznione.

– Nie wszystko – odparłem. – Pewnie nikt nie wspomni o tym, że Max łgał jak najęty, tylko napisze kwieciste bzdury o szlachetnym białym myśliwym, który pomścił śmierć brata, zabijając człowieka, który znał odpowiedzi na wszystkie nasze pytania.

– No właśnie. A to znaczy, że za parę godzin znajdzie się to na pierwszej stronie każdej gazety i będzie robiło furorę w internecie. A ponieważ nie możemy powstrzymać Annie Ryder od przeczytania tych wiadomości, to pozostaje nam przekazać je osobiście, żebyśmy mogli zobaczyć wyraz jej twarzy, gdy się dowie.

Nie mogłem się sprzeczać z jej logiką, więc tylko chrząknąłem potwierdzająco.

Skręciliśmy w prawo w Trzydziestą Czwartą Ulicę i pojechaliśmy na wschód w stronę tunelu Queens Midtown.

– Myślisz, że Annie jeszcze żyje? – zapytałem.

– Mam taką nadzieję, bo jeśli znajdziemy ją w kałuży krwi, utkniemy na następnym miejscu zbrodni aż do rana.

Annie Ryder była jak najbardziej żywa i równie czarująca jak zawsze.

– Czy wy nie macie nic lepszego do roboty niż nachodzić porządnych podatników w środku nocy? – gderała, otwierając drzwi. – Mówiłam przecież, że nie widziałam Teddy'ego i nie mam pojęcia, gdzie jest.

Kylie zdecydowała się od razu wystrzelić z największej armaty:

– Jeremy Nevins nie żyje.

Ale stara oszustka była profesjonalistką:

– Nigdy o nim nie słyszałam – oznajmiła.

Starała się zachować kamienną twarz, ale Kylie miała rację. Wiadomość wstrząsnęła nią na tyle, że prawy kącik oka mimowolnie zadrżał. Potarła go i ziewnęła, próbując zamaskować odruch, ale gdyby to była gra w pokera, w tym momencie straciłaby przewagę. Sypnęła się.

– Z pewnością pani o nim słyszała – stwierdziła Kylie. – To Nevins zabił Raymonda Davisa i próbował zabić Teddy'ego.

– W takim razie krzyżyk na drogę – skwitowała Annie. – Dziękuję, że przyjechaliście aż tak daleko, żeby mi o tym powiedzieć. Dobranoc.

– Odzyskaliśmy również naszyjnik, który Raymond i Teddy ukradli Elenie Travers – dodała Kylie.

Tik znowu się pojawił. Powieka Annie zadrżała.

– Teddy niczego nie ukradł. Jest niewinny.

– W takim razie proszę mu powiedzieć, żeby się do nas zgłosił. Zawrzemy z nim układ.

– Jaki układ?

– Zrzucimy morderstwo na Raymonda i uznamy, że to Jeremy je zaaranżował. Jeśli Teddy sam się do nas zgłosi, to być może zdołamy przekonać prokuratora, żeby ograniczył oskarżenie do mimowolnego zabójstwa. Pewnie dostanie tylko osiem lat. Ale jeśli to my go znajdziemy, nie będzie żadnych układów i czeka go dożywocie.

– Szukacie nie tam, gdzie trzeba – stwierdziła Annie. – Mówiłam wam przecież, że Teddy tamtego wieczoru był ze mną w tym mieszkaniu. Może wy mi nie wierzycie, ale przysięgli na pewno uwierzą.

– Może tak, może nie – odparła Kylie. – Przysięgli lubią wierzyć matkom, ale sprytny oskarżyciel na pewno ich poinformuje, że w tym wypadku matka jest profesjonalną oszustką. A jeśli to nie wystarczy, pokażę im zdjęcia z kamery drogowej z tego wieczoru, kiedy odbył się rozbój. Dwaj mężczyźni, którzy zaatakowali limuzynę Eleny na Pięćdziesiątej Czwartej Ulicy, mieli na twarzach maski, ale jeden z nich był na tyle głupi, że zdjął ją już na Pięćdziesiątej Trzeciej. Jak pani myśli, kto mógł być na tyle głupi?

– Już z wami skończyłam. – Annie zatrzasnęła drzwi.

– Całkiem ładny obrazek namalowałaś, pani detektyw – powiedziałem, gdy zjeżdżaliśmy na dół windą. – Najbardziej podobała mi się ta część o kamerze drogowej. To bardzo wiarygodne.

– Szkoda tylko, że nie jest prawdą. Ludzie mają obsesję na punkcie Wielkiego Brata, który ich obserwuje, a założę się, że Annie Ryder jest bardziej podejrzliwa niż większość ludzi.

Resztę drogi na Manhattan spędziliśmy w błogosławionej ciszy. Znów była prawie druga, gdy dotarłem do mieszkania, ale tym razem nie musiałem czekać, aż wejdę na górę, żeby się dowiedzieć, czy Cheryl jeszcze tam jest.

Angel, portier pracujący na nocnej zmianie, podał mi karteczkę ze słowami:

– Doktor Robinson zostawiła to dla pana.

To był kawałek papieru oderwany od strony w żółtym bloku, który leżał na biurku Angela. Cheryl napisała tę notatkę w pośpiechu, wychodząc z budynku:

Nocuję u siebie. Bądź u Gerri o wpół do siódmej rano.

Podziękowałem Angelowi i pojechałem windą na górę do pustego mieszkania.

ROZDZIAŁ PIĘĆDZIESIĄTY ÓSMY

Zrzuciłem ubranie, wziąłem prysznic, padłem na łóżko i jeszcze raz przeczytałem kartkę od Cheryl.

Nie trzeba być detektywem, żeby zrozumieć zdanie „nocuję w domu", ale „bądź u Gerri o wpół do siódmej rano" pozostawało dla mnie zagadką. Czy chciała powiedzieć: „Będę u Gerri i bardzo bym chciała, żebyś się do mnie przyłączył", czy też „Bądź u Gerri o szóstej trzydzieści, żebym mogła ci przeczytać Manifest Rewolucyjny"?

Nastawiłem budzik na piątą, bo chciałem pójść do bistro wcześniej, żeby usłyszeć, co Gerri ma do powiedzenia na temat mojej aktualnej sytuacji.

Usiadła obok mnie, a ja pokrótce streściłem jej, co się wydarzyło poprzedniego dnia.

– Jakieś wnioski, doktor Gomperts? – zapytałem na koniec.

– Tylko jeden. Po co ja w ogóle zawracam sobie głowę udzielaniem ci rad? Ostrzegałam cię przecież, mówiłam, co może wyniknąć ze spędzania wieczorów z Kylie, ale wygląda na to, że nie zapamiętałeś ani słowa.

– Oczywiście, że zapamiętałem. Jak mógłbym zapomnieć spektakl, w którym sam brałem udział jako torebka słodzika?

– Spróbuję jeszcze raz. – Przesunęła moją szklankę z wodą na samą krawędź stołu. – To jest Kylie. Jej małżeństwo stoi nad przepaścią. – Popatrzyła na mnie i z piekielnym błyskiem w oku powoli popchnęła szklankę jednym palcem. – To małżeństwo chwieje się na krawędzi, Zach. Niewiele brakuje.

Pochwyciłem szklankę w ostatniej chwili, gdy zaczęła się przechylać przez krawędź, wykrzykując przy tym:

– Zwariowałaś!

– A ty jesteś beznadziejny. Nie możesz zostawić Kylie w spokoju. Zawsze chcesz być na miejscu, żeby ją złapać, jeśli upadnie.

– Czy jest w tym coś złego?

– Dobre pytanie. – Podniosła się. – Może zapytasz o to tę damę, która właśnie tu weszła. – Zniknęła w kuchni.

Tą damą oczywiście była Cheryl. Usiadła naprzeciwko mnie i przeszła od razu do rzeczy:

– Co się wczoraj wydarzyło? Tylko mów ze szczegółami.

Opowiedziałem jej wszystko, od przedpołudniowej wizyty Q do nocnych odwiedzin u Annie Ryder. Jako biegły psycholog słuchała, nie przerywając mi.

– Skoro wiedziałeś, że lecisz z Kylie do Atlantic City, to dlaczego okłamałeś mnie i powiedziałeś, że pracujecie? – zapytała, gdy skończyłem.

– To było bezdennie głupie – odparłem. – Nawet nie potrafię ci powiedzieć, jak bardzo mi przykro z tego powodu.

– Najbardziej mnie boli to, że uznałeś, że musisz mnie okłamać. Czy myślałeś, że jeśli powiesz mi prawdę, to będę próbowała cię powstrzymać?

– Cheryl, powiedziałem ci prawdę we wtorek wieczorem, kiedy wyszedłem przed kolacją, i też byłaś wkurzona. A następnego wieczoru u Paoli powiedziałaś, że uwielbiasz ze mną być, ale nie jesteś pewna, czy potrafisz ze mną mieszkać.

– Zach – położyła rękę na mojej – to dlatego, że mieszkanie z tobą w większej części polega na niemieszkaniu z tobą. Kiedy mieszkaliśmy osobno, gdy ty byłeś zajęty, to ja zostawałam u siebie, we własnym mieszkaniu. Tęskniłam za tobą, ale umiałam sobie z tym poradzić, bo rozumiem, jakie obciążenia ta praca nakłada na głośnego detektywa. Ale kiedy jestem u ciebie, to całkiem co innego.

– Dlaczego? – spytałem, wzruszając ramionami.

– Bo gdy nie wracasz do domu, to jestem nie tylko samotna. Jestem samotna w miejscu, w którym nie chciałabym być samotna. Wszystko dokoła kojarzy mi się z tobą, ale ciebie tam nie ma. To jak mieszkanie z duchem.

– Więc chcesz się wyprowadzić?

– Nie z twojego życia, ale poważnie zastanawiam się nad wyprowadzeniem z twojego mieszkania.

– Kiedy?

– Nie wiem. Powiedziałam, że dam nam miesiąc, a zwykle dotrzymuję słowa. Na razie minęło dopiero dwadzieścia osiem dni, więc spróbujmy jeszcze raz dziś wieczorem.

Przymknąłem oczy i przetarłem je grzbietami dłoni, po czym powiedziałem cicho:

– Dziś wieczorem nie będzie mnie w domu.

Cheryl roześmiała się.

– Dlaczego?

– Bo szykujemy pułapkę w Szpitalu Hudson i spędzimy tam całą noc. Nie robię takich rzeczy często, ale obiecałem Cates i mężowi pani burmistrz. Naprawdę mi przykro.

– Nie przepraszaj – powiedziała Cheryl. – Właśnie dlatego jesteś tak dobrym policjantem.

– No tak – powiedziałem. – To cały ja. Świetny gliniarz, ale beznadziejny towarzysz życia.

ROZDZIAŁ PIĘĆDZIESIĄTY DZIEWIĄTY

Annie przychodził do głowy tylko jeden powód, dla którego taki szczur jak Jeremy mógł porzucić naszyjnik za osiem milionów dolarów i uciec. Ten naszyjnik nie był wart ośmiu milionów.

Był tylko jeden sposób, by dowiedzieć się tego na pewno, a mianowicie zapytać Ginsberga.

– Jest bez skazy – powiedział Ginsberg po dwudziestu sekundach wpatrywania się w naszyjnik przez lupę. – Każdy kamień jest bez skazy.

Annie uśmiechnęła się po raz pierwszy od chwili, gdy wyszła z Katz's Deli. Ginsberg spędził sześćdziesiąt lat w hurtowym handlu biżuterią.

– A więc naszyjnik jest prawdziwy.

– Nie, jest syntetyczny. Natura nie stwarza doskonałych rzeczy, nauka tak. Te kamienie wyhodowano w laboratorium. Trzeba na to kilku miesięcy, dlatego wyglądają lepiej niż większość błyskotek używanych w sztucznej biżuterii. Ale czy są prawdziwe? Nie.

Uśmiech Annie zmienił się w rozpacz. Ginsberg otoczył ją ramionami. Przez osiem miesięcy w roku chodzili razem na kolacje, do kina, na mecze Metsów albo po prostu spędzali noc w jego mieszkaniu na drugim piętrze tego samego budynku, w którym i ona mieszkała. Tuż przed Świętem Dziękczynienia

Ginsberg odlatywał na Florydę, a wiosną znów zaczynali się spotykać.

– Przykro mi, że musiałem ci przekazać złe wiadomości. Ale wiesz, od czego poczujesz się lepiej? – Mrugnął do niej. – Od małej popołudniowej przyjemności.

W wieku osiemdziesięciu dwóch lat Ginsberg chwalił się, że ma libido sześćdziesięciolatka, i choć dla Annie seks nie był szczególnie ważny, czasami potrzebowała pociechy i bliskości ciepłego mężczyzny zamiast brązowej urny. To była jedna z tych chwil.

Godzinę później przekazała złe wiadomości Teddy'emu.

– Więc ten naszyjnik to śmieć – stwierdził jej syn.

– Nie śmieć, ale nie jest wart aż tyle, żeby ryzykować, próbując go sprzedać.

– Więc skąd weźmiemy pieniądze, Ma?

Annie nie wiedziała, ale postanowiła skłamać:

– Nie martw się, mały, mam pewien pomysł, potrzebuję tylko trochę czasu, żeby przemyśleć szczegóły.

Wciąż próbowała stworzyć jakiś sensowny plan na zdobycie forsy, gdy pojawili się detektywi i powiedzieli, że Jeremy nie żyje, a na koniec zaproponowali Teddy'emu szansę na zmniejszenie wyroku za zabójstwo. Osiem lat to dużo czasu, ale nigdy by sobie nie wybaczyła, gdyby został złapany i musiał spędzić za kratkami resztę życia. Postanowiła się z tym przespać.

Odpowiedź przyszła do niej w środku nocy. Była tak oczywista, że Annie aż klepnęła się w czoło, zdumiona, że nie wpadła na to wcześniej. Wzięła prysznic, zaparzyła dzbanek kawy i o piątej piętnaście wyszła z mieszkania. Udała się do sklepu przy Dwudziestej Siódmej i przyniosła do domu pudełko pączków oraz poranne gazety.

Teddy siedział przy stole w kuchni i pił kawę.

– Co się stało, że już wstałeś? – zdziwiła się.

– Obudził mnie ten cholerny kot. Jestem bardziej głodny niż zmęczony. Co masz?

Rzuciła mu pączki i otworzyła *Daily News* na dwóch stronach poświęconych Bassettom.

– Twój kumpel Jeremy nie żyje. Zadźgał nożem jednego z tych braci jubilerów, a ten drugi go zastrzelił.

– No to spoko. – Teddy uśmiechnął się szeroko.

– A tak, spoko – powtórzyła. – Zaraz wrócę.

Poszła do sypialni, wróciła z naszyjnikiem, położyła go na artykule o Bassettach i wyjęła komórkę.

– Co robisz, Ma?

– Zdjęcie – odparła, ustawiając się pod odpowiednim kątem.

– Po co? Przecież mówiłaś, że naszyjnik nic nie jest wart.

– To fałszywka, ale i tak ma swoją cenę, i to niezłą. – Zrobiła zdjęcie, ale zaraz je usunęła. – Słyszałeś może o Jacku Rubym?

Teddy myślał przez kilka sekund, a potem uśmiechnął się triumfalnie:

– Tak, to ten, który zastrzelił prezydenta Kennedy'ego.

– Niewiele się pomyliłeś. Ruby zastrzelił faceta, który zastrzelił prezydenta. Miał pistolet kaliber trzydzieści osiem, który kupił za sześćdziesiąt dwa dolary i pięćdziesiąt centów. Sprawdziłam to dziś rano w internecie.

– I co z tego?

– Jak myślisz, ile dzisiaj wart jest pistolet, z którego zabito Lee Harveya Oswalda?

Teddy wzruszył ramionami.

– Nie mam pojęcia – odrzekł z ustami pełnymi pączka.

– Ja też nie, ale mogę ci powiedzieć, że w dwa tysiące ósmym ten pistolet sprzedano kolekcjonerowi za dwa miliony.

– To wariactwo, Ma. Kto zapłacił dwa miliony dolców za starą trzydziestkę ósemkę?

– Tak powstają kolekcje murderabiliów, mały, czyli morderczych pamiątek. Jest mnóstwo świrów gotowych zapłacić wielkie pieniądze za cokolwiek związanego z głośną zbrodnią.

– Więc masz zamiar sprzedać ten naszyjnik na eBayu? – Twarz Teddy'ego rozjaśniła się.

– Nie. – Annie zrobiła jeszcze kilka zdjęć. – Znalazłam już kupca.

ROZDZIAŁ SZEŚĆDZIESIĄTY

W ciągu ostatniej doby spałem tylko trzy godziny. Ciągnąłem na oparach i zanim skończyłem jeść to nieszczęsne śniadanie w towarzystwie Cheryl, resztki energii zupełnie ze mnie wyparowały. Wróciłem do domu, wyłączyłem wszystko, co piszczało, brzęczało lub dzwoniło, i przespałem dziewięć godzin jak kłoda.

Gdy Kylie przyjechała po mnie o szóstej po południu, byłem już ogolony, po prysznicu, nasycony kofeiną i gotów na najnudniejszą część pracy każdego detektywa: czekanie, obserwowanie i marzenie, żeby ci źli faceci w końcu się pokazali i nadali sens mojemu istnieniu.

– Spence dzwonił do mnie dzisiaj po południu – powiedziała Kylie, manewrując między samochodami w gęstym ruchu piątkowego wieczoru na FDR.

– No i?

– Nie ma żadnego „no i", Zach. Samo to, że do mnie zadzwonił, to już jest moralne zwycięstwo. Byłeś tam przecież wczoraj i sam widziałeś. Spence nie potrafił ścierpieć mojej obecności w tym samym pomieszczeniu, nie wspominając nawet o rozmowie.

– Owszem, tak było, ale tylko do chwili, gdy podsunęłaś mu pistolet, żeby przestrzelił sobie mózg.

– Naprawdę to zrobiłam, co? – Roześmiała się. – Wygląda mi to na trochę lekkomyślne.

– Po co dzwonił?

– Podziękować mi za uratowanie życia.

– Mam nadzieję, że dostrzegasz ironię tej sytuacji.

– Przestań tak wszystko analizować. Ważne jest to, że otworzył drzwi do ewentualnego dialogu. A skoro już o tym mówimy, jak ci poszło z Cheryl, gdy wróciłeś wczoraj do domu?

– Fantastycznie. Powitała mnie jak Ryszarda Lwie Serce, który właśnie wrócił z wyprawy krzyżowej.

– Pleciesz głupoty.

– Skup się na prowadzeniu, bo przegapisz zjazd.

Zjechaliśmy w Grand Street i pojechaliśmy na zachód. Szpital Hudson, imponujący kompleks ze szkła i stali, stał na granicy Chinatown i Little Italy. Zjechaliśmy windą dwa poziomy w dół do centrum ochrony. Jenny Betancourt, Wanda Torres i Frank Cavallaro, szef ochrony szpitala, siedzieli przed ścianą monitorów o wiele bardziej zaawansowanych technologicznie niż te, które Gregg Hutchings miał w Szpitalu Miłosierdzia.

– Dziś rano wykonali pierwszy ruch – oznajmiła Torres.

– Zgraliśmy to dla was – dodał Cavallaro. – Popatrzcie na ten ekran.

Kamera pokazywała fragment drugiego piętra, na którym remont dobiegał już końca. Ze względu na plan Howarda Sykesa czasowo umieszczono tam mammografy 3D, w miejscu, gdzie nie mieli do nich dostępu pacjenci ani personel.

– Patrzcie na tego faceta w zielonej koszuli. – Torres wskazała człowieka, który rozprowadzał na tynku kompozytowy podkład pod farbę. – Wydaje się bardzo zainteresowany mammografami.

Mężczyzna odłożył narzędzia, swobodnym krokiem podszedł do zaawansowanego technologicznie sprzętu i wyjął komórkę.

– Chyba nie dzwoni po pizzę, co? – odezwała się Kylie. – Czy możesz zrobić zbliżenie jego telefonu?

– Chyba żartujesz – odrzekła Torres. – Możemy ci zrobić takie powiększenie, że przeczytasz tatuaż na tyłku muchy i będziesz mogła poprawić pisownię.

– Jezu, Wanda. – Jej partnerka spojrzała na nas i potrząsnęła głową. – Mówiłam wam już, że ona nie skończyła szkoły?

Technik przy konsoli uśmiechnął się, zrobił zbliżenie i zatrzymał film na prawej ręce robotnika. Na ekranie telefonu widoczny był czerwony kwadracik.

– On nigdzie nie dzwoni. Nagrywa i podaje komentarz – powiedziała Torres.

Po niecałej minucie robotnik stuknął w ekran, odczekał chwilę i schował telefon do kieszeni.

– Właśnie wysłał im nagranie dzisiejszego celu – stwierdziła Betancourt. – Można się domyślać, że sfilmował też każdy centymetr drogi, którą muszą przebyć, wchodząc i wychodząc ze szpitala.

– Szybko działają – zauważyła Kylie. – Dopiero dwadzieścia cztery godziny temu wysłaliśmy wiadomości w świat, a już im się udało kogoś tu umieścić.

– Można by tak pomyśleć, ale nie – rzekł Cavallaro. – Ta ekipa tynkarzy pracuje tu od dwóch tygodni, a ten człowiek był z nimi od początku.

– Przecież dwa tygodnie temu nie mogli wiedzieć, że znajdą tu coś wartego kradzieży – zauważyłem. – Może przyjęli go już po tym, jak zastawiliśmy pułapkę. Wiesz coś o nim?

– Tak. – Cavallaro skinął głową. – Żaden robotnik nie wejdzie do tego budynku, dopóki nie dostaniemy jego pełnego profilu od firmy budowlanej. Sprawdzamy wszystko. Ten facet nazywa się Dave Magby i ma trzydzieści lat. Po szkole średniej wstąpił do wojska i odbył dwa turnusy w Iraku. Żonaty, jedno dziecko, żadnej przeszłości kryminalnej.

– Następny praworządny obywatel – zauważyła Kylie. – Tak jak Lynn Lyon.

– Ochrona właśnie skończyła zmianę – oświadczyła Betancourt. – W nocy towarzystwa będzie wam dotrzymywać nowa ekipa. Do zobaczenia rano.

Wyszli, a Kylie i ja usiedliśmy przed monitorami.

– Dobra wiadomość jest taka, że złapali przynętę – powiedziała. – Pokażą się, musimy tylko poczekać.

ROZDZIAŁ SZEŚĆDZIESIĄTY PIERWSZY

Czekaliśmy. O jedenastej zadzwoniła Cheryl, żeby zapytać, jak mi idzie.

– Tęsknię za tobą – powiedziałem.

– Ja też za tobą tęsknię. Jak tam pułapka?

– Kiepsko. Zdarzyło ci się kiedyś zorganizować przyjęcie, na które nikt nie przyszedł?

– Rozluźnij się. Jest jeszcze wcześnie. Mają osiem godzin, żeby się pokazać.

Nie pokazali się. O szóstej rano dostałem wiadomość od Chucka Drydena. Napisał, że ma zaktualizowany raport w sprawie zabójstwa Leo Bassetta. Po godzinie Betancourt i Torres zmieniły nas przy monitorach, a my pojechaliśmy do laboratorium kryminalistycznego. Twarz Chucka rozświetliła się na nasz widok. Z doświadczenia wiedziałem, że nie ma to nic wspólnego ze mną.

– Najmocniej przepraszam, że zakłóciłem wam sobotę – powiedział – ale wiem, jak ważna dla was jest ta sprawa.

– To już sobota? – zdziwiła się Kylie. – Czas szybko leci, kiedy człowiek przez dwanaście godzin wpatruje się w ścianę monitorów. Co dla nas masz, Chuck?

Poprowadził nas do stołu pokrytego zdjęciami z miejsca zbrodni.

– Po pierwsze mogę potwierdzić, że Jeremy Nevins zadźgał Leo Bassetta. – Wskazał zmasakrowane ciało jubilerskiego potentata. – Są tu wszystkie dowody. Odciski palców Nevinsa na narzędziu zbrodni, kąt, pod którym zostały zadane rany, i ślady krwi, która wypłynęła z ofiary, nie pozostawiają żadnych wątpliwości.

– Mniej więcej to samo powiedziałeś nam w czwartek wieczorem – przypomniałem mu.

Podniósł palec i skorygował:

– W czwartek wieczorem to były tylko przypuszczenia, detektywie, a w tej chwili mogę o tym zaświadczyć przed sądem.

– No cóż, to rzeczywiście wiadomość dnia. Co jeszcze?

– Śmierć Nevinsa spowodowana była przez jedną kulę wystrzeloną z magnum .357, który Max Bassett oddał policji na miejscu. To również nie podlega dyskusji.

Nie podlega dyskusji. Klasyczny Dryden.

– Więc masz dwa trafienia na dwa – zauważyłem.

– I na koniec naszyjnik, który znalazłem w plecaku Nevinsa, dokładnie odpowiada temu, który skradziono Elenie Travers.

– Czy są na nim odciski palców Nevinsa? – zapytałem.

– Doskonałe pytanie. Właśnie miałem do tego dojść. To bardzo ciekawe, ale nie ma na nim żadnych odcisków.

– Żadnych?

Nie odpowiedział. Chuck nie odpowiada na głupie pytania ani nie powtarza czegoś, co powiedział już wcześniej.

– Przepraszam – mruknąłem. – Powiedziałeś, że nie ma żadnych odcisków, ale przecież powinny tam być przynajmniej odciski Eleny.

– Nie, jeśli Nevins dokładnie wytarł ten naszyjnik, a każdy przeciętnie inteligentny przestępca zapewne by to zrobił.

Nie zgadzałem się z nim. Po co Nevins miałby wycierać ślady, jeśli zamierzał sprzedać naszyjnik Bassettom? To nie miało sensu. Ale nie warto było rozmawiać o tym z Chuckiem.

Naraz coś mi przyszło do głowy. Przymknąłem oczy, żeby nie zgubić tej myśli. Kylie i Dryden znali mnie wystarczająco dobrze, by się nie odzywać.

– Doktorze – powiedziałem powoli wciąż z zamkniętymi oczami. – Kiedy mówisz, że naszyjnik był wytarty do czysta, czy chcesz powiedzieć, że został wyczyszczony parą i wypolerowany, tak jak jubilerzy czyszczą brylantowe pierścionki?

– Och nie – odparł Dryden. – Pod tym względem naszyjnik jest brudny. Drogie kamienie przyciągają tłuszcz jak magnes. Właśnie dlatego radzi się kobietom, żeby wkładały biżuterię, dopiero kiedy już mają na sobie makijaż i perfumy. Kilka szmaragdów w tym naszyjniku straciło blask, zmatowiały od wydzielin skórnych, ale mimo to nie ma na nim żadnych odcisków palców.

Otworzyłem szeroko oczy.

– Pokaż mi zdjęcia z miejsca, gdzie zastrzelono Elenę Travers.

Dryden przerzucił stertę zdjęć i wybrał kilka, które przedstawiały martwą aktorkę leżącą na nowojorskim chodniku w białej sukni przesiąkniętej krwią. Na skórze miała głębokie zadrapania, które powstały, gdy zrywano z niej naszyjnik.

– Popatrz na to – powiedziałem postukując palcem w jedno ze zdjęć. – I na to, i na to. A teraz jeszcze raz obejrzyj pod mikroskopem ten naszyjnik za osiem milionów dolarów.

– O rany. – Dryden westchnął, bo zaczął rozumieć, o co mi chodzi.

– Sukinsyn – powiedziała Kylie za jego plecami. – Chuck, jeśli Zach ma rację, to mamy Maksa Bassetta na widelcu.

– O rany – powtórzył Chuck. – Wiem, czego chcesz poszukać, i mogę ci od razu podać odpowiedź: nie znajdziesz tego.

– Absolutnie żadnych śladów?

– Ani odrobiny. To również mogę powiedzieć przed sądem.

– Dzięki, ale nie wiem, jak sąd się odniesie do braku dowodów.

– Mimo wszystko, detektywie Jordan, pozwól, że zdejmę przed tobą kapelusz. Błyskotliwe rozumowanie. Szkoda tylko, że sam na to nie wpadłem. Brawo, sir.

Jego twarz znów się rozświetliła. Tym razem uśmiechał się do mnie.

ROZDZIAŁ SZEŚĆDZIESIĄTY DRUGI

– Sinatra miał rację – powiedziała Kylie. – Sobotni wieczór to najbardziej samotny wieczór w tygodniu.

– W takim razie masz szczęście, bo już za godzinę i dwadzieścia siedem minut będzie niedziela rano – odparłem.

Znów siedzieliśmy w trzewiach Szpitala Hudson, omiatając wzrokiem monitory i wypatrując, a raczej życząc sobie jakiegoś zamieszania. To była druga noc naszego czuwania, a co jeszcze ważniejsze, była to dwudziesta dziewiąta noc mojego trzydziestodniowego eksperymentu ze wspólnym mieszkaniem z Cheryl. Tymczasem znów spędzaliśmy wieczór osobno.

– Teraz uważajcie – odezwał się Frank Cavallaro.

Tak wiele różnych rzeczy działo się w wielkim medycznym kompleksie, że ktoś z wewnątrz musiał nam wskazywać wszystko, co odbiegało od normy. Frank czuwał z nami, a jego zastępca siedział tu podczas dziennej zmiany.

– Stacja czternasta, kamera trzydziesta trzecia. – Wskazał ekran.

Na rampę załadunkową wjeżdżała tyłem ciężarówka z pięciometrową skrzynią. Była zupełnie biała, tylko po jednej stronie widniał czerwony napis: „Wywóz odpadów medycznych".

– O co chodzi? – zapytałem. – Nie rozpoznajesz tego samochodu?

– To firma, która zwykle wywozi nasze odpady – powiedział Cavallaro. – Ale jest dopiero wpół do jedenastej. Nie powinno ich tu być aż do trzeciej nad ranem, kiedy po szpitalu kręci się najmniej pacjentów. Ludzie są wystraszeni, gdy widzą, jak korytarzem jedzie kontener z napisem „Odpady zakaźne".

Włączyłem radio.

– Do wszystkich jednostek, tu oddział ratowniczy jeden. Pomarańczowy kod przy stacji czternastej. Czternastka, jego nie powinno tu być do trzeciej po północy. Dowiedz się, o co chodzi.

Włączyliśmy dźwięk z monitora. Strażnik przy rampie załadowczej – sierżant służb ratowniczych – podszedł do ciężarówki od strony kierowcy z podkładką na dokumenty w ręku.

– Śpieszy wam się do domu? – zapytał. – Jesteście cztery godziny za wcześnie.

– Jeden z naszych samochodów wypadł z rozkładu, więc musimy zrobić dwie trasy – wyjaśnił kierowca. – Nie musi się pan martwić, że dotrzemy do domu za wcześnie. Za cztery godziny będziemy na Brooklynie.

– Czternastka, przepuść ich – powiedziałem.

– Nie moja sprawa. – Strażnik wzruszył ramionami. – Róbcie, co macie robić. – Wrócił do budki przy rampie i wziął do ręki gazetę.

Kierowca wysiadł, a za nim jeszcze trzech innych mężczyzn. Wszyscy mieli na sobie białe kombinezony z tyveku z kapturami, maski na twarzach i rękawice. Opuścili hydrauliczną rampę, otworzyli tylne drzwi, weszli do skrzyni samochodu i wytoczyli stamtąd duży metalowy pojemnik, również oznakowany napisem „Odpady medyczne".

– Nie są prawdziwi – powiedział Cavallaro. – Po pierwsze przesadzili ze strojami. To jest szpital, a nie Czarnobyl. Po drugie, wystarczyłoby im kilka stupięćdziesięciolitrowych pojemników. Ciekawe, gdzie ukradli ten kontener. Można by do niego wpakować ze cztery lodówki... albo mammograf 3D.

Czterej mężczyźni szybko przeszli przez korytarze i wyminęli kilka wind, aż dotarli do tej, która mogła ich zabrać bezpośrednio tam, gdzie zamierzali dotrzeć.

Ze względu na regulamin dotyczący prywatności żadna z kamer za rampą załadowczą nie przekazywała dźwięku, ale widzieliśmy każdy ich krok na ekranach. Gdy dotarli na trzecie piętro, ostatnią przeszkodą oddzielającą ich od mammografu były wielkie, podwójne metalowe drzwi zamknięte na skobel z kłódką.

– Mógłbym otworzyć tę kłódkę nawet szpilką – powiedział Cavallaro. – Wisi tylko po to, żeby odstraszać wścibski personel, który chciałby zobaczyć, jak idzie remont.

Czwórka śmieciarzy medycznych nie potrzebowała nawet szpilki. Mieli ze sobą przecinak do metalu, więc już po chwili znaleźli się w remontowanym korytarzu. Podjechali do jednego z mammografów i otworzyli klapę kontenera. Kierowca wyciągnął walkie-talkie, zdjął z twarzy maskę i zaczął coś mówić.

– Z kim on rozmawia? – zdziwiła się Kylie. – Czy to możliwe, żeby mieli jeszcze kogoś w szpitalu?

Wszystkie monitory zamigotały i obraz zmienił się w szarobiały śnieg. Po chwili ekrany zgasły zupełnie.

– Cholera! – wrzasnął Cavallaro. – Jak oni, do diabła, to zrobili? Złapałem za nadajnik.

– Wszystkie jednostki, czerwony alert! Straciliśmy kontakt wizualny. Mamy czterech podejrzanych w białych kombinezonach. Zamknąć szpital. Powtarzam: zamknąć wszystkie wyjścia.

Wybiegłem z pokoju ochrony, a Kylie tuż za mną. Sobotnia noc nie wydawała nam się już samotna.

ROZDZIAŁ SZEŚĆDZIESIĄTY TRZECI

W idealnym świecie udałoby nam się śledzić kradzież na ekranach na tyle długo, by zdobyć rozstrzygające dowody intencji tych czterech, które wystarczyłyby sądowi. Nie mieliśmy aż tyle, ale gdy odcięli zasilanie, nie było się nad czym zastanawiać. Zabawa w kotka i myszkę zmieniła się w polowanie.

Miałem ludzi na trzecim, czwartym i piątym piętrze. Biegnąc razem z Kylie po schodach, wydałem rozkaz, by wszyscy zgromadzili się na drugim.

Pierwsze strzały rozległy się, gdy byliśmy w holu na parterze, a po chwili odezwało się radio:

– Strzały na drugim piętrze. Podejrzani rozdzielili się i uciekają. Ścigam jednego, który biegnie do góry. Pozostali zniknęli.

Korytarz był dobrze obsadzony. Wbiegliśmy na pierwsze piętro i zobaczyliśmy mężczyznę w białym kombinezonie, który biegł korytarzem. Wyciągnęliśmy pistolety i Kylie wrzasnęła:

– Policja! Zatrzymaj się! Rzuć broń!

Nie zatrzymał się, ale coś upuścił, tylko że to nie był pistolet. Na widok czarnego cylindra, który toczył się w naszą stronę, Kylie i ja padliśmy na posadzkę. Cylinder eksplodował w oślepiającym rozbłysku światła. W pustym korytarzu odbił się głośnym echem rozdzierający bębenki uszu huk.

Granaty błyskowe nie wyrządzają poważniejszych obrażeń, ale choć nie mają siły destrukcyjnej, nadrabiają to, ogłuszając wszystkich, którzy znajdą się w zasięgu wybuchu. Przez jakieś pięć sekund zupełnie nic nie widziałem. Próbowałem się podnieść, ale nogi nie chciały mnie utrzymać i dzwoniło mi w uszach. Pomogłem Kylie wstać, ale zanim oprzytomnieliśmy, nasz cel znajdował się już na drugim końcu korytarza. Dobiegliśmy tam akurat w porę, by zobaczyć, jak wpada do pokoju pielęgniarek i zdejmuje ze ściany gaśnicę. Zatrzymaliśmy się po obu stronach drzwi.

– Nie masz dokąd uciec! – wykrzyknęła Kylie, oddychając ciężko. – Wyjdź z podniesionymi rękami!

W odpowiedzi usłyszeliśmy wystrzał. Kula nie wyrządziła żadnych szkód, ale stanowiła jasny przekaz, że nasz przeciwnik nie zamierza się poddać bez walki. Usłyszeliśmy brzęk rozbijanego szkła. Potem zapadła cisza.

Po dziesięciu sekundach Kylie pochyliła się nisko, wsunęła głowę do pokoju i zaraz ją cofnęła.

– Wyskoczył przez okno.

– To dwa piętra – powiedziałem, wchodząc do środka.

– Nie – powiedziała, gdy wyjrzała przez rozbite okno. – Tuż pod nami jest daszek nad wejściem na oddział ratunkowy. Dlatego przybiegł właśnie tutaj.

Rozbił okno gaśnicą. Ostre odłamki szkła, sterczące z dolnej części ramy, były zakrwawione.

– Zdaje się, że mocno się pokaleczył – zauważyła Kylie, sięgając po gaśnicę. – Może go to trochę spowolni. – Rozbiła sterczące resztki szyb i również wyskoczyła przez okno.

Poszedłem w jej ślady. Daszek znajdował się dwa metry niżej i doskonale było z niego widać całą okolicę. Dostrzegłem rzucający się w oczy biały kombinezon jedną przecznicę dalej. Zbiegał po schodach na stację metra przy Grand Street.

Zeskoczyliśmy z daszku na dach stojącej pod nami karetki, stoczyliśmy się po niej od tyłu i pobiegliśmy w stronę stacji. Przy wejściu usłyszeliśmy odgłos wjeżdżającego pociągu. Zbiegliśmy po schodach, przeskakując przez kołowroty. Z pociągu wysiadło kilkanaście osób. Szybko obrzuciliśmy je wzrokiem, na wypadek gdyby uciekinier próbował się wtopić w tłumek wysiadających, ale nie dostrzegliśmy go. Wszyscy, którzy czekali na pociąg, zdążyli już wsiąść, na pustym peronie został tylko zmięty biały kombinezon. Od przepastnych ścian stacji odbił się głos konduktora:

– Proszę uważać na zamykające się drzwi.

Zablokowałem sobą drzwi i wraz z Kylie wcisnęliśmy się do ostatniego wagonu. Jakaś kobieta zauważyła pistolety i zaczęła krzyczeć.

– Policja! – zawołałem, wyciągając odznakę. – Proszę zostać na miejscach.

Był sobotni wieczór, więc w wagonie tłoczyli się młodzi ludzie, a także zwykła mieszanka rozmaitych nowojorczyków, których można spotkać na każdej linii metra.

– Jeśli nie znajdziemy go przed następną stacją, to go zgubimy – powiedziała Kylie.

– Zrzucił kombinezon, ale nawet nie wiemy na pewno, czy jest w tym pociągu.

– Wiemy. – Wskazała podłogę.

Pochyliłem się niżej i spojrzałem uważnie. Ślad był mały, nie większy od dziesięciocentówki, ale świeży i czerwony.

Krew.

ROZDZIAŁ SZEŚĆDZIESIĄTY CZWARTY

Otworzyliśmy drzwi następnego wagonu i szliśmy przed siebie, aż zobaczyliśmy kolejną kroplę krwi.

– Następny przystanek Broadway-Lafayette – zabrzmiało z głośników.

– Nie zdążymy przeszukać całego pociągu, zanim dojedziemy do stacji – powiedziałem.

– W takim razie musimy sobie zapewnić więcej czasu. – Kylie przycisnęła czerwony guzik alarmowy.

– Mówi konduktor – odezwał się kobiecy głos. – Co się stało?

– Tu detektyw Kylie McDonald, NYPD. Proszę zatrzymać pociąg.

– Za niecałe trzydzieści sekund będziemy na stacji. Czy to może zaczekać?

– Nie! – wybuchnęła Kylie. – W pociągu znajduje się uzbrojony zbieg. Proszę w tej chwili zatrzymać.

Po chwili rozległ się pisk hamulców.

Z pistoletami w rękach i odznakami na wierzchu szliśmy śladem krwi. Gdy weszliśmy do następnego wagonu, nad naszymi głowami zadudnił głos konduktorki:

– Szanowni państwo, przepraszamy za opóźnienie, ale pociąg został zatrzymany z powodu akcji policyjnej. Proszę zachować spokój. Wkrótce podamy następny komunikat.

– Jasna cholera – parsknęła Kylie. – Jeśli jeszcze nie wiedział, że za nim idziemy, to teraz już wie.

Otworzyliśmy drzwi czwartego wagonu. Nikt się nie odezwał, ale kilku przejętych nowojorczyków wskazało nam okno z wyjściem awaryjnym, które zostało wypchnięte na zewnątrz.

Wskoczyłem na siedzenie, przeszedłem przez otwór i znalazłem się na chodniku serwisowym biegnącym wzdłuż torów. Kylie zrobiła to samo. Powinniśmy wezwać posiłki, ale nasze radio nie działa pod ziemią. Byliśmy zdani na własne siły.

W niemal całkowitej ciemności szliśmy powoli nisko pochyleni, wiedząc, że gdzieś w pobliżu czai się uzbrojony mężczyzna i może otworzyć do nas ogień z każdego mrocznego zakamarka.

Usłyszałem za sobą jakiś dźwięk. Obróciłem się i wycelowałem pistolet w postać, która zbliżała się do nas poprzez mrok.

– NYPD! – krzyknąłem. – Na ziemię. Już!

– Nie strzelajcie, nie strzelajcie, to tylko ja. To tylko ja.

„Tylko ja" to była młoda Latynoska w konduktorskim mundurze.

– Proszę natychmiast wracać do pociągu – rozkazałem jej.

– Maszynista właśnie skontaktował się ze mną przez radio – powiedziała, oddychając ciężko. – Nie strzelajcie. Ten facet jest przed pociągiem. Już prawie dotarł na stację. Ucieka.

Pobiegliśmy naprzód chodnikiem serwisowym, a gdy minęliśmy pierwszy wagon, przeskoczyliśmy na tory. Jakieś pięćdziesiąt metrów przed nami w stronę stacji kuśtykała samotna postać. Uciekinier oparł ręce o krawędź peronu, podciągnął się, zachwiał i plecami upadł na tory. Próbował się podnieść, ale zdążyliśmy przygwoździć go do ziemi.

– Wygraliście. – Rzucił pistolet na ziemię.

Miał jakieś trzydzieści lat, krótko przycięte jasne włosy i miłą białą twarz, która zapewne byłaby całkiem przystojna, gdyby nie wykrzywiał jej grymas bólu.

– Jak się nazywasz? – zapytałem.

– Rick Hawk. Czy możecie coś dla mnie zrobić, zanim zaczniecie przesłuchanie? Dosyć mocno krwawię.

Lewa nogawka dżinsów była przesiąknięta krwią.

– Pewnie przeciąłeś sobie żyłę – powiedziałem. – Gdyby to była tętnica, to już byś nie żył.

– Możecie mnie zabrać do szpitala?

– Jasne, panie Hawk – odrzekłem. – Musimy tylko sprawdzić, czy jest jeszcze jakiś szpital w tym mieście, który pana przyjmie.

ROZDZIAŁ SZEŚĆDZIESIĄTY PIĄTY

Podczas gdy Kylie i ja prowadziliśmy Ricka Hawka z powrotem do Szpitala Hudson, wyprowadzono stamtąd czwórkę jego wspólników, czyli trzech mężczyzn, którzy wysiedli z ciężarówki wywożącej odpady, oraz kobietę, która odłączyła kamery.

– To była udana noc dla nowojorskiej policji – powiedział Frank Cavallaro, gdy znów zebraliśmy się w jego gabinecie. – Żadnych ofiar, a najlepsze jest to, że rano, kiedy się obudzę, nadal będę dowodził ochroną w Szpitalu Hudson.

Jeden ze sprawców potrzebował transfuzji krwi, a pozostałych zabrano do Aresztu Centralnego. Postanowiliśmy z Kylie zakończyć na tym zmianę i przesłuchać ich później, przed południem.

Dotarłem do domu niedługo przed północą.

– Pół dniówki? – zapytał Angel, gdy wchodziłem.

Uśmiechnąłem się i odparłem pokusę, by zapytać, czy moja dziewczyna wciąż jest na górze, w moim mieszkaniu.

Nie było jej tam i nie zostawiła żadnej kartki.

Moje ubranie wyglądało i śmierdziało tak, jakby nosił je bezdomny z metra. Zrzuciłem je, wziąłem prysznic, włożyłem czyste bokserki i koszulkę, otworzyłem jogurt brzoskwiniowy, usiadłem na kanapie i włączyłem telewizor.

Było piętnaście minut po północy. Zaczynała się niedziela, trzydziesty dzień mojego skazanego na porażkę eksperymentu, żeby zamieszkać z kobietą, którą kochałem. Okres próbny się skończył, a ja wiedziałem, że zawaliłem sprawę.

Tak wygląda teraz twoje życie, Zachary, pomyślałem. Siedzę w mieszkaniu w samej bieliźnie, pstrykam pilotem i jem sfermentowane mleko z bakteriami oraz dowolnie wybranymi owocami. Żałosne.

Coraz bardziej pogrążałem się w użalaniu nad sobą, gdy drzwi mieszkania otworzyły się.

– Cześć.

To była Cheryl.

Wyprostowałem się na kanapie.

– Gdzieś ty, do diabła, była? Siedzę tu i czekam na ciebie przez cały wieczór!

Próbowałem zachować powagę, ale było to niemożliwe i wybuchnęliśmy śmiechem. Nie mogło to zmienić faktów, ale przynajmniej przełamało lody.

– Moja mama miała wolny bilet na *Pajace*, a że nie miałam nic lepszego do roboty, to poszłam – wyjaśniła.

– Pajace? Tak się wymawia nazwisko Pagliacciego, nowego gracza Knicksów?

Roześmiała się i usiadła na kanapie obok mnie.

– Wcześnie wróciłeś jak na całonocne czuwanie. Złapaliście tych złych ludzi?

– Aż pięcioro.

– Gratuluję, ale pewnie byłeś zbyt zajęty, żeby zastanowić się, co dalej z nami?

– Przeciwnie, o niczym innym nie myślałem.

– No i?

– Może najpierw ty powiesz, co postanowiłaś?

– Nie. Ty to zrób, Zach. Bądź mężczyzną.

– Kocham cię – powiedziałem. – I nie chcę cię stracić.

Położyła dłoń na moim kolanie.

– Też cię kocham i z całą pewnością nie chcę nigdzie się zgubić.

– Pamiętam, co powiedziałaś w piątek rano w bistro. Myślałem, że mieszkanie pod jednym dachem bardziej nas do siebie zbliży, ale okazuje się, że to tylko uwypukla fakt, jak wiele czasu spędzamy osobno. Zawsze wydawałaś się bardzo szczęśliwa, gdy wracałem do domu, ale nigdy nie przyszło mi do głowy, jak musisz się czuć, kiedy to ty wracasz do domu, a mnie tu nie ma.

– Czuję się bardzo samotna – powiedziała. – Wiem, że jestem w domu, ale mimo wszystko mieszkanie wydaje się bardzo puste.

– Dobrze, niech będzie. Biorę to na klatę – oznajmiłem. – Zdaję sobie sprawę, że znacznie lepiej było, gdy nie mieszkaliśmy razem, i gotów jestem wrócić do poprzedniego układu.

Na chwilę przymknęła oczy, po czym znów je otworzyła i uśmiechnęła się.

– Dobra decyzja. Myślę, że i ty, i ja będziemy szczęśliwsi.

Próbowałem odpowiedzieć jej uśmiechem, gdy mówiłem:

– W dodatku odzyskam swoje szuflady w komodzie.

– Nie wszystkie. – Otoczyła mnie ramionami. – To, że lubię budzić się we własnym łóżku, nie znaczy jeszcze, że chcę się tam budzić każdego ranka.

ROZDZIAŁ SZEŚĆDZIESIĄTY SZÓSTY

Istnieją policjanci, którzy po wyjaśnieniu głośnej sprawy pławią się w atmosferze sukcesu przez całą resztę kariery. Ponieważ właśnie zlikwidowaliśmy politycznie drażliwą szajkę przestępców, z największą przyjemnością pogrążyłbym się w euforii przynajmniej na kilka dni, ale pięć godzin po tym, jak przyłożyłem głowę do poduszki, pociąg, który wiózł mnie na rundę honorową, zupełnie się wykoleił.

Zadzwoniła moja komórka. To była Kylie.

– Co? – mruknąłem do telefonu.

– Cates właśnie dzwoniła. Mamy u niej być za dwadzieścia minut.

– Po co?

– Nie wiem. Powiedziała tylko: „Nie spóźnijcie się, bo Howard Sykes nie lubi na nikogo czekać".

Wyskoczyłem z łóżka i zacząłem wrzucać na siebie ubranie.

– Co się dzieje? – zapytała Cheryl rozespanym głosem.

– Nie mam pojęcia. Wiem tylko, że Howard Sykes chce się spotkać ze mną i z Kylie w gabinecie Cates.

– Po tym, co zrobiliście wczoraj w nocy, pewno chce wam dać klucze do miasta.

Spojrzałem na zegarek. Byłem absolutnie przekonany, że nikt nie rozdaje kluczy do miasta o szóstej dwadzieścia sześć rano.

Pojechałem taksówką na komisariat. Kylie już czekała na mnie przed budynkiem. Wbiegliśmy na górę po schodach i byliśmy w gabinecie Cates o szóstej czterdzieści cztery. Sykes już na nas czekał.

Cates pominęła zwykłą grę wstępną i spytała:

– Czy przesłuchaliście wczoraj Ricka Hawka?

– On nie był w stanie mówić – odparłem. – Stracił bardzo dużo krwi.

– A sprawdziliście jego nazwisko w bazach?

– Priorytetem było utrzymanie go przy życiu – wyjaśniła Kylie. – Oddziały, które dostaliśmy jako wsparcie, zatrzymały czworo innych sprawców, wszystkich przekazaliśmy do Aresztu Centralnego, żeby tam ich sprawdzili. A o co chodzi? Czy Hawk ma jakąś przeszłość?

Cates skinęła głową do Howarda Sykesa. Teraz to był jego show.

– Ma jedną wielką przeszłość – oświadczył. – Trzy lata temu sierżant Richard Hawk ocalił życie setek żołnierzy, partnerów koalicyjnych i cywilów, odpierając atak pół tuzina afgańskich zamachowców samobójców, którzy wdarli się do bazy NATO. Dostał za to Srebrną Gwiazdę. – Pokazał nam zdjęcie czterogwiazdkowego generała, który przypinał order do piersi Hawka. – Dwa lata temu Hawk wystąpił z wojska i od tamtej pory walczy o prawa weteranów. Krótko mówiąc, człowiek, którego aresztowaliście wczorajszej nocy, jest narodowym bohaterem.

Żołądek zacisnął mi się w supeł, jednak Kylie przyjęła te wiadomości dzielnie.

– Z całym szacunkiem, sir – powiedziała – ale narodowi bohaterowie nie kradną sprzętu medycznego wartego miliony dolarów.

– Tak, ale rozumuje pani jak policjantka.

– Zdawało mi się, że na tym polega moja praca, sir.

– Owszem. A moja praca polega na tym, żeby pomyśleć o reakcji publicznej na wiadomość, że elitarna jednostka mojej żony zamknęła amerykańskiego chłopca z plakatów.

– Sir, jestem patriotką do szpiku kości, ale Srebrna Gwiazda nie daje bezwarunkowego prawa do wyjścia z więzienia – najeżyła się Kylie. – Co mamy zrobić? Cofnąć aresztowanie?

– Powściągnij emocje, detektyw MacDonald – nakazała Cates. – Wczoraj w nocy mieliśmy problem policyjny i go rozwiązaliście. A teraz zanosi się na polityczną burzę i jeśli sądzisz, że to nie jest twój problem, to jesteś w niewłaściwej jednostce. Ta jednostka została założona po to, żeby służyć burmistrzowi. Gdy burmistrz ma problem, wszyscy mamy problem.

– Tak, proszę pani – zgodziła się Kylie, po czym całkiem jak nie ona dodała: – Przepraszam, Howard. Jak możemy pomóc?

– Nie wiem. – Sykes trochę bezradnie potrząsnął głową. – Ja się zajmuję marketingiem, a Muriel jest burmistrzem zaledwie od trzech miesięcy. Wcześniej była prokuratorem federalnym. I jej, i mnie zdarzało się już pływać z rekinami, ale tamte rekiny były bezzębne w porównaniu z tymi, z którymi teraz mamy do czynienia, a szczególnie z Wolochem.

– Dennis Woloch? – Skrzywiłem się, wymawiając to nazwisko.

Sykes skinął głową.

Woloch to koszmar każdego prokuratora, najskuteczniejszy obrońca w całym mieście, krzyżówka Clarence'a Darrowa z lordem Voldemortem. Jego zdumiewająca umiejętność hipnotyzowania dwunastu ludzi siedzących na ławie przysięgłych jest tak legendarna, że prasa nazwała go Czarodziejem. Ten przydomek jeszcze przydaje mu zagadkowości.

– Ta piątka ze Szpitala Hudson zatrudniła go – powiedziała Cates. – Dziś rano dzwonił do prokuratora. Chce, żeby miasto cofnęło oskarżenie.

– Cofnęło oskarżenie?! – nie zdzierżyła Kylie. – Pani kapitan, przyłapaliśmy ich na kradzieży sprzętu! Strzelali do nas!

– Okazuje się, że nie używali śmiercionośnej broni. Strzelali gumowymi kulami – stwierdziła Cates.

– Nie istnieje broń, która nie może stać się śmiercionośna.

– Czarodziej oświadczy, że to byli wyszkoleni snajperzy i używali broni tylko po to, żeby odstraszyć policję.

– A te szpitale, które okradli?

– Powiedział prokuratorowi, że zamierza użyć linii obrony Robin Hooda.

– Proszę mnie poprawić, jeśli się mylę – powiedziała Kylie, z trudem tonując szyderstwo w głosie – ale Robin Hood kradł bogatym i oddawał biednym?

– Tak, MacDonald. Czytałam książkę i widziałam film – odparła Cates. – Ale Woloch twierdzi, że Kongres pozostawał głuchy na prowadzoną przez sierżanta kampanię na rzecz lepszej opieki zdrowotnej dla weteranów, dlatego Hawk i jego wesoła kompania postanowili zorganizować taką opiekę na własną rękę. Sprzęt, który ukradli, nie trafił na czarny rynek, tylko do podziemnego szpitala dla weteranów, który właśnie tworzą. Ława przysięgłych z pewnością to kupi.

– Ława przysięgłych? – powtórzył Sykes. – Właśnie po to ściągnęliśmy do tej sprawy Red, żeby nie trafiła do wiadomości publicznej. Jeśli ta sprawa trafi na pierwsze strony gazet, będzie to koszmar globalnych rozmiarów i polityczna katastrofa dla Muriel.

– Widzę możliwe rozwiązanie – powiedziałem.

– Proszę powiedzieć jakie. – Sykes odetchnął głośno.

– Nie spodoba się panu – zastrzegłem.

– Nieważne, czy mnie się spodoba. Ma się spodobać mojej żonie.

– Jej też się nie spodoba. Nie ma w tym żadnej politycznej finezji, tylko bardzo prosta i konkretna policyjna logika.

– Gówno mnie obchodzi polityczna finezja – powiedział Sykes. – Nie chcę tylko dopuścić do tego, żeby czarodziej Woloch zrobił z sierżanta Hawka współczesnego Robin Hooda, bo w takim wypadku moja żona wyjdzie na cholernego szeryfa z Nottingham.

ROZDZIAŁ SZEŚĆDZIESIĄTY SIÓDMY

– Ten człowiek wpadł po uszy w gówno – powiedziała Cates, gdy Howard Sykes opuścił gabinet. – Nie wiem, co on robi w marketingu, ale musi się jeszcze bardzo wiele nauczyć o minimalizowaniu szkód.

– Przynajmniej wystarczyło mu inteligencji, żeby dać nam zielone światło na pomysł Zacha – powiedziała Kylie.

– Życzę wam powodzenia – stwierdziła Cates. – Bystrzaki z Ligi Bluszczowej nie mają szans w starciu z takim ulicznym wojownikiem jak Woloch. Przeciągnie panią burmistrz przez rozżarzone węgle i zażyczy sobie gwiazdkę z nieba. To przebiegły sukinsyn.

– A skoro już mówimy o przebiegłości – odbiegłem od tematu – to Max Bassett łże, aż się kurzy.

– O czym? Przecież przyznał się, że zastrzelił Jeremy'ego Nevinsa.

– A dlaczego miał się nie przyznać? Ława przysięgłych nie skaże go za to, że zastrzelił intruza, który zabił jego brata w jego własnym domu.

– W takim razie na jaki temat łże?

– Twierdzi, że naszyjnik, który Chuck Dryden znalazł w plecaku Nevinsa, to ten, który został skradziony, kiedy zginęła Elena Travers.

– Firma ubezpieczeniowa to potwierdziła – zauważyła Cates.

– Niezupełnie. Jej eksperci potwierdzili tylko, że to naszyjnik, który ubezpieczyli. Skoro dostali go z powrotem, to nie muszą wypłacać ośmiu milionów odszkodowania, więc po co mieliby sobie zawracać głowę szczegółowym sprawdzaniem, czy to ten sam, który skradziono?

– Ten sam? Chcesz powiedzieć, że było tych naszyjników więcej?

– Tak sądzimy.

– W oparciu o co?

– W oparciu o fakt, że zeznania człowieka, którego brat leży w kałuży krwi i który właśnie zastrzelił sprawcę, nie mogą brzmieć tak gładko, jakby ćwiczył je przez kilka godzin. Wiedzieliśmy, że Max coś ukrywa, ale nie wiedzieliśmy co, więc poprosiliśmy Chucka, żeby sprawdził naszyjnik pod kątem śladów DNA. Zdjęcia z miejsca zbrodni pokazują, że podczas rabunku szyja i klatka piersiowa Eleny zostały pokaleczone, ale na naszyjniku, który był w plecaku Nevinsa, nie ma absolutnie żadnych śladów jej włosów, skóry ani krwi.

– A zatem Nevins – zaczęła Cates, wzruszając ramionami – kazał wyczyścić naszyjnik ciśnieniowo lub też zrobić coś innego, co robią jubilerzy, żeby przywrócić blask biżuterii.

– Naszyjnik nie był czysty. Dryden mówi, że była na nim gruba warstwa tłuszczu i wydzielin skórnych, ale absolutnie żadnych śladów DNA Eleny.

– To znaczy, że nigdy nie miała go na szyi. – Cates zaczęła łączyć wszystko w całość.

– Sądzimy, że Bassettowie dali Elenie kopię, a potem zaaranżowali kradzież, żeby zgarnąć ubezpieczenie za prawdziwy naszyjnik – powiedziała Kylie. – Skontaktowaliśmy się z detektywem, który zajmuje się wyłudzeniami ubezpieczeń. Okazuje się, że Bassettowie w ciągu ostatnich dwudziestu dwóch lat trzykrotnie zgłaszali kradzież biżuterii, za każdym razem w innej firmie ubezpieczeniowej, i za każdym razem dostawali pełną kwotę odszkodowania. Łączna wartość tych odszkodowań wyniosła dziewiętnaście milionów dolarów. Ta kradzież zapewne miała przebiegać w taki sam sposób jak poprzednie, ale wszystko się posypało, gdy Elena zginęła.

– Potem wszyscy zwrócili się przeciwko sobie – przejąłem opowieść od Kylie. – Nevins zastrzelił Davisa. Teddy Ryder zwiał z fałszywym naszyjnikiem, zapewne sądząc, że jest prawdziwy. Potem Nevins zabija Leo. I w końcu Max szczęśliwym zbiegiem okoliczności słyszy ich walkę, zabija Nevinsa i podrzuca do jego plecaka prawdziwy naszyjnik. Nie dostanie pieniędzy z ubezpieczenia, ale wszystko mu jedno, bo wygląda na to, że sprawa została schludnie zakończona, więc przestaje mu się palić pod nogami.

– A ponieważ jego brat nie żyje – dodała Kylie – Max stał się jedynym właścicielem firmy, co zapewne jest dla niego więcej warte niż osiem milionów.

– Czy możecie cokolwiek z tego udowodnić? – zapytała Cates.

– Jedyny sposób, żeby cokolwiek udowodnić, to znaleźć fałszywkę, którą miała na sobie Elena Travers.

– To znajdźcie ją, bo prokurator zabije was śmiechem, jeśli spróbujecie oprzeć sprawę na braku DNA. Wiecie w ogóle, gdzie szukać?

– Zaczniemy od Annie Ryder – powiedziała Kylie. – Jeśli naszyjnik ma jej syn, Teddy, to być może przekaże go nam, by zawrzeć układ.

– Porozmawiajcie z nią i sprawdźcie, czego chce – powiedziała Cates.

– Jeśli uda nam się ją znaleźć – odrzekłem. – Trup ściele się gęsto i możemy tylko mieć nadzieję, że Annie jeszcze żyje.

ROZDZIAŁ SZEŚĆDZIESIĄTY ÓSMY

Max Bassett zjechał z Taconic w stronę Shrub Oak i ucieszył się na widok czerwonego światła przy końcu zjazdu. Zatrzymał land rovera, zadowolony, że może jeszcze raz szybko zerknąć na *New York Post* leżący na fotelu pasażera.

Jego zdjęcie było na pierwszej stronie. Uśmiechnął się i po raz dziesiąty przeczytał nagłówek:

SŁYNNY MYŚLIWY UPOLOWAŁ ZŁODZIEJA NASZYJNIKA ELENY

Przerzucił kartki i przeczytał pierwsze zdanie artykułu wydrukowanego na stronie trzeciej:

Maxwell Bassett, znany z polowań na grubego zwierza jubiler gwiazd, dodał do swoich sukcesów tytuł bohatera, gdy śmiertelnie postrzelił Jeremy'ego Nevinsa, człowieka, który zabił wcześniej aktorkę Elenę Travers i brata Bassetta, Leopolda.

Samochód za nim zatrąbił. Max skręcił na zachód, na Route 6.

– Jestem bohaterem, Leo – powiedział na głos. – Szkoda, że cię tu nie ma, bo mógłbyś wydać przyjęcie na moją cześć.

Pięćdziesiąt minut jazdy z Manhattanu minęło jak jedna chwila, ale ostatni etap wymagał pełnej mobilizacji. Rzucił gazetę na podłogę samochodu, żeby się skoncentrować. Była wczesna wiosna i choć jezioro Mohegan już odtajało, na pięciokilometrowym odcinku krętej gruntowej drogi, która prowadziła do domu nad wodą wartego dwanaście milionów dolarów, nadal widoczne były pozostałości ostrej zimy.

Po dziesięciu minutach Max wprowadził land rovera do garażu i poszedł do hangaru na łodzie. Skeeter FX-21 odpoczywał od października, ale jeden telefon do wiernego dozorcy Toma Messnera wystarczył, by smukła dwudziestojednostopowa łódź była przygotowana na nowy sezon. Max otworzył chłodziarkę, którą Tom przytargał na pokład. W środku były kanapki z wołowiną, termos kawy i cygara, o które prosił, a także coś, czego Messner, który skończył tylko osiem klas, prawie nigdy nie zostawiał, czyli ręcznie napisana notatka:

Drogi panie Bassett, przykro mi z powodu pana brata Leo. Tom

– Z powodu mojego brata? – Max roześmiał się głośno. – Dobra wiadomość, Tom. Mój brat Leo nie będzie mi więcej zawracał głowy.

Uruchomił skeetera i powoli wyprowadził go na środek jeziora, zastanawiając się nad sekwencją zdarzeń, która miała miejsce od czasu, gdy był na łodzi po raz ostatni.

Wszystko zaczęło się pół roku wcześniej, podczas jednego z wystawnych i absurdalnie kosztownych przyjęć Leo, na które Sonia przyprowadziła Jeremy'ego Nevinsa. Max natychmiast zorientował się, co to za typ – łajdak o ładnej twarzy, gotów pójść do łóżka z każdym, kto może go wprowadzić w towarzystwo bogatych i wpływowych ludzi. Max przywitał się z nim chłodno, zauważając głodne spojrzenie Jeremy'ego, które zatrzymało się na jego zegarku Audemars Piguet z różowego złota i wysadzanego brylantami. Ładny i chciwy, pomyślał. Leo, jak można było się spodziewać, od pierwszej chwili zaczął się ślinić na widok chłopaka. Tego samego wieczoru bracia jak zwykle pokłócili się o franczyzę na nazwisko Bassett. Na koniec Leo wypadł z pokoju, wrzeszcząc:

– Po moim trupie!

A zatem niech będzie, postanowił Max. Następnego dnia zaprosił Jeremy'ego na lunch.

– Przejdźmy od razu do rzeczy – powiedział, gdy podano im drinki. – Mój brat jest tobą zauroczony. Chciałbym, żebyś gdzieś go zaprosił.

– Dlaczego on sam mnie nie zaprosi? – zapytał młody żigolak, popijając kir royale.

– Bo nie jest głupi. Jesteś od niego trzydzieści lat młodszy i absolutnie poza jego zasięgiem.

– To prawda. W takim razie dlaczego mam go gdzieś zapraszać tylko dlatego, że panu na tym zależy?

Max zdjął z przegubu zegarek za osiemdziesiąt tysięcy dolarów i przesunął go po stole.

– Bo sądzę, że doceniasz w życiu dobre rzeczy i zrobisz wszystko, co konieczne, by je zdobyć.

Maxwell Bassett tropił słonie w Afryce, nosorożce w Namibii i krokodyle na Nilu, toteż zastawienie pułapki na szczura nie było dla niego żadnym problemem. Jeremy drżącą ręką sięgnął po zegarek.

Potem sprawa była już prosta. Wystarczyło tylko podnosić stawki i wszystko szło gładko aż do chwili, kiedy Leo wpadł w histerię i odmówił wejścia do limuzyny. Przez to ci partacze, pomagierzy Jeremy'ego, zastrzelili niewłaściwą osobę. Jednak Max dostosował się do sytuacji i w czwartek wieczorem, w kuchni Leo, wszystkie fragmenty łamigłówki znalazły się na swoich miejscach. Pozostała tylko jedna rzecz: trzeba było znaleźć naszyjnik ze sztucznie wyhodowanych kryształów, zanim znajdzie go policja.

A potem, zupełnie nieoczekiwanie, to naszyjnik znalazł jego. Poprzedniego wieczoru Max dostał mejla ze zdjęciem fałszywki, słowami „do sprzedania" i numerem telefonu.

Zadzwonił. Sprzedającą była oczywiście Annie Ryder. Negocjacje z jej przygłupim synem byłyby łatwe, wystarczyłoby się zgodzić na dowolną cenę, a gdy już Max miałby naszyjnik w rękach, zapłaciłby Teddy'emu jedną kulą. Jeremy jednak uczulił go na spryt starej oszustki. Była zbyt bystra, by uwierzyć, że Max przyjmie ofertę bez żadnych negocjacji. Trzeba było się trochę potargować, aby myślała, że musi się postarać o te pieniądze, a potem pozwolić jej wygrać.

Potrzebował tylko odrobiny cierpliwości i drugiej kuli.

Na środku jeziora zgasił silnik. Łódź znieruchomiała. Max spojrzał na deskę rozdzielczą. Wskaźnik sondy głębinowej NorCross HawkEye powiedział mu, że w tym miejscu głębokość jeziora wynosi dwadzieścia metrów. To wystarczy, pomyślał. Teddy i Annie Ryder przyjadą tu o drugiej po południu. Zanim zapadnie zmierzch, znajdą się na dnie jeziora Mohegan z ciężarkami u stóp i rozciętymi brzuchami, żeby gazy pośmiertne nie wyciągnęły ich na powierzchnię.

Kilka dni później gliniarze oddadzą mu ciało Leo, on zaś będzie pozował reporterom na pogrzebie z poważną, zrozpaczoną twarzą. Potem podpisze kontrakt z Precio Mundo, a pierwszy stworzony dla nich wzór zadedykuje pamięci zmarłego brata.

Zapalił jedno z cygar, które zostawił mu Tom, i usiadł wygodnie, pławiąc się w kwietniowym słońcu. Polowanie niemal dobiegło końca.

ROZDZIAŁ SZEŚĆDZIESIĄTY DZIEWIĄTY

Annie Ryder uznała, że w alternatywnym świecie ona i Max Bassett mogliby stworzyć doskonały zespół. On był mistrzem w podrabianiu ekskluzywnej biżuterii, a ona – no cóż, ona była po prostu legendą.

Mogliby razem zarobić miliony, ale rzuciłaby go jak fałszywy czek w chwili, gdy zaczęła się strzelanina. Nie przeszkadzało jej całe to pieprzenie o łowach na grubego zwierza – to były typowo męskie zabawy, ale zabijając Elenę Travers, Bassett przekroczył granicę. Nie pociągnął za spust osobiście, ale wynajął Raymonda do brudnej roboty, przez co Teddy mógł zostać oskarżony o współudział w morderstwie.

Człowiek, który mógłby być jej partnerem, obecnie stał się jej największym wrogiem, i Annie Ryder zamierzała wyrównać z nim rachunki.

– Ta droga wygląda jak boisko hokejowe – powiedział Teddy, prowadząc zniszczoną furgonetkę chevroleta po oblodzonej drodze w stronę domu Bassetta.

Annie zauważyła na drzewie kamerę.

– Po prostu jedź powoli. I uśmiechnij się, jesteśmy w telewizji.

Prostoduszny Teddy zwolnił i uśmiechnął się.

– Tylko pamiętaj, masz się nie odzywać – przypomniała mu Annie, gdy zostawili samochód na parkingu i szli w stronę domu.

Teddy palcem nakreślił zygzak na ustach. Annie przycisnęła dzwonek. Max Bassett otworzył drzwi i obmacał Teddy'ego.

– Jest czysty. – Spojrzał na Annie. – A ty?

– Ja nie wierzę w pistolety – odparła. – Nie dotkniesz mnie nawet palcem, chyba że masz kobietę w ochronie.

Dla Maksa mogła mieć pod czerwono-czarną bluzą z logo Rutgers University nawet cały arsenał. Uznał, że i tak będzie martwa, zanim zdąży wystrzelić.

– Możemy porozmawiać u mnie.

Poprowadził ich korytarzem do grubych drzwi z hebanu, który własnymi rękami wyciął w indonezyjskiej dżungli, i wystukał kod na zamku cyfrowym. Drzwi otworzyły się, a gdy weszli do środka, zamknęły się za nimi i Annie usłyszała kliknięcie elektronicznego zamka. Pomyślała, że pod względem architektonicznym jest to wspaniały pokój – kamienny kominek wznosił się aż do samego dachu, przecinając ręcznie rzeźbioną w drewnie galerię skąpaną w miękkim świetle – ale całe to miejsce emanowało śmiercią. Na środku, szczerząc kły, stał zastygły w skoku biały tygrys. Ze wszystkich stron otaczały go dziesiątki innych wypchanych zwierząt, rogów i futer. Na ścianach wisiały głowy. To były trofea z całego życia, kolekcja człowieka, którego pasją było zabijanie innych żywych stworzeń.

Usiedli z Teddym na kanapie pokrytej skórą zebry, a Max zajął miejsce za biurkiem pokrytym skórą i wykończonym kością słoniową.

– Ile chcecie? – zapytał.

– Naszyjnik był ubezpieczony na osiem milionów – powiedziała Annie.

– Ten, który znaleziono. Pewnie już wiecie, że ten, który macie, to niewiele warta kopia.

– Bez przesady – z uśmiechem skwitowała Annie. – To prawdziwy Max Bassett, więc w żadnym wypadku nie jest bezwartościowy.

– Pochlebia mi pani i z pewnością taka jest pani intencja, ale nawet z etykietką z moim nazwiskiem wart byłby najwyżej sto tysięcy.

– Dlaczego mam wziąć sto tysięcy, skoro firma ubezpieczeniowa oferuje nagrodę w wysokości ćwierć miliona?

Max zacisnął zęby.

– Przykro mi to mówić, ale ponieważ naszyjnik został znaleziony, nagroda jest już nieaktualna.

– Mnie również bardzo przykro to mówić, ale naszyjnik, który znaleziono, to ten, który podrzucił pan Jeremy'emu po tym, jak go pan zabił, a nagrodę wyznaczono za naszyjnik, który został zerwany z szyi Eleny. Kamienie być może są fałszywe, ale jeśli obejrzy się go pod mikroskopem, to znajdzie się bardzo prawdziwe ślady krwi, skóry i DNA Eleny Travers. A to z pewnością jest dla pana warte więcej niż sto tysięcy dolarów, szczególnie teraz, gdy zamierza pan zawrzeć święty związek małżeński z ważnymi chłopcami z Precio Mundo.

Max zmusił się do uśmiechu.

– Widzę, że odrobiła pani lekcje.

– Zawodowi przestępcy zawsze odrabiają lekcje, panie Bassett. Wie pan, na czym polega pański problem? Ma pan złą duszę i czarne serce, ale brakuje panu umysłu kryminalisty. Zapłacił pan Raymondowi za zabicie Eleny i przez głupotę pańskiego myślenia mój syn jest poszukiwany za współudział w zabójstwie, więc niech pan nie oczekuje, że wykpi się pan tanio.

Max zerwał się z krzesła.

– Mam w sejfie trzy miliony dolarów. Dajcie mi naszyjnik i te pieniądze będą wasze, ale jedną rzecz chciałbym powiedzieć jasno. Nie zapłaciłem Davisowi za zabicie Eleny. To, co się zdarzyło, to był wypadek. Leo i ja przygotowaliśmy wyłudzenie odszkodowania, tylko że cały plan się rozsypał.

– Właśnie dlatego, sir, ja nigdy nie bawię się z bronią – odparła Annie. – Kiedy moje plany się sypią, nikt od tego nie ginie.

– Ma – odezwał się Teddy. – Chodźmy już. To wystarczy.

Annie trzepnęła go w tył głowy.

– Co ci mówiłam? Masz się nie odzywać.

– Nie rób tak, przecież nie powiedziałem nic złego. Powiedziałem tylko, żebyśmy już stąd poszli.

Nie, pomyślał Max. Powiedziałeś: „Chodźmy już, to wystarczy", i matka niedźwiedzica wyraźnie się zdenerwowała.

– Trzy miliony w gotówce – powiedziała Annie. – Niech pan przygotuje te pieniądze, a Teddy i ja pójdziemy po naszyjnik.

Zrób to, pomyślał znowu Max. Przynieś mi naszyjnik i zobaczymy, kto będzie wyglądał głupio, kiedy wpakuję kulę w twoją…

W tej właśnie chwili Max Bassett uświadomił sobie, że popełnił największy błąd w życiu. Polował, odkąd odrósł od ziemi na tyle, by utrzymać łuk i strzały, ale na długo przed tym, zanim nauczył się strzelać, ojciec nauczył go myśleć jak łowca:

– Nie chodzi o to, kto jest szybszy albo silniejszy, tylko kto jest sprytniejszy. Polowanie to starcie dwóch umysłów. Zwierzęta nie są głupie, Max. Są bardzo przebiegłe, dlatego nigdy nie lekceważ inteligencji swojej ofiary.

Annie Ryder była bardzo przebiegła – o wiele zbyt przebiegła, żeby dać mu naszyjnik i wierzyć, że uda jej się odejść z pieniędzmi. Nie przyszła tu po pieniądze. Przyszła po wyznanie, które właśnie udało jej się z niego wydobyć.

A jej syn, choć był głupi, wiedział, że dostali już to, po co przyszli. Tylko że zamiast utrzymać pokerową twarz tak jak matka, Teddy wypalił: „Chodźmy już, to wystarczy".

Stara kobieta i jej syn nie byli ofiarami, tylko przynętą, a Max nie był myśliwym. To na niego polowano.

ROZDZIAŁ SIEDEMDZIESIĄTY

– Mamy go – powiedziała Kylie, gdy Max Bassett przyznał, że Elena zginęła w wyniku próby wyłudzenia odszkodowania.

– Mamy go tylko na taśmie – zauważyłem. – Poczuję się lepiej, gdy będziemy go mieli w kajdankach.

Siedzieliśmy z tyłu furgonetki Teddy'ego Rydera i słuchaliśmy dialogu, który toczył się w domu nad jeziorem. Kilka godzin wcześniej zawarliśmy pakt z diabłem. W tym przypadku Zły przybrał postać miłej staruszki, która wyglądała tak, jakby przed chwilą zeszła z obrazu Normana Rockwella, ale negocjowała jak prawa ręka szefa mafii.

Annie wiedziała, że nie mamy wystarczających dowodów, by postawić Bassetta w stan oskarżenia, zaproponowała zatem, że pomoże nam go dostać w zamian za immunitet dla syna. Znając obowiązującą praktykę w tym względzie, równie dobrze mogłaby poprosić, żeby miasto zorganizowało paradę na cześć Teddy'ego Rydera, a już starszy asystent prokuratora okręgowego Mick Wilson absolutnie nie miał zwyczaju umarzać oskarżeń o współudział w morderstwie. Jednak w tym przypadku nawet nie mrugnął okiem.

Zamknięcie takiej płotki jak Teddy Ryder byłoby niemal niezauważalne w medialnej skali Richtera, ale skazanie głośnego nowojorczyka Maksa Bassetta odbije się głośnym echem na całym świecie. Mick z największą radością wymienił płotkę na grubą rybę i jestem pewien, że jak tylko dał nam zielone światło, zaczął się zastanawiać, który z gwiazdorów zagra go w filmie.

Naszym, czyli moim i Kylie zadaniem było aresztowanie Bassetta i postawienie mu jakiegoś zarzutu opartego na solidnych podstawach, to znaczy dającego się już w tej chwili udowodnić. Mieliśmy tylko trzy godziny na zorganizowanie całej operacji. Annie już wcześniej zgodziła się z nim spotkać o drugiej po południu, a prośba o opóźnienie spotkania natychmiast przesunęłaby strzałkę na jego liczniku zaufania na czerwone pole.

Pierwszym zadaniem było znalezienie odpowiedniego pojazdu. Departament miał całą kolekcję przerobionych furgonetek, które służyły do długotrwałej obserwacji i patrolowania miasta, ale ponieważ samochód musiał wyglądać tak, jakby mógł należeć do Teddy'ego, wybraliśmy chevroleta astro z napędem na cztery koła z dziewięćdziesiątego szóstego roku i kazaliśmy technikom uzbroić go w system dźwiękowy. Nie było tu kamer, ale do plusów należało zaliczyć to, że hamulce i ogrzewanie działały.

Mikrofony noszone na ciele z czasem zostały bardzo zminiaturyzowane, ale mimo wszystko łatwo je wykryć przy dokładnym obszukaniu informatora, toteż nie mogliśmy wyposażyć w mikrofon Teddy'ego, jednak Annie zapewniła nas, że Bassett jej nie dotknie.

– Nawet nie przyjdzie mu do głowy, że mogłam zawrzeć układ z gliniarzami – powiedziała. – Sama nie mogę w to uwierzyć.

Zasady były proste: mieli wejść, wydobyć z niego wyznanie, i wyjść.

– Potrzebne nam jakieś hasło na wypadek, gdyby sytuacja wymknęła się spod kontroli – powiedziała Kylie. – Jeśli coś pójdzie nie tak, proszę wypowiedzieć te słowa, a natychmiast przybiegniemy.

– Może „na pomoc"? – zaproponował Teddy.

– Dobrze myślisz, mały – powiedziała Annie do syna, po czym, gdy znalazł się poza zasięgiem głosu, zmieniła hasło na „gorąca czekolada".

Wszyscy czworo wsiedliśmy do gruchota i o pierwszej trzydzieści byliśmy na parkingu za salonem Audi przy Main Street w Mohegan Lake, czekając na spotkanie z zespołem patrolowym z Bronksu, który miał nas wspierać.

O pierwszej pięćdziesiąt dowódca grupy przekazał nam przez radio złe wiadomości.

– Zderzyliśmy się z jeleniem na Taconic. Dwóch moich ludzi jedzie do szpitala, a samochód nie nadaje się do użytku, dopóki nie wyciągną jelonka Bambi z osłony chłodnicy. Rozmawiałem z dyspozytorem. Mogą przysłać inną jednostkę do szesnastej zero zero.

Annie potrząsnęła głową.

– Nie, musimy jechać teraz.

– Nie możemy jechać – zaoponowałem. – On ma taki arsenał, że mógłby w pojedynkę zdobyć Alamo. Czekamy na posiłki.

– To czekajcie beze mnie. Jeśli zadzwonię do niego dziesięć minut przed umówioną porą i będę próbowała go namówić, żeby zaczekał jeszcze dwie godziny, to domyśli się, że coś jest nie tak. Wysadźcie mnie tam i pozwólcie zrobić to, co mam zrobić, a kiedy wyjdę, możecie czekać, ile tylko zechcecie, zanim zaczniecie szturmować ten zamek.

– Annie…

– Mówię poważnie, detektywie. Wczoraj wieczorem rozmawiałam z nim przez telefon. Jest bardzo ostrożny. Albo idziemy teraz, albo nasza umowa jest nieważna.

Blefowała. Gotowa była zrobić wszystko, żeby uchronić syna od więzienia, ale nie mogłem ryzykować. Spojrzałem na Kylie, ale nie było trudno przeniknąć jej myśli.

– Jedziemy – powiedziała, a Teddy ruszył z parkingu, żeby przebyć ostatnich pięć kilometrów dzielących nas od domu Bassetta.

Dwadzieścia minut później Annie zrobiła to, co miała zrobić, czyli wydobyła z Bassetta wyznanie. Teraz musieliśmy tylko zaczekać, aż nasza para informatorów wyjdzie z domu. I wtedy Teddy, który miał przykazane, żeby się nie odzywać, odezwał się w te oto słowa: „To już wystarczy".

– Czy Teddy właśnie powiedział Bassettowi, że mają wyznanie, po które przyszli? – spytała Kylie.

– Dla mnie tak to brzmiało – odparłem. – Ale my wiemy, o czym on mówi. Pytanie, czy Bassett to zauważy.

Spodziewaliśmy się, że Annie zapyta Bassetta, czy mógłby jej przynieść filiżankę gorącej czekolady, ale nie zapytała. A potem powiedziała:

– Teddy i ja pójdziemy po naszyjnik.

– Wychodzą – powiedziała Kylie. – Jesteś gotów?

– Nie czekamy na wsparcie?

– To zbyt ryzykowne. Jeśli ona zaraz nie wróci, to on się domyśli, że tu jesteśmy, i stracimy element zaskoczenia. Jak tylko Annie i Teddy będą bezpieczni, ty osłaniaj tyły, a ja pójdę od frontu i zdejmiemy go razem.

Usłyszeliśmy przez głośnik kroki. Annie i Teddy szli przez dom. Ale gdy drzwi się otworzyły, sygnał zaczął zanikać.

– Ubranie ociera się o mikrofon – powiedziała Kylie. – Na dworze jest bardzo zimno. Annie pewnie skrzyżowała ramiona na piersiach.

Z głośnika wciąż wydobywał się szum, a potem sygnał zupełnie zamilkł.

– Zgubiliśmy ją – powiedziałem.

– To nie ma znaczenia – oznajmiła Kylie. – Ona i Teddy wracają do samochodu, a Bassett pewnie siedzi w salonie z załadowaną strzelbą na słonia i czeka, aż dostanie w ręce…

Uderzenie zwaliło nas z nóg, zupełnie jakby nasza furgonetka zderzyła się z pociągiem. Potem się okazało, że to był land rover niemal równie potężny jak pociąg. Boczny panel wgiął się do środka i furgonetka przesunęła się po zamarzniętej ziemi. Żadne z nas nie było przygotowane na kolizję, więc wylądowaliśmy na twardej metalowej podłodze.

Zanim zdążyłem wstać, usłyszałem ryk silnika. Drugie uderzenie było jeszcze mocniejsze niż pierwsze. Furgonetka przewróciła się na bok, zachwiała i zaczęła się staczać ze zbocza, obracając się z boku na bok, aż w końcu zatrzymała się na czymś dużym, zapewne na drzewie.

Gdybym nie trzymał się poręczy zamontowanej w bocznej ścianie, rzucałoby mną jak szmacianą lalką w pralce, ale i tak miałem potłuczone lewe ramię i prawe kolano.

Kylie, która trzymała się od tyłu fotela kierowcy, miała mniej szczęścia. Jej oczy były szkliste, po twarzy spływała krew.

– Trzeba było poczekać na wsparcie – powiedziała.

ROZDZIAŁ SIEDEMDZIESIĄTY PIERWSZY

Gdy Max zrozumiał, że Ryderowie przyszli, by wyciągnąć od niego wyznanie, a nie pieniądze, sięgnął za plecy, wyjął pistolet i trzymając go o kilka centymetrów od głowy Annie, przyłożył palec wskazujący do ust.

Teddy myślał wolno, ale nawet on zrozumiał, co się dzieje, i zastygł.

Max ostrożnie podniósł skraj bluzy Annie. Nic dziwnego, że ta stara wrona nie chciała, żeby ją sprawdzał. Miała na sobie mikrofon.

Skierował pistolet na Teddy'ego i szepnął do ucha Annie:

– Ilu gliniarzy w samochodzie?

Podniosła do góry dwa palce.

Max Bassett przez całe życie był surwiwalowcem i zawsze przygotowywał się na ostateczność. Już od kilkudziesięciu lat był gotów na ten apokaliptyczny dzień, kiedy będzie musiał uciekać, by ocalić życie. Ale we wszystkich scenariuszach Armagedonów jako przyczynę ucieczki wyobrażał sobie inwazję obcych sił, naturalną katastrofę albo absolutny rozkład społeczeństwa. Nawet w najśmielszych fantazjach nie przyszło mu do głowy, że przechytrzy go sprytna stara wiedźma i jej syn idiota.

To jednak nie miało znaczenia. Był gotów. Trzymając ich na muszce, podszedł do szafy i wyjął podniszczony worek podróżny, który zjeździł z nim pół świata. W tym worku miał wszystko, czego potrzebował, by dotrzeć do fortecy, którą trzydzieści lat wcześniej zbudował pośród dziczy w Brytyjskiej Kolumbii.

Miał wielką ochotę wpakować kulkę w pustą czaszkę Teddy-'ego, ale potrzeba ciszy była większa niż potrzeba zemsty.

– Siedź tu i bądź grzeczny – szepnął mu do ucha. – Bo jak nie, to na pewno się domyślasz, co zrobię z twoją matką.

Teddy skinął głową, jego twarz przybrała kamienny wyraz. Bassett wyprowadził Annie z pokoju i zamknął za sobą drzwi. Gdy znaleźli się przed domem, poruszył nieco mikrofonem – na tyle, by przekonać dwoje gliniarzy, że Annie zmierza do furgonetki, a potem wyrwał mikrofon z przekaźnika i wrzucił w śnieg.

– Siadaj. – Otworzył drzwi po stronie kierowcy i wepchnął ją na fotel pasażera land rovera z napędem na cztery koła. – Zapnij pas. – Zapalił silnik.

To był głośny potwór, ale miał nadzieję, że gliniarze wciąż siedzą ze słuchawkami na uszach, próbując złapać sygnał od informatora. Nie będą nawet wiedzieli, co się stało. Silnik V6 o mocy trzystu czterdziestu koni zbudził się do życia.

Stara furgonetka znajdowała się trzydzieści pięć metrów dalej. Jej bok był dla land rovera doskonałym celem. Annie podniosła ręce, osłaniając głowę.

– Czego się boisz, babciu? – zapytał Bassett. – Jesteś młotkiem, a nie gwoździem.

– A jak myślisz, durniu, czego się boję? Jak wjedziesz w ten samochód, to udusimy się w poduszkach powietrznych.

– Naprawdę uważasz, że jestem taki głupi? – Bassett obrócił land rovera tyłem do chevroleta, wrzucił wsteczny bieg i przycisnął gaz. Pojazd o wadze dwóch i pół tony szarpnął się do tyłu, potoczył wzdłuż podjazdu i wbił się we wrażliwe miejsce samochodu dla dużej rodziny. Boczny panel wgiął się do środka. Furgonetka przesunęła się o kilka metrów po lodzie i choć land rover miał na liczniku pięćdziesiąt kilometrów na godzinę, poduszki powietrzne nie wybuchły.

– Jeszcze raz i powinno wystarczyć. – Zmienił bieg na jedynkę, podjechał do przodu, żeby zyskać trochę odległości, znów wrzucił wsteczny, przycisnął gaz i ponownie wbił się w uszkodzony samochód policjantów.

Tym razem potężny sześciostopowy tył rovera zrobił, co trzeba. Furgonetka obróciła się na dach, potem na bok i zachwiała się na skraju urwiska. Siła grawitacji zwyciężyła, Bassett w upojnym uniesieniu słuchał muzyki rozdzieranego metalu i tłukącego się szkła. Furgonetka staczała się ze wzgórza.

Nie tracił czasu, żeby sprawdzić, jak mu się udała robota. Nawet jeśli gliniarze w środku żyli, to z pewnością nie byli w stanie go ścigać.

Od schronienia, w którym zamierzał spędzić kilka następnych lat na polowaniu, łowieniu ryb i przestawianiu życia na nowe tory, dzieliły go pięć tysięcy siedemdziesiąt trzy kilometry.

Popatrzył na staruszkę siedzącą na miejscu pasażera. Ona nie miała dojechać tak daleko. Był pewien, że znajdzie jej jakieś spokojne miejsce nie dalej niż za sto kilometrów.

ROZDZIAŁ SIEDEMDZIESIĄTY DRUGI

Jasne włosy Kylie pokryte były czerwonymi smugami, na głowie miała rozcięcie o długości dziesięciu centymetrów.

– Sukinsyn nas zwiódł – powiedziała, ocierając rękawem krew z twarzy. – Nie pozwólmy mu uciec. Wezwij posiłki, szybko.

Sięgnąłem po radio i usłyszałem kogoś przy tylnych drzwiach. Furgonetka leżała na boku, więc ten ktoś, kto próbował otworzyć drzwi, musiał je dźwignąć w górę. Do środka wpadło dzienne światło. Ja i Kylie wyciągnęliśmy pistolety, wrzeszcząc jednym głosem:

– Nie ruszaj się!

– Nie strzelajcie, nie strzelajcie, to ja! – zwołał Teddy. – Nic wam się nie stało? Bassett ucieka! Musicie go złapać! – mówił, szaleńczo machając rękami i wskazując nam wszystkie kierunki naraz.

– Unieś ręce, żebym mógł je zobaczyć – powiedziałem. – Gdzie twoja matka?

Wyrzucił ręce nad głowę. Był zły, że mu nie wierzymy.

– Bassett wyciągnął pistolet i trzymał nas na muszce. Wziął Ma ze sobą, wsiadł do samochodu i dwa razy uderzył w wasz samochód. Strącił was ze wzgórza – opowiadał, jakby było to dla nas oczywiste.

– Wiesz, dokąd jedzie?

– A skąd mogę wiedzieć?! Znalazł mikrofon i jest wściekły na Ma. Ten facet to wariat! Mówiliście, że macie jakąś asekurację. Gdzie jest reszta policji?! – Był na krawędzi histerii, po jego policzkach strumieniami spływały łzy.

Odłożyłem pistolet.

– Dobra, uspokój się. Robimy, co możemy – powiedziałem. – Pomóż nam. Jaki on ma samochód?

– Srebrnego land rovera, ale nie strzelajcie do niego. W tym samochodzie jest Ma.

Włączyłem radio i wywołałem kod trzynaście – policjant potrzebuje pomocy. A bardzo jej potrzebowaliśmy. Zrelacjonowaliśmy dyspozytorowi, co się stało, oraz podałem opis zbiega, samochodu oraz zakładniczki. Wszystko szło gładko, dopóki nie podałem lokalizacji.

– Chcesz, żeby NYPD zareagowało na jakiś incydent na prowincji? – usłyszałem.

– Incydent?! – wrzasnąłem. – Ten maniak właśnie próbował zabić dwóch detektywów z NYPD! Mniejsza o jurysdykcję. Nie obchodzi mnie, kogo tu przyślesz. Morderca jest na wolności i ma zakładniczkę. Zawiadom miejscową policję, drogówkę, wsparcie z powietrza, wszystko jedno kogo. Każdego, kto może nam pomóc i odciąć mu drogę ucieczki.

Teddy patrzył na mnie, wciąż stojąc w tylnych drzwiach z rękami nad głową.

– Przyjadą?

– Wiem tyle co ty. Możesz opuścić ręce. Pomóż nam się wydostać z tej cholernej furgonetki.

Teddy przytrzymał drzwi, a my wyczołgaliśmy się na zewnątrz. Po wielu godzinach spędzonych w zamknięciu przyjemnie było znaleźć się na chłodnym powietrzu. Wyprostowałem się i mocno oparłem na prawym kolanie. Bolało, ale utrzymało mój ciężar.

Kylie usiadła na zwalonej kłodzie drewna, wzięła w rękę garść śniegu i przyłożyła do rozcięcia na głowie.

Moje radio zatrzeszczało. Odebrałem wiadomość od dyspozytora. Tym razem był to inny głos, starszy i spokojniejszy.

– Działamy, detektywie. Stanowi wysyłają helikopter, a miejscowy szeryf ustawia zapory na wszystkich wjazdach na Taconic w promieniu dwudziestu pięciu kilometrów w obie strony.

– To nie pomoże – odrzekłem. – Ten facet jest na drodze dojazdowej. Tam się wolno jedzie. Najlepiej byłby odciąć mu drogę już teraz. Ile czasu potrzebujecie, żeby postawić ludzi w miejscu, gdzie Lakeshore Drive przecina się z Mohegan Avenue?

Nastąpiła długa chwila ciszy, po czym usłyszałem:

– Mogę tam skierować policję hrabstwa. Powinni być na miejscu za dwanaście minut.

– Do tej pory on już będzie Bóg wie gdzie i na pewno nie będzie próbował wjeżdżać na Taconic. Zna wszystkie boczne drogi, przejazdy i ścieżki w promieniu wielu kilometrów. Powiedz stanowym, że potrzebujemy helikoptera już teraz, bo inaczej go zgubimy.

Odłożyłem radio i zburzyłem spokój lasu długim strumieniem mocno nacechowanych treścią słów.

– Co się dzieje? – dopytywał się Teddy.

Nie byłem w nastroju, żeby odpowiadać na jego nieustające pytania.

– Próbujemy ściągnąć jakiś oddział na drugą stronę jeziora, zanim Bassett tam dotrze, ale w całym stanie Nowy Jork nie ma żadnego policjanta, który byłby wystarczająco blisko. To się dzieje.

– To może wy sami pojedziecie? Obiecuję, że nie będę próbował uciekać. Poczekam na was tutaj.

– Nie możemy pojechać, Teddy – powiedziałem. – Może zauważyłeś, że nie mamy samochodu.

– No tak. – Teddy zastanawiał się przez kilka sekund, aż wreszcie powiedział: – Mam pomysł.

– Jaki? – parsknąłem, do reszty tracąc cierpliwość.

– Skoro chcecie się dostać na drugą stronę jeziora, to może weźmiecie łódź pana Bassetta?

ROZDZIAŁ SIEDEMDZIESIĄTY TRZECI

– Skąd mieliśmy wiedzieć, że on ma łódź? – mruknęła Kylie, gdy gramoliliśmy się w górę po stromym zboczu. – Przecież w tej ciężarówce musieliśmy działać na ślepo.

– No tak, jasne – powiedziałem. – Dom milionera położony nad jeziorem. W końcu nie jesteśmy wyszkolonymi detektywami.

Teddy pomógł nam wejść na szczyt zbocza, a potem na drogę dojazdową.

– To tam. – Wskazał krytą wiatę obok garażu.

Kylie i ja działaliśmy na czystej adrenalinie. Biegiem dotarliśmy do pomostu, przy którym kołysała się smukła czerwona łódź z kluczykami w stacyjce, i wskoczyliśmy do środka. Kylie włączyła silnik i pochyliła się nad przepustnicą.

– Bassett ma przewagę w czasie! – wrzasnęła. – Ale musi najpierw pokonać pięć kilometrów bardzo złej drogi.

Prześliznęliśmy się przez jezioro z prędkością stu dziesięciu kilometrów na godzinę, błyskawicznie dotarliśmy do północnego krańca. Kylie, która prowadzi łodzie równie wariacko jak samochody, zgasiła silnik w ostatniej możliwej sekundzie. Skeeter wsunął się między zamarznięte wodorosty i oparł o poręcz oddzielającą jezioro od Mohegan Avenue.

– Mieliśmy szczęście! – wykrzyknęła, przeskakując poręcz, i pobiegła w stronę ciemnozielonej półciężarówki forda zaparkowanej w zatoczce. Na boku ciężarówki znajdował się złoty napis: „Straż Ochrony Przyrody stanu Nowy Jork".

Straż Ochrony Przyrody, która powstała ponad sto lat temu dla celów ochrony zwierzyny łownej i ryb, wciąż skupia się przede wszystkim na walce z degradacją środowiska, ale obecnie jest dobrze uzbrojona i wyposażona, a także ma prawo reagować na łamanie wszelkich praw stanowych.

Policjant, który wysiadł z ciężarówki, był wysoki i chudy jak tyczka do fasoli. Szyję również miał nieprzeciętnie długą, podbródek z kolei mniejszy niż przeciętny, a do tego standardowe ciemne okulary marki Oakley.

Błysnęliśmy odznakami i podaliśmy nazwiska oraz funkcje.

– John Woodruff – przedstawił się. – Czego NYPD szuka na prowincji?

– Widział pan może srebrnego land rovera, który wyjechał z Lakeshore Drive? – zapytałem.

– To był Bassett – odrzekł. – Przejeżdżał tędy jakieś pięć minut temu. Miał pasażerkę na przednim fotelu. Co się dzieje?

– Ta pasażerka jest zakładniczką, a Bassett jest ścigany za morderstwo.

– Parę afrykańskich krajów chętnie by go postawiło przed sądem za zabijanie zagrożonych gatunków – stwierdził Woodruff. – Ale jak rozumiem, mówicie o zamordowaniu człowieka?

– Kilku osób – uściśliłem. – Będziemy musieli zabrać pański samochód.

– Proszę bardzo, detektywie, ale jeśli nie wiecie, co robicie, to go nie złapiecie.

– Dlaczego? – obruszyła się Kylie, wsiadając do pikapa. – Bo jesteśmy policjantami z miasta?

– Nie, proszę pani. Znam bardzo bystrych policjantów z miasta. Tylko że trudno jest złapać kogoś, kto nie ucieka.

– Co to ma znaczyć?

– Bassett to wariat, ale nie jest głupi. Ma kryjówki stąd aż do Saskatchewan. Przywaruje w którejś i poczeka, aż uda mu się zwinąć samochód jakiemuś pijanemu wędkarzowi, a potem będzie się przemieszczał między jedną kryjówką a drugą, aż wreszcie dotrze do swojego pałacu, który zbudował sobie na odludziu Bóg wie gdzie.

– Nie ukryje się – powiedziała Kylie. – Mamy wsparcie z powietrza, wywołamy K9…

– Helikoptery, psy? Teraz mówi pani jak miejski policjant, i to nie z tych bardziej bystrych.

– A co pan proponuje? – zapytała.

– Ja? – Zdjął okulary. Oczy miał ciemnoniebieskie, a ich spojrzenie było jednocześnie władcze i uspokajające. Bez żadnych wątpliwości to była najładniejsza część jego osoby. – Nie traćcie czasu, złapcie go, zanim gdzieś przywaruje. A ponieważ nie wiecie, gdzie go szukać, to proponuję, żebyście wzięli ze sobą kogoś, kto mieszka tu od trzydziestu czterech lat, jest wyszkolonym policjantem i potrafi z pięćdziesięciu metrów trafić wiewiórkę w czubek ogona.

– Niech pan wsiada. – Kylie wskazała głową fotel pasażera.

Jednak Woodruff otworzył drzwi po stronie kierowcy.

– Z całym szacunkiem, ale może to pani się przesunie.

Przesunęła się. Dwoje miejskich policjantów i facet z prowincji ruszyli w stronę lasu śladem Rambo-milionera.

ROZDZIAŁ SIEDEMDZIESIĄTY CZWARTY

Woodruff prowadził jedną ręką, a drugą naciskał przyciski na komórce.

– Andy – powiedział. – Mam w samochodzie dwóch detektywów z NYPD. Szukają Rzeźnika. – Pauza. – Nie, morderstwo i porwanie. Ma w land roverze zakładniczkę. Sześć minut temu przejechał obok mnie na Mohegan. Jeśli uda mu się dotrzeć do jaskiń przy California Hill, to już go stamtąd nie wydłubiemy. Weź radio i powiedz, żeby odcięli Peekskill Hollow przy Tompkins Corners. – Kolejna pauza. – Nie, nadaj to w eter, głośno i wyraźnie. On ma nasłuch, a my chcemy, żeby wiedział, że jest odcięty. To go zmusi, żeby przywarował gdzieś już teraz. Jeśli jest coś, czego nie powinien usłyszeć, to użyj komórki. – Wyłączył telefon.

– Rzeźnik? – powtórzyła Kylie.

– A jak inaczej można nazwać człowieka, który zapłacił trzydzieści tysięcy dolarów, żeby zabić żyrafę, która karmiła młode? A potem zrobił sobie zdjęcie, stojąc nad nią z winchesterem magnum .458.

– A pan poluje? – zapytała Kylie.

– Od dziecka. Strzelam do tego, do czego wolno strzelać, i zjadam to, co upoluję. Ale ludzie tacy jak Bassett szukają tylko adrenaliny. Im rzadszy gatunek, im bardziej chroniony, tym większa żądza krwi. – Potrząsnął głową z niesmakiem. – Łowi pani ryby?

Kylie popatrzyła na niego takim wzrokiem, jakby właśnie ją zapytał, czy zajmuje się haftem.

– Nie.

– Właśnie zaczął się sezon na pstrąga. Gdyby miała pani kiedyś ochotę odpocząć od stresu wielkiego miasta, niech pani tu przyjedzie. Zabiorę panią na jezioro. Przyjedźcie oboje – dodał szybko, by nikomu nie przyszło do głowy, że podrywa policjantkę w trakcie pościgu za zabójcą.

Radio było ustawione na uniwersalną częstotliwość policji, więc docierały do nas skrawki różnych rozmów. Wszystkie elementy zaczynały się zazębiać. Helikopter był już w powietrzu, Taconic była pod obserwacją, a przy Tompkins Corners stała zapora. Woodruff prowadził bardzo pewnie, bez wahania biorąc kolejne zakręty.

– Wie pan, dokąd on jedzie, tak? – domyśliłem się.

– Przypuszczam, że tak. Jestem strażnikiem przyrody w czwartym pokoleniu, detektywie. Mojego pradziadka zamordował kłusownik w tysiąc dziewięćset dziewiętnastym. Już od lat miałem Rzeźnika na oku. Znam jego zwyczaje i kryjówki. Jeśli uda się go dopaść, będzie to dla mnie zaszczyt i przywilej.

Jechaliśmy dwupasmową drogą przecinającą gęsty las. Właśnie zmieniała się pora roku. Ziemia w większej części pokryta była jeszcze śniegiem. Zima obwieszczała, że nie jest gotowa ustąpić, ale malutkie zielone pączki oraz fioletowe i białe krokusy mówiły co innego.

Woodruff zwolnił do trzydziestu. Trzy razy zatrzymywał samochód, wysiadał i rozglądał się, po czym jechaliśmy dalej. Za czwartym razem podszedł do zatoczki, podniósł coś z ziemi i wrócił.

– Z tego miejsca odchodzi stara przecinka. Używamy jej jako drogi pożarowej. Biwakowicze i myśliwi, którzy o niej wiedzą, korzystają z niej, żeby oddalić się od drogi na kilka kilometrów. Widzę na niej świeże ślady opon i znalazłem jeszcze to.

W ręku trzymał kuleczkę czerwonej bawełny.

– To wygląda jak zmechacenia z tkaniny. Zakładniczka miała na sobie bluzę w tym kolorze – powiedziała Kylie. – Pewnie skubała bluzę i wyrzuciła to przez okno.

– Idę to sprawdzić – powiedział Woodruff.

– Idziemy z panem – odrzekła Kylie.

– Ja mam kamizelkę kuloodporną.

– A jak się panu wydaje, co to jest? – Klepnęła się w pierś.

– Kevlar. Wystarczy na broń małego albo średniego kalibru, ale Bassett na pewno ma przy sobie strzelbę na grubego zwierza. Ja mam ceramiczną kamizelkę, mogę się wystawić, a wy nie.

– Jeśli będzie celował w głowę, to żadne z nas nie może się wystawić – odparła Kylie. – To nasz show. Nie będziemy siedzieć przy drodze i patrzeć, jak rozgrywa się bez nas. Ruszajmy się i załatwmy go wreszcie.

– Tak, proszę pani. – W oczach Woodruffa błysnęło uznanie.

Ten błysk pojawił się tylko na krótką chwilę, ale zauważyłem go. Widywałem już podobny wyraz w oczach innych mężczyzn, kiedy uświadamiali sobie, że odwaga detektyw Kylie MacDonald dorównuje jej urodzie.

Miałem wrażenie, że propozycja wyprawy na ryby jeszcze się pojawi, ale tym razem na liście zaproszonych nie będzie mojego nazwiska.

ROZDZIAŁ SIEDEMDZIESIĄTY PIĄTY

– Będziemy potrzebowali broni. – Woodruff zdjął z wieszaka półautomatyczny karabinek smith & wesson .308 i taktyczną strzelbę mossberg 500. – Które z was lepiej strzela?

Wskazałem na Kylie. Wzięła mossberga.

– Wielu myśliwych zakłada kamery przy ścieżkach – powiedział Woodruff. – Tę, na tym drzewie, założył pewnie Bassett. Jeśli czujnik ruchu nas zauważy, natychmiast wyśle zdjęcie na jego komórkę. Zasięg czujnika wynosi jakieś dwadzieścia pięć metrów, więc nie podchodźcie bliżej.

Choć wskazywał wprost na kamerę, ledwie ją dostrzegłem. Była zakamuflowana i stapiała się z korą drzewa.

– Może będzie nam pan wskazywał kamery po drodze?

Woodruff uśmiechnął się i pierwszy ruszył w las. Kylie i ja szliśmy po jego obu stronach, o trzy metry z tyłu. Minęło pół godziny od chwili, gdy Bassett uderzył w naszą furgonetkę, więc moje prawe kolano zdążyło już spuchnąć tak bardzo, że ocierało się o nogawkę spodni. Zacząłem utykać.

Woodruff dostrzegł jeszcze dwie kamery, które obeszliśmy szerokim łukiem. Po przejściu mniej więcej kilometra usłyszeliśmy strzał. Wszyscy troje padliśmy na ziemię i czekaliśmy, ale nic więcej się nie wydarzyło.

– To był pistolet – powiedział Woodruff. – Jakieś pięćset metrów stąd.

Usłyszeliśmy odgłos silnika.

– Cholera! Ma motocykl terenowy.

Dźwięk motocykla oddalał się i w końcu zanikł.

– Zastrzelił zakładniczkę – powiedział Woodruff. – Mógł ją wieźć ze sobą, dopóki używał samochodu, ale kiedy przesiadł się na dwukołowca, stała się już tylko niepotrzebnym bagażem.

Podnieśliśmy się i pobiegliśmy w stronę, w której padł strzał. Woodruff i Kylie biegli pierwsi, a ja kuśtykałem za nimi. Dotarliśmy do polany. Po drugiej stronie stał zaparkowany land rover, a obok niego, twarzą w dół, leżała Annie Ryder. Podszedłem bliżej i dostrzegłem wokół jej głowy kałużę krwi.

Kylie uklękła obok niej i w tej samej chwili korony drzew nad naszymi głowami przeszyła seria wystrzałów z automatu.

– To był ostrzegawczy strzał! – ktoś ryknął za naszymi plecami. – Następny nie będzie już ostrzegawczy.

Nie musiałem się odwracać. To był Bassett.

– Rzućcie broń. Po kolei. Najpierw damy.

Kylie odłożyła strzelbę na ziemię, a potem wyjęła z kabury glocka i położyła obok.

– Wszystko, pani detektyw! – wykrzyknął Bassett.

Dołożyła jeszcze pistolet, który miała przy kostce. Woodruff i ja zrobiliśmy to samo.

– Wstawaj, babciu – nakazał Bassett i Annie Ryder powstała z martwych. Podniosła się, otrzepała i otarła krew z twarzy i włosów. W miejscu, gdzie wcześniej leżała jej głowa, zobaczyliśmy wypatroszonego królika.

– Dajcie staruszce kajdanki – nakazał Bassett.

Annie zebrała od nas trzy pary kajdanek.

– Teraz wszyscy troje weźcie się za ręce i otoczcie to drzewo.

Wzięliśmy się za ręce i stanęliśmy wokół drzewa.

– Skuj ich.

Annie stanęła za mną i zatrzasnęła bransoletę na moim lewym przegubie.

– Przepraszam – powiedziała.

– Zamknij się, do cholery! – wrzasnął Bassett.

Annie obróciła się.

– Przepraszałam za twoje maniery, durniu.

AR15 w ręku Bassetta ożył i seria kul przeszyła drzewo jakieś piętnaście centymetrów nad moją głową.

– Nie mam ochoty zabijać tych trojga, bo będzie mnie ścigała połowa mundurowych z całego stanu Nowy Jork, ale zrobię to, jeśli będę musiał.

– On mówi poważnie, Annie – powiedziałem. – Skuj nas.

Zatrzasnęła drugą bransoletę na prawej ręce Kylie, a potem przykuła jej lewą rękę do Woodruffa. Przeszła za plecami Woodruffa i moimi i zatrzymała się na chwilę, obracając w ręku ostatnią parę kajdanek.

– Szybciej! – wrzasnął Bassett.

– Ręce mi zmarzły – odkrzyknęła Annie. – Jak ci się nie podoba to, co robię, to poszukaj sobie kogoś innego.

W końcu udało jej się skuć moją rękę z Woodruffem.

– Odsuń się – powiedział Bassett.

Cofnęła się powoli.

Opuścił broń, podszedł do drzewa i mocno szarpnął za łańcuszki każdej z trzech par kajdanek. Wszystkie trzymały mocno.

– Dobra robota, babciu. – Popatrzył na nią. – Mówiłem poważnie. Ich wolałbym nie zabijać, ale ty mi nie jesteś do niczego potrzebna. Gliniarzom w ogóle nie zależy na twoim życiu i na pewno nie będą wzniecać alarmu, żeby pomścić twoją śmierć.

– Proszę, nie rób tego. – Podniosła ręce i złożyła je za głową.

– Nie? Muszę to zrobić, ale nie tym. – Odłożył na bok AR15. – Zrobię to pistoletem detektyw MacDonald.

Wyciągnął ze sterty glocka Kylie.

– Całkiem ładna broń – powiedział, obrzucając go wzrokiem profesjonalisty.

Max Bassett znał się na broni, ale za mało znał się na ludziach, a już z pewnością nie wiedział nic o siedemdziesięcioletniej kobiecie, która stała dziesięć metrów od niego z rękami wysoko w górze.

Annie Fender miała zaledwie piętnaście lat, kiedy do Enid w Oklahomie przyjechał cyrk. Wyjeżdżając, zabrał ją ze sobą, szaleńczo zakochaną w niemieckim akrobacie, który występował na trapezie.

Przez następnych pięć lat życie młodej Annie wypełniali połykacze ognia, przepowiadacze przyszłości, ludzie rzucający nożami, kobiety przecinane na pół w skrzyni, straganiarze i kieszonkowcy.

A potem spotkała Buddy'ego Rydera. Po kilku dniach rzuciła latającego w przestworzach chłopaka i następne czterdzieści siedem fantastycznych lat spędziła u boku elokwentnego i wzbudzającego zaufanie mężczyzny.

Ale Max Bassett nie znał życiorysu Annie. Gdyby znał, może nie zachowałby się tak szarmancko. Wycelował glocka w jej pierś i zapytał:

– Masz jakieś ostatnie słowa?

– Tylko trzy – odrzekła buntowniczo.

– To mów, suko, bo nic nie sprawi mi większej przyjemności niż zakończenie twojego parszywego życia…

Zanim zdążyłem zauważyć, co się dzieje, było już po wszystkim. Prawe ramię Annie opadło z siłą i precyzją, jakiej trudno było oczekiwać od kobiety w jej wieku. Zakrzywiony dziewięciocentymetrowy nóż do oprawiania zwierzyny, który zaledwie kilka sekund wcześniej spoczywał w pochwie na prawym biodrze Johna Woodruffa, śmignął w powietrzu i ostrze zagłębiło się w piersi Maksa Bassetta. Na dżinsowej koszuli wykwitła czerwona plama. Bassett upadł na ziemię jak kamień.

Annie powoli podeszła do ciała, popatrzyła na nie i wypowiedziała słowa, których Maxwellowi Bassettowi nie dane już było usłyszeć:

– Nienawidzę broni palnej.

CZĘŚĆ CZWARTA

NOWA NORMALNOŚĆ

ROZDZIAŁ SIEDEMDZIESIĄTY SZÓSTY

Poniedziałek. Tydzień temu ludzie rozpaczali po śmierci Eleny Travers, dzisiaj składali hołd życiu kobiety, która pomściła jej śmierć.

Annie Ryder – nieprzebierająca w słowach, szybko myśląca, rzucająca nożem Annie Ryder – za sprawą jednego wprawnego ruchu prawej ręki z zupełnie nieznanej osoby stała się sławną kobietą.

Opowieść o pułapce, którą zastawiliśmy na Maksa Bassetta, znalazła się na pierwszych stronach wszystkich gazet w mieście i w czołówkach wszystkich wiadomości telewizyjnych. Była to wiadomość, która wzbudzała uśmiech na wszystkich twarzach – wszystkich oprócz naszej szefowej, która prychała ze złości.

– Annie Ryder to drobna oszustka, szantażystka i hochsztaplerka – stwierdziła Cates. – A robią z niej bohaterkę.

– Bo właściwie jest bohaterką – przypomniałem jej.

– Bzdury. Jej syn ukradł naszyjnik i miał współudział w morderstwie, a prokuratura postanowiła zawrzeć pakt z diabłem.

Raczej nie była to najlepsza chwila, by przypomnieć Cates, że niecałe czterdzieści osiem godzin wcześniej sama nas zachęcała, byśmy włączyli Annie w plan zastawienia pułapki na Maksa Bassetta.

– Jeśli to panią pocieszy – odezwała się Kylie – prokurator okręgowy jest zachwycony, że diabeł wpadł w pułapkę. Mick

Wilson puściłby wolno tysiąc różnych Teddych, żeby dopaść takiego mordercę celebrytę jak Bassett.

– Wszyscy wygrali na tej sytuacji – dodałem. – Matka niedźwiedzica zdobyła nietykalność dla syna, prokurator okręgowy wykorzysta sprawę dla zdobycia głosów, a na Red spadła chwała za rozwiązanie sprawy morderstw Eleny Travers, Jeremy'ego Nevinsa i Raymonda Davisa.

– Wiem. Widziałam wasze zdjęcia w gazetach – powiedziała Cates. – Cieszę się, że reporterzy nie dotarli na miejsce, gdy byliście przykuci do drzewa razem ze strażnikiem przyrody.

– Może pani za to podziękować Annie. – Na twarz Kylie wypłynął kpiący uśmieszek. – To ona rozpięła nam kajdanki.

– Następny temat – ciągnęła Cates bez śladu uśmiechu. – Dzwonił do mnie Howard Sykes. Przyjedzie tu o szóstej razem z panią burmistrz, żeby się dowiedzieć, jak macie zamiar rozwiązać jej problem z Czarodziejem i jego historyjką o Robin Hoodzie.

– Mieliśmy się z nią spotkać w ratuszu w południe – zdziwiła się Kylie.

– Pani burmistrz porzuciła tę myśl, gdy się dowiedziała, kogo zaprosiliście na imprezę. Nie chce, żeby prasa się dowiedziała, że oni w ogóle ze sobą rozmawiają.

– O szóstej? Chciałam wyjść dzisiaj wcześniej i pojechać do Atlantic City, żeby przywieźć męża do domu.

– Nie ma problemu. Zach i ja damy sobie radę. Cieszę się, że już lepiej się czuje.

Zadzwonił telefon i Cates odebrała, zadowolona z przerwania tej rozmowy.

– Przyślijcie ją do mnie – powiedziała do słuchawki, a potem rozłączyła się i spojrzała na nas. – O wilku mowa.

– Burmistrz Sykes tu jest? – zdziwiła się Kylie.

– Nie powiedziałam, że burmistrz. – Cates uśmiechnęła się po raz pierwszy tego ranka. – Tylko diabeł.

Po chwili do gabinetu weszła Annie Ryder. Wyglądała o dwadzieścia lat młodziej. Siwe włosy miała ufarbowane, makijaż bez zarzutu, a sukienka i płaszcz zupełnie nie przypominały workowatych spodni i bluzy, które miała na sobie, gdy ją widzieliśmy po raz ostatni. Przedstawiłem ją Cates.

– Annie, wyglądasz fantastycznie – powitała ją Kylie.

– Wiem. Zajęła się mną ekipa Lavinii Begbie. Dziś wieczorem będę gościem w jej programie. A poza tym, skoro mamy napisać razem książkę, to zależy jej, żebym nie wyglądała jak żebraczka.

– Będziecie pisać książkę?

– „Jubilerzy gwiazd". Lavinia ją napisze, a ja dostarczę smakowitych szczegółów. Nie chciałam wam przeszkadzać w spotkaniu. Przyszłam tylko podziękować i pożegnać się.

– Dokąd się wybierasz?

– Do Vegas, razem z Teddym i z moim nieżyjącym mężem. Buddy zawsze chciał się tam przenieść, ale nigdy nie mogliśmy sobie na to pozwolić. Jednak firma ubezpieczeniowa Bassetta zgodziła się zapłacić mi dwieście pięćdziesiąt tysięcy nagrody za odzyskanie skradzionego naszyjnika.

– Chyba musieli to zrobić, ale pewnie nie było im w smak, że muszą zapłacić tak dużo za fałszywkę – stwierdziła Cates.

– Wcale nie – odparła Annie. – Teraz, gdy są w stanie udowodnić, że to była próba wyłudzenia pieniędzy, mają zamiar powtórnie przejrzeć poprzednie zgłoszenia i razem z pozostałymi firmami ubezpieczeniowymi zaskarżyć majątek Bassetta na dziewiętnaście milionów. Jestem ich najważniejszym świadkiem, więc będę brała w tym udział.

Jak na gust Cates, tych dobrych wiadomości było zbyt wiele.

– Wygląda na to, że będziesz się doskonale bawić w Vegas. – Obeszła biurko i poprowadziła Annie do drzwi.

– Bawiłabym się znacznie lepiej, gdybym mogła zostać krupierką przy blackjacku – oświadczyła Annie. – Niestety, nie przyjmują ludzi z kryminalną kartoteką, co mnie okropnie wkurza.

– W takim razie po co tam jedziesz? – zapytała Cates.

Stara oszustka odpowiedziała jej mrugnięciem, po czym dodała:

– Dobra pogoda. I dużo naiwniaków z pieniędzmi.

ROZDZIAŁ SIEDEMDZIESIĄTY SIÓDMY

Irwin Diamond był legendą polityczną Nowego Jorku. Przez czterdzieści lat robił, co było do zrobienia, rozbijając przy tym zapory biurokracji, linii partyjnych i politycznych bzdur. Prasa nazywała go Naprawiaczem, zastępcą burmistrza do spraw minimalizowania szkód i żydowskim Ojcem Chrzestnym.

W tej chwili ta legenda siedziała w pokoju odpraw na komisariacie z ramionami złożonymi na piersi, głową na oparciu krzesła i przymkniętymi oczami.

Cates i ja wymieniliśmy znaczące uśmiechy. Irwin, mistrz pięciominutowych drzemek regeneracyjnych, ładował akumulatory przed starciem z panią burmistrz.

Budzik w jego komórce zapiszczał. Diamond otworzył oczy i całe jego ciało natychmiast zbudziło się do życia. Był zwarty i gotowy do działania. Spojrzał na zegar na ścianie. Była szósta siedemnaście.

– Pani burmistrz zwykle się tyle nie spóźnia – powiedziała Cates, na wpół przepraszając za coś, nad czym nie miała żadnej kontroli.

– Będzie tu za trzy minuty – odparł.

– Skąd wiesz? – zdziwiła się Cates.

Niewielu ludzi poważyłoby się otwarcie kwestionować to, co mówił Irwin Diamond, ale w ciągu ostatnich lat czterdziestokilkuletnia afroamerykańska policjantka i siedemdziesięcioletni bankier inwestycyjny oraz doradca polityczny spędzili tak wiele czasu na wygrzebywaniu się z tych samych dołków, że stali się bliskimi sojusznikami.

– Bo obawia się, że gdyby kazała mi czekać pół godziny, to-bym sobie poszedł. Ale z drugiej strony jest na mnie zła za to, że poparłem Spellmana w wyborach, więc to spóźnienie ma być przekazem. Chce mi powiedzieć, że gdy ona wchodzi do gry, ja powinienem się wycofać.

– Ha! – zawołała Cates. – Może i przeszedłeś na emeryturę, kiedy Sykes objęła urząd, ale nigdy nie wyjdziesz z gry.

– Dziękuję ci, Delio. Nie zrozum mnie źle. Muriel Sykes była bardzo dobrym prokuratorem federalnym, ale guzik wie o polityce. Mądrze by zrobiła, przychodząc tu przede mną. Może nie zbiłaby mnie tym z tropu, ale dałaby do zrozumienia, że nie zachowuje się jak żółtodziób.

– Z drugiej strony, gdyby miała twoje doświadczenie polityczne, to nie musiałbyś wyciągać jej z opresji – stwierdziła Cates.

Siedziałem cicho, nasiąkając atmosferą życzliwości.

Punktualnie o szóstej dwadzieścia burmistrz Sykes weszła do sali konferencyjnej z wiernym mężem u boku. Obydwoje promienieli dumą. Sykes usiadła przy drugim końcu stołu.

– Pani burmistrz – ukłonił się Irwin uprzejmie.

– Panie Diamond – odrzekła. – Detektyw Jordan sądzi, że może mi pan pomóc. Zamieniam się w słuch.

– Spróbuję podsumować pani nieszczęsny dylemat.

Sykes nie potrzebowała podsumowania, ale stary polityczny wyga również miał dla niej swój przekaz: potrzebujesz mnie bardziej niż ja ciebie.

– Jacyś źli ludzie ukradli mnóstwo drogiego sprzętu medycznego z najbardziej prestiżowych szpitali w mieście. Żenująca sytuacja. Dlatego pani mąż zaangażował podporządkowaną pani elitarną jednostkę, żeby po cichu wyłapała tych złych ludzi. Okazało się jednak, że są to dobrzy ludzie, więc sytuacja stała się jeszcze bardziej żenująca. Jako urzędnik sądowy pragnie pani wymierzyć sprawiedliwość, ale jako burmistrz naszego pięknego miasta obawia się pani, że sąd w postaci opinii publicznej uzna panią za zupełną kretynkę. Jak to się mówi w języku polityki, pani burmistrz, wpadła pani po uszy w gówno. – Uśmiech Irwina wyraźnie mówił, że zemsta jest słodka. – Czy do tej pory wszystko się zgadza?

– Proszę przejść do rzeczy, panie Diamond. Jak mam ich oskarżyć?

– Nie oskarży ich pani, o ile nie chce pani zostać bardzo niepopularnym burmistrzem jednej kadencji.

– To jest pańska odpowiedź? Mam nic nie robić?

– Czy powiedziałem coś o nicnierobieniu? Nie. Powiedziałem, żeby nie próbowała pani zamykać wojennych bohaterów, którzy mieli dobre intencje i próbowali pomóc kolegom, którym mniej się poszczęściło. Za to proponuję, żeby dała im pani to, czego chcą.

– To znaczy co?

– Chcą mieć doskonale wyposażony szpital dla mężczyzn i kobiet, którzy narażali życie dla tego kraju. I pani, pani burmistrz, powinna dopilnować, żeby go dostali.

– Ale jak mam…

– Na początek – przerwał jej Irwin – miasto powinno wielkodusznie podarować im miejsce na szpital. Proszę mi wierzyć, ma pani mnóstwo terenów, które miastu do niczego nie są potrzebne. Potem powinna pani zadzwonić do dyrektorów wszystkich okradzionych szpitali i poprosić, żeby podarowali im ten skradziony sprzęt i dołożyli jeszcze po kilka milionów dolarów na cegły i zaprawę.

– Nie będą chcieli ze mną rozmawiać – powiedziała Sykes.

– Ze mną rozmawiali. Od wczoraj udało mi się dodzwonić do siedmiu. Tu jest lista tego, co zaoferowali do tej pory. – Podał jej arkusz papieru.

– Dwanaście milionów dolarów? – zdziwił się Howard, zaglądając żonie przez ramię.

– Howard, ze wszystkich ludzi pan powinien wiedzieć najlepiej, ile takie instytucje wydają rocznie na reklamę. Parę milionów dolarów to dla nich grosze. A jeśli przedstawicie to jako wspólne przedsięwzięcie miasta i prywatnego sektora na rzecz weteranów wojennych, to gwarantuję wam, że każdy szpital, bez względu na to, czy został okradziony, czy nie, będzie chciał się znaleźć na liście sponsorów.

– Bardzo kreatywnie pan myśli, panie Diamond, ale ci ludzie złamali prawo – oświadczyła pani burmistrz.

– Rozmawiałem z prokuratorem okręgowym, który również nie ma ochoty grać roli złego policjanta w tym scenariuszu. Zgodził się zaproponować im karę w postaci długoterminowej pracy na rzecz społeczności. Jestem pewny, że będą woleli pracować w nowym szpitalu, niż siedzieć w więzieniu. I co pani o tym myśli, pani burmistrz? Czy chce pani znaleźć się wśród ludzi, którzy dadzą tym bohaterom to, o co walczą?

Po raz pierwszy odkąd go poznałem, Howard Sykes odezwał się wcześniej niż jego żona:

– Uważam, że to doskonały pomysł – powiedział. – Muriel sprawuje urząd dopiero od trzech miesięcy, ale już dał nam pan całe mnóstwo haseł i możliwych zdjęć na kampanię reelekcyjną.

Spojrzał na żonę. Przez całe dwadzieścia sekund siedziała spokojnie, a potem powoli podniosła się z krzesła i obeszła stół dokoła.

– Panie Diamond, Howard ma rację. Dostał pan katastrofalny scenariusz i przekształcił go pan w wymarzoną szansę. Dziękuję. – Wyciągnęła rękę do byłego przeciwnika.

Irwin wstał i objął jej dłoń swoimi dłońmi.

– Cieszę się, że mogłem się na coś przydać, pani burmistrz.

– Muriel – powiedziała.

– Irwin – odrzekł.

– No dobrze, Irwin. Czy pomożesz nam dopracować szczegóły? Możemy porozmawiać o wszystkim jutro wieczorem przy kolacji. U nas w domu.

– Przyjdę, Muriel – obiecał Naprawiacz z ciepłym uśmiechem. – Myślę, że znam adres.

ROZDZIAŁ SIEDEMDZIESIĄTY ÓSMY

O trzeciej po południu Kylie wyszła z komisariatu i skierowała się do biura wynajmu samochodów przy Wschodniej Sześćdziesiątej Czwartej Ulicy. Jeszcze jedna szansa, pomyślała, wsiadając za kierownicę chevroleta malibu. Daj mu jeszcze jedną szansę.

Ile razy już wypowiadała te słowa? I odpowiedź zawsze brzmiała tak samo.

– Nie mogę, Kylie – powtarzała jej matka. – Kocham twojego ojca, ale skończyły mi się szanse.

Miała dziesięć lat, gdy jej rodzice się rozwiedli. Nie potrafiła wtedy zrozumieć logiki matki. Gdy się kogoś kocha, naprawdę kocha, to jak można nie dać mu jeszcze jednej szansy na naprawienie małżeństwa?

Dwadzieścia pięć lat później, postawiona przed tym samym wyborem co matka, zaczęła to rozumieć. Kochała człowieka, za którego wyszła przed dziesięciu laty, ale to nie był ten sam człowiek, który z sercem pełnym witriolu zaatakował ją ze szpitalnego łóżka. Uzależnienie Spence'a wywarło swoje piętno na nich obojgu. Jak i kiedy stała się kobietą, która podała mężowi załadowany pistolet, gdy groził, że się zabije?

Od tamtego dnia dzwonili do siebie i z rozmowy na rozmowę Spence coraz bardziej przypominał dawnego Spence'a. Na razie

to były tylko słowa, ale Kylie miała nadzieję, że uda mu się po-
zbierać szczątki życia i przejść do czynów.

Nie powiedziała mu, że przyjeżdża, bo mógłby się nie zgodzić, a Kylie nie umiała się godzić z odmową. Czuła, że nadszedł
dla niej czas, by posprzątać swoją stronę ulicy. I choć nie przy-
wykła do przepraszania za to, co robiła, jedno wiedziała na pewno – nie można niczego naprawić przez telefon.

Zamierzała spotkać się z nim w połowie drogi. Jeśli Spence
zechce, może wprowadzić się z powrotem do domu. Będzie przy
nim w razie potrzeby, ale nie miała zamiaru nadzorować jego
powrotu do zdrowia. On sam musiał tego chcieć równie mocno
jak ona.

O szóstej po południu dotarła do AtlantiCare Regional. Od-
świeżyła się w toalecie i gdy już jej włosy, makijaż i ego były na
swoim miejscu, poszła do pokoju męża.

– Mogę pani w czymś pomóc? – zapytała kobieta leżąca
w łóżku Spence'a.

– Przepraszam. Zdawało mi się, że to pokój mojego męża.

– To pokój dwieście dwa.

– Och, przepraszam za pomyłkę – powiedziała Kylie.

Nie było żadnej pomyłki. Dwieście dwa to był pokój Spence'a. Poszła do dyżurki pielęgniarek.

– Szukam Spence'a Harringtona. Czy może mi pani powiedzieć, w której sali leży?

– Harrington? – Pielęgniarka spojrzała na ekran komputera.
– Został wypisany dziś rano.

– Jest pani pewna?

Pielęgniarka rzuciła jej wymowne spojrzenie, po czym dodała:

– Ale nie musi mi pani wierzyć na słowo. Proszę do niego
zadzwonić.

Spence miał komórkę na kartę. Kylie wybrała numer. Odpowiedział po pierwszym sygnale.

– Cześć, co słychać?

– Straszny kocioł w pracy – odparła Kylie. – Mamy w planach spotkanie z panią burmistrz. Powinna tu być lada moment. A ty co robisz?

– Niewiele. Wiesz, jak to w szpitalu.

– Może przyjadę do ciebie jutro albo w środę?

– To chyba nie jest dobry pomysł. Zach podał mi numer pogotowia antynarkotykowego. Dzwoniłem tam wczoraj. Mają bardzo dobre centrum rehabilitacji tutaj, w Atlantic City. Akurat zwolniło się miejsce. Jutro rano ktoś ma przyjechać i zabrać mnie tam.

– To świetnie, Spence. Będę mogła odwiedzić cię w tym centrum.

– Nie tak szybko. Mają ostre zasady, jeszcze ostrzejsze niż w ośrodku w Oregonie. Żadnych odwiedzających, żadnych telefonów.

– Jak długo nie będzie z tobą kontaktu?

– Nie tak długo. Najwyżej cztery tygodnie.

– A potem co?

– Hej, mała! – Roześmiał się. – To nie jest uczciwe pytanie. Mam teraz żyć dzień po dniu, krok po kroku.

– Spence.

– Tak?

– Przepraszam cię.

– Za co?

– Za wszystko, szczególnie za ten czwartkowy wieczór, kiedy próbowałam dać ci pistolet.

Znów się roześmiał.

– Nie próbuj tego, kiedy następnym razem aresztujesz jakie-goś drania, bo może skorzystać z okazji i cię zastrzelić. Hej, je-dzie tu facet z moją kolacją. Muszę kończyć.

– Burmistrz Sykes też już przyszła. Też muszę kończyć.

– Kylie.

– Tak?

– Ja też cię przepraszam.

– Za co?

Znów się roześmiał. Nie dlatego, że to było zabawne, ale dla-tego, że zmniejszało cierpienie.

– Sporządzę listę i przyślę ci. Muszę iść, bo kolacja mi wysty-gnie.

– Kocham cię, Spence.

– Ja też cię kocham, Kylie. Zawsze cię kochałem i zawsze będę cię kochał. – Rozłączył się.

Wierzyła mu. Nie w te bezczelne kłamstwa, że jest w szpitalu, że przyjechał wózek z kolacją i że przenosi się do centrum reha-bilitacyjnego, ale całym sercem wierzyła, że Spence ją kocha.

I sama również wiedziała, że zawsze będzie go kochać.

Ale obydwojgu im skończyły się już szanse.

ROZDZIAŁ SIEDEMDZIESIĄTY DZIEWIĄTY

Rankiem znalazłem w skrzynce mejlowej zaproszenie. Wydrukowałem je i przez cały dzień nosiłem przy sobie. Obrazek przedstawiał butelkę chianti i dwa kieliszki na obrusie w czerwono-białą kratkę. Tekst był bardzo w stylu Cheryl:

Serdecznie zapraszam na
Lasagne u Cheryl. Podejście drugie.
U mnie, siódma trzydzieści wieczorem. Nie nawal.

Byłem w jej mieszkaniu dziesięć minut wcześniej. Otoczyła mnie ramionami i pocałowała w otwartych drzwiach. Smakowała niebiańsko.

– Przyniosłem prezenty. – Podałem jej bukiet kwiatów i butelkę wina kilka klas lepszego niż chianti widoczne na zaproszeniu.

– Powinnam teraz powiedzieć: Ależ naprawdę, nie trzeba było! – Zamknęła drzwi mieszkania i zasunęła zasuwę. – Ale kogo ja próbuję oszukać? Oczywiście, że trzeba było.

– Mam coś jeszcze. – Wyjąłem z kieszeni foliową torebkę. – Prezent na nowe mieszkanie.

Otworzyła torebkę. W środku znajdowała się paczka męskich spodenek i nowiutka szczotka do zębów.

– Och, Zach, dziękuję! Zawsze chciałam to mieć. Też mam dla ciebie prezent.

Wzięła mnie za rękę i poprowadziła do sypialni. Światło było przyćmione, w powietrzu unosił się lekki zapach jej perfum.

– Jestem gotów na prezent – powiedziałem.

Otworzyła szufladę w komodzie. Szuflada była pusta.

– Ta-dam! Cała twoja – oświadczyła, wrzucając do środka bieliznę i szczoteczkę.

– Dziękuję. – Otoczyłem ją ramionami i mocno przytuliłem, ale oderwała się ode mnie.

– Wstrzymaj się. Najpierw kolacja.

Poszedłem za nią do kuchni, otworzyłem wino i nalałem do dwóch kieliszków.

– Musimy wznieść toast – powiedziała. – Za Jordana i Mac-Donald, najlepszych policjantów w mieście.

Wypiłem większość wina i nalałem powtórnie.

– Oraz za Jordana i Robinson, najlepszą parę w mieście. – Znów przechyliłem kieliszek do ust.

– No, no – stwierdziła. – Pijesz jak szewc. Miałeś ciężki dzień?

– Nie. Właściwie miałem bardzo dobry dzień, ale zamierzam spędzić długi, romantyczny wieczór z kobietą, którą kocham, i na wypadek, gdyby Cates zadzwoniła, muszę mieć we krwi tyle alkoholu, by móc jej powiedzieć, że jestem zbyt pijany, żeby służyć i chronić.

Znów mnie pocałowała, zapaliła świece i postawiła na stole dwa dymiące talerze lasagne. Usiedliśmy.

– A co będzie, jeśli Kylie zadzwoni? – zapytała z wesołym błyskiem w ciemnych oczach.

– Nie zadzwoni. Pojechała do Atlantic City, żeby przywieźć Spence'a do domu. Właściwie – uniosłem kieliszek – wypijmy za MacDonald i Harringtona. Za to, że wreszcie są razem.

– A jeśli jednak zadzwoni? – powtórzyła Cheryl. – Znam cię. Nie potrafisz odmówić Kylie.

– Masz rację – powiedziałem. – Jeśli zadzwoni, nie będę mógł jej odmówić.

Wstałem, wziąłem ją za rękę i wróciłem do sypialni. Otworzyłem moją nową szufladę w komodzie, schowałem komórkę pod bieliznę, zamknąłem szufladę, wyciągnąłem Cheryl z pokoju i zamknąłem drzwi. Wróciliśmy do jadalni i znów usiedliśmy przy stole.

Wypiłem jeszcze łyk wina, a potem wbiłem widelec w miękki makaron i wdychając odurzający zapach doskonale doprawionego mięsa, sera i pomidorów, zapytałem:

– A więc o czym to rozmawialiśmy, zanim nam tak niegrzecznie przerwano?

WITHDRAWN
FROM
STOCK

The Marriage of Opposites

ALSO BY ALICE HOFFMAN